KB140406

문집탐독

우리 문장가들의 고전문집을 읽다

문집탐독

우리 문장가들의 고전문집을 읽다

조운찬 지음

일러두기

외래어는 국립국어원 외래어표기법 기준을 따라 표기했으나,
중국의 인명과 지명은 당시의 역사 자료와 혼동되는 경우가 있어서
우리 한자 독음으로 표기했다.

잊혀진 고전,
문집의 재발견

찬란한 글의 문체와 왕성한 시의 기백은 모두 사람이 빚어내는 것이다. 문장과 시의 조화는 아름답게 수놓은 비단의 무늬 같고 웅장하게 높이 솟은 절벽과 같다. 펴고 접으며 붉고 푸른 것이 모두 구름처럼 천태만상으로 변하는 것과 같으니 역시 신령하고 괴이하다고 할 수 있다. 신령함은 곧 사람이 만드는 것이요, 재주 부린 문장이 사람을 신령하게 하는 것이다. 그러나 사람이 재주를 부린 문장에 기대지 않으면 그 신령함을 드러낼 수 없다.

– 이규보, 「한유의 구름과 용을 주제로 한 '잡설'의 뒤에 쓴다[書韓愈論雲龍雜說後]」, 『동국이상국집』

문집은 문학작품집이다. 그러나 전통시대에는 오늘날처럼 장르로 확정된 시 · 소설 · 희곡 등만을 문학이라고 하지 않았다. 문집은 시와 문장의 모음이다. 옛날 동아시아에서는 서적을 경經 · 사史 · 자子 · 집集의 사부四部로 분류했다. 경은 유교 경전, 사는 역사서, 자는 유학 이외의 철학서나 과학서적 등을 말한다. 집은 문집의 줄임말로, 시 · 산문 · 편지 · 소설 등과 같은 창작물을 총칭한다. 문집은 사부의 하나이지만, 위상은 그 이상이었다.

옛 문헌에서 역사서의 비중은 높다. 『고려사』·『조선왕조실록』·『승정원일기』 등 관찬 사서가 대표적이다. 개인이 편찬한 역사서나 야사류가 있지만 양은 많지 않다. 경전류는 더 적다. 국가나 지방에서 펴낸 유학 경전이나 개인이 낸 주석서가 거의 전부이다. 유학 이외의 경전이나 과학서 등을 포괄하는 자부에서 가장 많은 비중을 차지하는 문헌은 불교 경전이다. 『팔만대장경』·『속장경』 등 고려 시대의 불경은 우리의 중요한 기록 유산이다. 그러나 조선 시대에는 성리학이 압도적인 영향력을 발휘하면서 불교는 물론 자연과학 등 다른 사상이 끼어들 틈이 없었다. 현재 남아 있는 제자백가서나 과학서적의 양은 아주 미미하다.

『조선왕조실록』과 같은 역사서, 사서삼경과 그에 대한 각종 주석서, 『팔만대장경』으로 대표되는 불경을 제외한다면, 우리나라에 전해오는 책의 대부분은 문집이라고 해도 과언이 아니다. 서지학자들은 우리 문헌의 70퍼센트 이상이 개인 문집이라고 말할 정도이다. 학계는 활자나 목판으로 간행된 문집을 4,000~5,000종으로 추산한다.

"책을 읽으면 선비, 선비가 벼슬에 나아가면 대부가 된다"라는 옛말이 있다. 이처럼 전통시대에 독서는 사대부의 필수 교양이었다. 그들은 자신들의 일상과 생각을 시로 짓고, 편지로 주고받았다. 친구가 시집을 내면 서문을 써 축하했다. 그리고 이런 글들을 모아 문집으로 편찬했다. 물론 문집의 글이 모두 뛰어나다고 할 수는 없다. 그러나 오랜 기간 독자의 검증을 거쳐 살아남은 문집은 가치가 있다.

문집은 널리 읽히지 않았다. 문집이 많이 쓰였다고 하나 비용이나 정치적인 이유로 간행되거나 유포된 문집이 많지 않은 탓이다. 또 문집은 경학이나 역사에 비해 개인의 사적 기록이 많아 상대적으로 덜 주목을 받았다. 그러나 문집은 역사서나 유교 경전에서 볼 수 없는 내용으로 우리 역사와 문화,

지식을 채워왔다. 오늘날 문집을 주목해야 하는 이유이다. 다산 정약용이 유배지에서 아들에게 보낸 편지에는 이를 강조한 대목이 보인다.

> 수십 년 이래로 괴이한 논의가 있어 우리 문학을 대단히 배척하고 있다. 선현의 문집에 눈을 돌리려 하지 않는데, 이거야말로 큰 병통이다. 사대부의 자제들이 우리나라의 역사를 알지 못하고 선배의 문집을 읽지 않는다면, 비록 그의 학문이 고금을 꿰뚫었다 할지라도 거칠고 조잡한 것이다. 시집 같은 거야 서둘러 읽어볼 필요가 없겠지만 상소문·비문·서간문 등은 마땅히 읽어 안목을 넓혀야 한다.

송시열의 『송자대전』처럼 떠받들어진 문집이 없지는 않다. 그러나 많은 문집들이 역사서나 유교 경전처럼 권위를 갖지는 못했다. 특히 사적인 경험을 쓴 개인 문집은 문중이나 특정 지역을 벗어나면 거의 읽히지 않았다. 그렇지만 수백 년이 지나서도 살아남은 문집은 역사적으로나 사상사적으로도 중요한 글들이 들어 있는 경우가 많다. 원효를 재발굴해 해동불교의 시조로 자리매김한 의천의 글, 성리학의 사단칠정에 대한 토론을 주고받은 이황과 기대승의 편지글, 직설적인 표현으로 조정의 실정을 비판한 남명 조식의 상소문, 영조에게 실학의 중요성을 일깨워준 양득중의 경연 대화록, 중화의 세계관에 균열을 낸 홍대용의 '의산문답'은 모두 개인 문집에 실려 있다.

문집에는 시도 있고, 산문도 있다. 옛 문집은 대부분 한문으로 쓰여 있다. 그러나 드물게 이두문도 있고, 한글로 쓴 가사문학도 있다. 문체와 형식도 다양하다. 산문에는 서문·기문·발문·서간문·논설·변증문·책문·격문·제문·행장·묘비문 등이 있고 자유롭게 쓴 잡저도 있다. 오늘날에는 시로 통칭되지만 운문에도 사詞·부賦·잠箴·명銘·송頌 등 여러 가지 문체가 있다.

이처럼 문집에는 많은 문체와 내용이 들어 있다 보니 읽을거리가 다양하다. 『익재집』에는 이제현이 당시 민간에서 불렸던 고려가요를 한문으로 옮긴 악부시가 있다. 고려가요는 조선 시대 서적을 통해 알려졌는데, 이에 앞서 이제현이 한시를 통해 고려가요의 존재를 입증해보인 것이다. '길 위의 시인' 김시습은 전국을 유람하며 쓴 기행시집 『매월당시사유록』을 남겼다. 이 시집에 들어 있는 지명을 연결하면 김시습의 여정을 복원할 수 있다. 윤기의 『무명자집』의 「반중잡영」 220수는 성균관의 제도와 풍속을 노래한 연작시로, 조선 시대 교육 현장을 생생하게 보여준다. 사육신이 남긴 글을 함께 편집한 『육선생유고』는 세조의 왕위 찬탈 과정과 여섯 신하의 지조를 생생하게 담아낸 역사 자료이다. 또 허균의 문집 『성소부부고』 안의 「도문대작」은 조선 시대에 보기 드문 음식 문화 보고서이다.

문집은 지식 창고이다. 역사서나 사상서에서 볼 수 없는 독특한 이야기들이 담겨 있다. 문집이 없었다면 우리나라 사상사나 정치사, 생활사가 매우 빈약했을 것이다. 게다가 문집은 그 자체로 사료인 경우가 많다. 조선 개국 상황을 알려면 정도전의 『삼봉집』을 읽어야만 한다. 이항복의 『백사집』과 최명길의 『지천집』에는 각각 임진왜란과 병자호란의 정국 상황을 담은 상소문과 편지 등이 가득하다. 김육의 『잠곡유고』에서는 조선 후기 대동법을 확대 실시하고자 했던 한 경세가의 고민과 노력을 읽을 수 있다. 이처럼 문집은 당대 현실과 시대인식을 담고 있다. 그래서 한 인물의 사상이나 시대상을 파악하기 위해서는 문집 읽기가 반드시 필요하다.

문집 읽기의 가장 큰 즐거움은 옛 사람의 명문장을 만나는 일이다. 옛사람들은 세상에 이름을 남기는 방법으로 세 가지를 들었다. "덕을 세우는 것이 최고요, 좋은 글을 남기는 것이 다음이요, 업적을 남기는 게 그다음이다." 『춘추좌전』에 나오는 '삼불후三不朽'이다. 옛 사람들은 삼불후의 정신으로 글을 썼다. 개인 문집은 좋은 글을 써 영원히 전하고자 하는 욕망의 산물인지도 모른다.

옛 사람들의 좋은 문장에 대한 갈구는 상상 이상이었다. 그들은 빈부나 귀천을 따지지 않고 평가받을 수 있는 것은 문장밖에 없다고 믿었다. 시는 '돌에 부딪치면 흐느껴 울부짖고 연못에 고이면 거울처럼 비치는' 샘물과 같은 존재라고 예찬했다. 그래서 문장가로 이름을 얻기 위해 좋은 글을 찾아 읽고, 부단히 글쓰기를 연마했다. 조선 시대에 『동문선』·『청구풍아』와 같은 시문 선집이 계속 간행된 것은 그만큼 좋은 글쓰기에 대한 욕망이 컸다는 증거이다. 또 뛰어난 문장가들은 각자 독특한 글쓰기 철학을 갖고 있는 문학이론가들이었다. 장유의 「계곡만필」, 박지원의 「소단적치인」은 좋은 글이 무엇인가에 대한 고민의 산물이다.

오래된 문집만큼 좋은 글쓰기 텍스트는 없다. 비록 한문으로 되어 있지만 번역문을 읽는 것만으로도 글쓰기 철학, 문체의 미학, 텍스트 구성 방식 등을 배울 수 있다. 『동국이상국집』·『매월당집』·『상촌집』·『계곡집』·『연암집』은 '문장의 보감'이자 '글쓰기의 고전'이다.

이 책에서는 수천 종의 문집 가운데에서 고전의 반열에 오른 책을 위주로 골라 소개했다. 문집을 선택하면서 가장 역점을 둔 부분은 '좋은 문장'이다. 이규보는 좋은 글귀 하나를 얻기 위해 시 원고 300여 수를 불태웠다고 밝혔다. 그러니 그러한 글들이 실린 문집을 읽는 것만으로도 글쓰기 공부에 큰 도움이 된다.

문집은 개인이나 가문 또는 제자들이 펴내는 경우가 대부분이다. 그러나 사상이나 문학으로 이름이 있는 경우에는 조정이나 지방 관아에서 공적인 경비를 들여 간행했다. 『계원필경집』·『익재집』·『매월당집』·『간이집』·『연암집』은 문인들이 즐겨 읽던 문집이다. 『삼봉집』·『율곡집』·『담헌서』·『완당전집』·『담원문록』처럼 학술과 사상 연구의 텍스트로 명성을 얻은 문집도 있다. 그러나 많은 개인 문집들은 한두 번 간행된 뒤 통용되지 못하고 잊혀졌다. 간행되지 못하고 필사본으로 전한 문집도 부지기수이다. 상황이 이렇다 보니 오랫동안 문집에 어떤 내용이 실려 있는지조차 파악되지 않았다. 『무명자집』이나 『심대윤전집』처럼 도서관이나 문중에 전해오다가 최근에야 발굴된 문집도 있다.

고전문학 연구자들은 오래전부터 문학사를 정리하기 위해 문집을 연구해왔다. 이와 함께 고전 국역 기관인 민족문화추진회가 지속적으로 문집을 발굴해 학계에 소개해왔다. 지금은 이 기관의 후신인 한국고전번역원이 국가 사업으로 문집 편찬과 번역을 담당하고 있다.

나는 20년 전 외환위기 때 신문사를 떠나 민족문화추진회에서 국역 사업에 잠시 참여한 적이 있다. 당시 문집 번역 원고를 교정하는 일을 맡았는데, 그 과정에서 문집에 눈을 떴다. 처음에는 문집의 방대함에 놀랐고, 다음에는 문집 속의 다양한 콘텐츠에 놀랐다. 그러면서 많은 독자들이 문집을 읽었으면 좋겠다는 생각을 했다. 이 책은 그때 품었던 생각을 확장한 결과물이다.

원고를 쓰면서 대상 문집 전체를 통독하려고 애썼다. 그러나 문집의 양이 방대해 꼼꼼히 읽어가기가 쉽지 않았다. 번역된 문장도 직역투라서 독서에 장애가 됐다. 문집의 대중화를 위해서는 직역 위주의 완역본과 별도로 좋은 문장을 뽑아 번역하는 선역 작업도 필요하다는 생각이 들었다.

여러 분들의 도움이 있어 부족하나마 책을 쓸 수 있었다. 먼저 묵묵히 고전 국역에 종사하고 있는 한문 번역자들에게 감사를 표한다. 이 역자들은 고전학이라는 기초 학문을 일구는 숨은 일꾼들이다. 한문을 배우고 고전을 알게 되면서 세 분의 선생님을 뵐 수 있었던 것은 큰 행운이었다. 임형택 선생님은 옛 문헌에서 새로운 생각을 길어낼 수 있는 법고창신의 가르침을 주셨다. 박소동 선생님은 한문 텍스트가 봉건시대의 유물이 아닌 살아 있는 문화유산이라는 사실을 일깨워주셨다. 정해렴 선생님은 이 시대에 의미 있는 고전을 발굴하여 현대화하는 작업을 보여주셨다. 머리 숙여 감사의 인사를 올린다. 책을 내도록 권유하고 격려를 아끼지 않은 한승훈 선생님과 곽효환 시인, 그리고 원고 집필 과정에서 궁금증과 어려움을 해결해준 김영봉·이구경 선배께 고마움의 말씀을 드린다. 끝으로 『옛글의 풍경에 취하다』에 이어 출판을 맡아준 도서출판 역사공간의 주혜숙 대표와 원고 기획부터 편집까지 애써준 편집부에 감사드린다.

2018년 11월

조운찬

차례

3부 새로운 생각의 가능성을 열어준 안내자들

4부 부조리한 세상에 당당히 저항한 문장가들

5부 격변기의 혼란 속에서 살아간 인재들

1부

고품격 문장을 쓴 우리 문학사의 별들

대신 써준 글마저도 얼마나 훌륭했던지

최치원의 『계원필경집』

『계원필경집(桂苑筆耕集)』

최치원이 당나라 장수 고변(高騈) 아래에서 막료로 활동할 때 지은 시를 모은 문집으로, 우리나라에 현존하는 가장 오래된 문집이다. 최치원은 시 50수, 문 320편을 직접 골라 20권으로 엮어 헌강왕에게 바쳤다. 1~16권은 고변을 대신해 지은 글로 정치 · 군사적인 사안을 다뤘다. 그러므로 글의 주인공이 최치원이 아니라 고변이다. 17권 이후가 최치원이 자신의 말로 쓴 글이다. 당나라의 정세, 최치원의 재당 생활, 교유관계, 귀국 과정을 담고 있어 사료적 가치도 있다. 최치원의 또 하나의 문집으로 『계원필경집』에 빠진 시문을 모은 『고운집(孤雲集)』이 있다.

최치원(崔致遠, 857~?)

학자. 경주최씨의 시조. 자는 고운(孤雲) · 해운(海雲). 869년 당나라에 유학하여 과거에 급제하고 선주 율수현위가 되었다. 885년 귀국하여 시독 겸 한림학사, 지서서감이 되었으나 국정의 문란함을 통탄하고 외직을 청원해 지방 태수를 지냈다. 난세를 비관하여 시무 10여조를 조정에 올리고 전국을 떠돌다 가야산 해인사에 들어가 여생을 마쳤다고 한다. 화랑도 정신을 담아낸 「난랑비서문」은 중요한 자료다. 사후 문묘에 배향되었고, 문창후(文昌侯)에 추봉되었다.

중국어로 간행된 『계원필경집교주』

내 서가에는 『계원필경집교주桂苑筆耕集校注』(상 · 하)라는 중국어 책이 꽂혀 있다. 이름에서 알 수 있듯이 고운 최치원의 『계원필경집』을 교감하고 주석을 단 책이다. 책갈피에 끼여 있는 영수증을 보니 2010년 8월 21일 중국 북경北京의 만성서원萬聖書園에서 상 · 하 두 권을 56위안에 구입한 것으로 되어 있다.

그즈음 나는 특파원으로 중국 북경에 파견 근무 중이었다. 휴일이면 이따금 서점 순례에 나섰던 내가 즐겨 찾던 곳은 만성서원이었다. 북경대학과 청화대학 사이에 있는 이 서점은 인문교양서적이나 학술서적을 주로 취급하는, 북경에서도 꽤 유명한 곳이다. 그날 나는 중국 서점에서 『계원필경집교주』를 발견하고 적잖이 놀랐다. 2007년 출간된 이 책은 육지陸贄 · 대진戴震 · 왕세정王世貞 · 완원阮元과 같은 쟁쟁한 중국 학자들의 문집과 함께 중화서국中華書局 출판사의 중국역사문집총간 시리즈에 들어 있었기 때문이다. 물론 『계원필경집교주』에는 저자가 '신라 최치원'으로 되어 있다.

1912년 창립한 중화서국은 『사기』와 같은 역사서나 유교 경전 등 고전을 출간해왔으며 상무인서관商務印書館 · 삼련서점三聯書店과 함께 중국의 3대 출판사로 꼽힌다. 여기서 한 가지 의문이 들었다. 중국의 유수 출판사에서 왜 우리나라 고전을 중국역사문집총간으로 발간했을까? 중문학자 욱현호郁賢皓 남경사범대학 교수는 『계원필경집교주』 서문에서 『계원필경집』이 신라 문인의 시문집이지만 당나라 말기의 역사적 사건과 인물뿐 아니라 중국의 역사책에 기록되지 않은 원자료들을 적지 않게 담고 있어 중국 역사와 문학을 이해하는 데 중요한 1차 자료가 된다고 밝혔다. 저자가 외국인이지만 중국을 이해하는 데 필수적인 문헌이어서 중국역사문집 총서에 포함시켰다는 얘기다. 『계원필경집교주』를 펴낸 중국 최치원 연구의 최고 권위자인 당은평黨銀平 남경사범대학 교수도 같은 의견이다. 그는 『계원필경집』을 개인이 쓴 당나라 말기의 실록實錄이라고 말한다. 나아가 중국 역사뿐 아니라 아시아 문학사 · 교류사 · 사상사를 연구하는 데 중요한 문화적 가치를 지닌 세계적인 문헌이라고 높이 평가했다.

이처럼 중국에서 최치원의 위상은 우리가 생각하는 것보다 훨씬 높다. 최치원을 기리고 기념하는 활동도 한국보다 더 활발하다. 북경 시내에 있는 국자감에는 중국 과거시험에 합격한 외국인들을 기념하는 전시관이 마련되어 있는데, 최치원의 코너에는 그의 초상과 함께 관련 자료들이 전시되어 있다. 또 최치원이 관리로 활동했던 중국 강소성江蘇省 양주시揚州市는 2007년 최치원기념관을 건립해 한 · 중 우호의 터전으로 활용하고 있다. 번듯한 기념관은커녕 최치원을 기리는 변변한 사업 하나 없는 우리와는 크게 비교된다.

동방 문학의 비조 최치원

우리에게도 최치원은 귀중한 존재이다. 조선 후기 문장가이자 『계원필경집』 간행자인 서유구가 최치원을 '동방 문학의 비조鼻祖'라고 부른 이후 이러한 평가는 학계의 정설이 되었다. 또한 최치원은 한국 사상과 학문의 종조宗祖이기도 하다. 서울 성균관의 문묘에는 한국의 유교를 이끌어온 학자 18명이 동쪽과 서쪽에 나란히 모셔져 있는데, 그 앞자리에 최치원과 설

총의 위패가 자리하고 있다. 문학 · 철학 · 종교 · 서예 등 한국학은 그 뿌리를 최치원에 두고 있다.

최치원이 걸출한 문인 · 학자 · 사상가로 역사에 기록될 수 있었던 것은 그의 시문집 『계원필경집』 덕분이다. 이 책에는 여느 문집과는 다른 몇 가지 특징이 있다. 『계원필경집』은 최치원 자신이 생전에, 그것도 30세의 젊은 나이에 스스로 편찬해 어람을 위해 임금에게 진상했다. 대부분의 문집이 저자 사후에 제자나 문인, 또는 후손이 주도하여 간행했다는 사실에 비춰보면 이례적인 일이다.

이 대목에서 최치원의 문학적 천재성과 학문에 대한 열정이 지적되어야 한다. 그는 868년, 12살의 어린 나이에 당나라에 들어가 6년 만에 외국 유학생을 대상으로 실시한 과거시험인 빈공과에 합격했다. 그는 당나라 유학 시절, "다른 사람이 백을 하면 나는 천을 다하는 노력을 했다[人百己千]"(「계원필경 서문」)고 회고할 정도로 열심히 공부했다.

과거에 급제한 최치원은 선주宣州의 율수현(지금의 강소성 양주시)의 현위(현감)로 임명됐다. 그러나 그는 율수현위를 1년 만에 그만둔 뒤 고급 관료로 나아가기 위해 박학굉사博學宏詞라는 인재등용 시험을 준비하던 중 회남절도사 고변高騈의 참모로 발탁됐다. 이후 최치원은 관역순관館驛巡官이라는 직책으로 고변의 상소문 · 편지글 · 제문 · 연설문 등을 대작 · 대필하는 역할을 수행했다. 쉽게 말하면 고변의 기록담당 비서관이었던 셈이다. 그는 종사관으로서 고변의 휘하에서 4년간 활동했는데 이 시기에 지은 글이 1만여 편에 달한다.

최치원이 고변의 종사관으로 활동하던 시기, 회남지방(회하강의 남쪽으로 지금의 강소성 일대)은 황소黃巢가 반란을 일으켜 크게 어지러웠다. 회남절도사의 임무도 당연히 황소 토벌에 집중될 수밖에 없었으니, 『계원필경집』에 회남의 정치 · 군사 · 경제 · 지리 · 역사와 황소의 난 진압에 관한 글이 많은 것은 이 때문이다.

이러한 사정은 '계원필경'이라는 문집의 이름에도 고스란히 드러난다. '계원桂苑'은 최치원이 고변의 아래에서 활동했을 때 머물렀던 중국 회남시의 별칭이며, '필경筆耕'은 어지러운 시기에 문필로 먹고살았다는 뜻이다. 곧 『계원필경집』은 고변 휘하에서 일하면서 쓴 1만여 편의 시와 산문 가운데 370편을 골라 20권으로 편찬한 최치원 문집이다.

『계원필경집』은 한국고전번역원에서 우리나라 대표 문집 1,259종을 집대성해 엮은 한국문집총간에 첫 권으로 들어 있다. 게다가 한반도에서 출간된 최초의 문집이면서 1,100여 년 동안 전수되어온, 동아시아에서도 흔치 않은 개인 저작이다. 그렇다고 사적인 글 모음인 것도 아니다. 『계원필경집』에는 시를 읊조리고, 인생과 자연을 논한 글이 많지 않다. 대부분이 당안檔案(중국의 정부기록문서)과 같은 공무를 위해 쓴 기록이다. 중국 학자들이 당나라 말기의 지방 정치와 역사를 기록한 '실록'이라고 말하는 것도 일리가 있다.

『계원필경집』을 읽는 방법

『계원필경집』은 정부의 공문서처럼 딱딱하고 무미건조하다. 외국의 역사나 사실에 대한 기술이 많아 쉽게 읽히지 않는다. 조선 전기의 뛰어난 학자였던 서거정조차 "『계원필경집』에 이해되지 않는 곳이 많다"라고 털어놓을 정도였으니 오늘날 독자가 쉬 다가갈 수 없음은 어쩌면 당연하다.

『계원필경집』 20권 가운데 권1부터 권16까지는 대개 최치원이 상관인 고변을 대신해 쓴 글이다. 대부분 "신 모는 아룁니다"로 시작되는데, 여기서 신 모는 최치원이 아닌 고변이라는 점을 염두에 두어야 한다. 이 때문에 『계원필경집』에서 최치원의 생각이나 정신을 읽어내기란 쉽지 않다. 대통령 연설문에 작성자의 뜻이 담겨 있지 않은 것과 마찬가지이다.

그나마 『계원필경집』에 일부 최치원 자신의 글(권17~20)이 포함되어 있어 다행이다. 최치원 문장의 진수를 맛보기 위해서라면 이 부분을 읽는 게 좋다. 특히 권18에 들어 있는 「관직을 사양하는 장문[謝職狀]」과 「장계長啓」를 권하고 싶다. 이 두 글을 「계원필경 서문」과 함께 읽으면 최치원의 당나라 유학 및 관직 생활의 대략을 알 수 있다. 권20에는 최치원의 자작 한시 50편이 포함되어 있다. 『계원필경집』에 실린 산문(320편)에 비하면 적은 양이지만, 최치원이 해외에서 느꼈던 회포가 잘 드러나 있다.

『계원필경집』의 많은 글들이 대작이나 대필이지만, 그렇다고 해서 문집의 가치가 떨어지는 것은 아니다. 최치원의 문장은 당대 최고이다. 표表·장狀·서書·기記·제문祭文 등 장르를 막론하고 각각의 글에는 최치원의 박학다식함과 빼어난 글재주가 녹아들어 있다. 그래서 그 자체로 9세기 동아시아의 문장과 글쓰기를 연구하는 데 중요한 자료가 된다.

눈이 밝은 독자라면 최치원의 글에서 용사用事의 사례에 주목해보면 좋을 듯하다. '용사'란 전고나 역사적 사실을 인용하며 문장의 설득력을 높이는 글쓰기 방식인데, 최치원의 문장에는 유독 그 사례가 많다. 예컨대 『계원필경집』에서 가장 널리 알려진 「황소에게 보낸 격서[檄黃巢書]」만 해도 황소의 죄악상을 드러내기 위해 요순시대의 묘호, 진나라의 유요와 왕돈, 당나라의 안녹산과 주자 같은 반역자들의 이야기를 열거한다. 또 『도덕경』이나 『춘추좌전』의 구절을 인용해 황소를 토죄한다. 때로는 지나친 용사가 독서를 방해하기도 하지만, 읽다 보면 사서오경·제자백가서를 넘나드는 최치원의 독서 편력을 확인할 수 있다.

『계원필경집』에는 그의 유명한 한시인 「가을밤 비 내리는 속에[秋夜雨中]」와 「가야산 독서당에 제하다[題伽倻山讀書堂]」가 들어 있지 않다. 『계원필경집』이 30세 때까지 쓴 글 가운데 뽑아 모은 문집이기 때문이다. 최치원은 그 외에도 「사산비명」·『법장화상전』 등 여러 글을 남겼다. 『동문선』 등에 유전되어온 이 글들은 1926년 후손 최국술이 『고운집』이라는 이름으로 엮어 출간했는데, 두 편의 한시는 여기에 실려 있다. 『계원필경집』이 최치원의 자찬 문집이라면, 『고운집』은 최치원 문집의 보유편이라고 할 수 있다. 『고운집』은 체계를 갖춘 문집은 아니지만 다양한 글이 실려 있어 최치원의 학문과 사상을 이해하는 데는 『계원필경집』보다 더 효과적이다.

끝으로 판본과 번역본 이야기를 덧붙이고 싶다. 조선 후기 대학자였던 서유구와 홍석주의 우정 덕분에 오늘날 우리에게 『계원필경집』이 전해질 수 있었다는 이야기다. 『계원필경집』은 홍석주가 집에 전해오던 옛 책을 호남관찰사로 재직 중인 서유구에게 건네면서 활자본으로 출간되었다. 1834년 전주에서의 일이다. 그때 홍석주와 서유구는 각각 「교인 계원필경집 서문」을 써 이러한 문집 출판의 경위를 상세히 밝혔다. 이와 별도로 서유구는 『풍석전집』에서 홍석주와 『계원필경집』 간행에 대한 의견을 교환했던 편지(「홍석주에게 계원필경을 논하면서 보낸 편지[與淵泉洪尙書論桂苑筆耕書]」)를 남겼다.

최치원 문집은 1970년대 이후 문중과 일부 학자들을 중심으로 간간이 번역되어왔지만, 본격적인 주석 작업은 2010년 한국고전번역원에서 마무리되었다. 번역은 전문 국역자인 이상현 선생이 맡았는데 지금까지 나온 『계원필경집』 번역본 가운데 완성도가 가장 높다는 평가를 받고 있다.

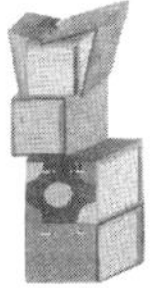

시의 마귀가 따라다니니 쓰지 않고는 견딜 수 없네

이규보의 『동국이상국집』

『동국이상국집(東國李相國集)』

이규보가 생전에 완성하지 못한 문집을 사후에 아들 이함(李涵)이 53권 14책으로 간행했다. 2,000여 수의 시와 표전(表箋)·교서(教書) 등 다양한 문체의 작품이 수록되었다. 시는 지은 연대순으로, 산문은 문체에 따라 정리했다. 시에서는 고구려 동명왕의 영웅적인 일대기를 읊은 「동명왕편」이 유명하다. 산문 중에서는 「국선생전」과 「청강사자현부전」 등 가전체 작품이 주목을 받고, 시화 「백운소설」은 학계에서 많이 거론되고 있다. 사소한 사물에 교훈적 의미를 덧붙인 「경설(鏡說)」·「슬견설(蝨犬說)」 등 빼어난 산문이 많다.

이규보(李奎報, 1168~1241)

문신·문인. 초명은 인저(仁氐), 자는 춘경(春卿), 호는 백운거사·지헌(止軒)·삼혹호선생(三酷好先生), 본관은 여흥이며 이윤수(李允綏)의 아들이다. 1189년 사마시, 이듬해 문과에 급제했고 전주목 사록 겸장서기를 시작으로 예부낭중, 지제고, 호부상서, 집현전 대학사, 문하시랑 평장사 등 관직을 두루 거쳤다. 벼슬에 임명될 때마다 그 감상을 읊은 즉흥시로 유명했다. 처음에는 도연명의 영향을 받았으나 개성을 살린 독자적인 시의 품격을 이룩했다. 만년에 불교에 귀의했으며, 시호는 문순(文順)이다.

시의 마귀와 싸운 시의 전사

'꿈은 이루어진다'는 말은 꿈이 실현되기 어렵다는 현실을 역설적으로 표현한 것일지도 모른다. 오래전 항간에 유행하던 '간절히 바라면 온 우주가 도와준다'는 말도 종교 세계에서나 통할까, 현실 세계에서는 거의 힘이 없다. 나카지마 아츠시의 소설 「산월기山月記」는 시인으로 입신출세하기 위해 시 짓기에 몰두하다가 끝내는 괴수 호랑이로 변한다는 주인공 이징의 이야기다. 우화 같은 작품이지만, 가난한 문인의 고뇌를 통해 시인도 되지 못하고 인간의 자존심도 지킬 수 없었던 부조리한 인간 세계를 고발한다.

고려 문인 이규보는 「산월기」의 이징과 달리 냉혹한 여건을 딛고 시인이 되었다. 시를 잘 쓰려는 이규보의 간절함은 이징 못지않았다. 그러나 이징과 달리 그는 시인의 자존심뿐 아니라 수치심까지 버렸다. 오로지 시만을 생각했다. 가장 큰 어려움은 경제적 궁핍이었다. 지방 향리 집안에서 태어난 이규보는 가난에 시달렸다. 과거에 합격했지만, 오랫동안 벼슬자리를 얻지 못해 늘 곤궁했다. 그러나 가난은 도리어 창작의 원천이 되었다. 중국 시인 구양수는 "시는 곤궁해진 뒤에야 공교로워진다[詩窮而後工]"고 했는데, 이규보가 바로 그런 경우였다.

> 삼월 십일일에
> 아침거리 없어
> 아내가 갖옷 잡히려 하기에
> 처음엔 내 나무라며 말렸네
> 추위가 아주 갔다면

누가 이것 잡겠으며
추위가 다시 온다면
올겨울 난 어쩌란 말이오
아내 대뜸 볼멘소리로
당신은 왜 그리 미련하오
그리 좋은 갖옷 아니지만
제 손수 지은 것으로
당신보다 더 아낀다오
허나 입에 풀칠이 더 급한 걸요
(…)

–「옷을 전당 잡히고 느낌이 있어 최종번 군에게 보이다[典衣有感 示崔君宗藩]」

이규보는 가난을 숨기지 않았다. 가죽옷을 전당 잡혀 쌀을 구할 정도로 궁핍했지만, 긍정적인 사고로 대처하려 했다. 친구들에게 털어놓으며 도움을 받기도 했다. 주위 사람들이 도움을 줄 때에는 감사의 인사를 잊지 않았다. 그의 문집 『동국이상국집』에는 「또 진양공(최우)이 흰쌀을 보내준 것에 감사하다」와 같은 고마움을 표시하는 시가 적지 않게 실려 있다.

이규보는 평생 시 짓는 일을 즐겼다. 시를 짓지 않고는 못 배기는 일을 '시벽詩癖'이라고 하는데, 그가 바로 시라는 병에 걸린 환자였다. 그는 「시벽」이라는 시에서 "나이가 70이 넘고, 벼슬이 정승 자리에 올랐지만/ (…) / 어찌할 수 없는 시마詩魔가/ 아침저녁 남몰래 따라다닌다"고 읊을 정도로 시를 놓지 못했다. 그에게 시 짓기는 즐거운 일이었지만, 때로는 감내하기 어려운 고통이기도 했다. 오죽했으면 「구시마문驅詩魔文」을 지어 "시의 귀신아, 제발 떠나다오"라고 호소했을까.

이규보는 스스로 자신의 시가 8,000여 수에 달한다고 밝혔다. 이 가운데 『동국이상국집』에는 2,088수가 실려 있다. 다작이라고 해서 수준이 떨어지는 게 아니다. 시인으로서 자질을 타고난 데다 끊임없이 절차탁마한 결과라고밖에 볼 수 없다. 완벽한 시를 추구했던 이규보는 "차마 글 상자를 더럽힐 수 없어/ 아침 짓는 아궁이에 넣어 태우기도"(「분고焚藁」) 했다. 어느 날에는 성에 차지 않아 자작시 300편을 불살랐다는 기록도 전한다.

그는 많이 짓는 것 못지않게 빨리 지었다. 당시 문단에서 이규보는 '3첩三捷'으로 불렸다. "걸음이 재고, 말이 빠르고, 시를 빨리 지어[步捷語捷詩捷也]" 붙은 별명이다. 고려가요 「한림별곡」에 "이규보는 쌍운주필雙韻走筆에 능했다"는 말이 나온다. '주필'은 달리듯이 붓놀림을 빨리 했다는 뜻이다.

고려의 시대상을 담아낸 한시

용산 국립중앙박물관의 고려 시대 전시관을 둘러보다 보면 한시의 한 대목을 만나게 된다.

금림의 버들에 의탁하길 기대하오니	禁林期託柳
원컨대 긴 가지 하나를 빌려주소서	願借一長條

'무신 정변과 강화 천도'라는 주제의 진열장에 쓰여 있는 이 시는 『동국이상국집』 권2에 실려 있는 「유승선에게 올리다[呈柳承宣]」의 일부다. 시 아래에는 "이규보가 당시 고위 관리였던 유승선에게 관직을 구하는 시"

라는 설명이 붙어 있다.

진열장에는 이규보의 시 구절 이외에 『동국이상국집』 원본, 고려청자 4점, 최충헌 가족을 위한 호신용 경전과 경갑(보물 제691호), 고려 문신 양택춘의 묘지명 등이 전시되어 있다. 박물관의 다른 전시관에서는 볼 수 없는 시를 왜 이곳에 써놓았을까. 고려 시대, 특히 무신정권기는 유물이 많지 않은 만큼 이규보의 시를 통해 당시의 상황을 드러내보자는 취지로 이해된다. 진열장의 설명에도 나와 있듯이, 이 시는 이규보의 개인사와 더불어 무신정권 시대의 사회상을 잘 보여주는 구직시求職詩라고 할 수 있다.

어린 시절부터 시문에 재능을 보인 이규보는 과거에 급제해 문한직文翰職에서 일하고 싶다는 꿈을 키웠다. 문인들의 시회詩會에 출입하며 기예를 연마했고, 과거시험에 응시했다. 그러나 그가 과거에 급제한 것은 사마시에 네 번째로 응시한 21세 때였다. 그리고 이듬해 2차 과거시험인 예부시에도 연거푸 급제했다. 문제는 이때부터였다. 과거시험 합격자로서 받아야 할 관직을 얻지 못한 것이다.

당시의 무신정권은 이규보에게 호의적이지 않았다. 그는 한동안 천마산에 들어가 시문을 지으며 살았다. 그러나 생활고에 시달리고 벼슬에 대한 욕망이 커져가면서 고위 관리들에게 관직을 구하는 인사 청탁을 하게 된다. 유승선에게 바친 한시는 이러한 배경에서 나왔다. 『동국이상국집』에는 이 외에도 이규보가 조영인 · 임유 · 최당 등 당시 유력자에게 자신을 천거해달라고 부탁하는 여러 편의 시와 편지가 실려 있다.

이규보는 이처럼 시와 산문을 통해 당시의 시대를 증언했다. 1209년 전주목의 사록겸장서기司錄兼掌書記가 되어 처음 관직에 나아간 뒤부터는 최충헌 · 최우 부자의 요청으로 적지 않은 글을 썼다. 최충헌을 대신하여 국왕을 칭송하는 글을 올렸는가 하면, 최씨 정권이 주도하는 사찰이나 불사의 발원문을 쓰기도 했다. 이 때문에 후대에 이규보가 최씨 정권의 문객

노릇을 한 게 아니냐는 비판이 제기되기도 했다. 이 밖에 금속활자의 주조 상황을 알려주는 「새로 편차한 상정예문에 대한 발문[新序詳定禮文跋尾]」이나 팔만대장경 제작 과정을 기술한 「대장각판군신기고문大藏刻板君臣祈告文」은 고려의 출판 기록 문화를 증언하는 글로서 사료적 가치가 있다.

이규보의 작품 가운데 사회 현실을 가장 잘 드러내고 있는 분야는 농민시다. 이규보는 관리로 나아간 초기에는 전주 · 경주 · 인천 등의 지방관으로서 업무를 수행했다. 지방의 군현을 돌면서 농민들의 어려운 처지를 목격하고 이를 시에 적극 담아냈다. 아래 「농사꾼의 노래[代農夫吟]」는 지방 아전들의 수탈을 고발한 시다.

비 맞으며 구부리고 김을 매니
검게 탄 얼굴, 사람 꼴이랴만
왕족과 귀족이여, 함부로 멸시마오
그대들의 부귀영화 우리 손에 달려 있다네

햇곡식은 푸릇푸릇 논밭에서 자라는데
아전들 벌써부터 세금 걷는다고 성화네
애써 농사지어 나라를 살리는 일 우리에게 달렸거늘
어찌 이리 극성스레 수탈하는가

이규보의 농민시는 관리나 지배층이 아닌 농민의 눈으로 실상을 그대로 보여준다. 농촌 현장에서 농민들을 만나 대화하며 기록하지 않았다면 나올 수 없는 작품들이다. 이런 점에서 이규보는 고려 시대 최고의 리얼리즘 시인이면서 뛰어난 현장 저널리스트였다고 할 수 있다.

만물은 근원적으로 평등하다

「조물주에게 묻다[問造物]」라는 글에서 이규보는 조물주에게 따진다. 하늘은 사람이 잘 살도록 오곡을 내고 뽕과 삼을 내었는데, 뒤이어 곰·범·승냥이·이리·모기·등에·벼룩과 같은 해로운 동물을 내어 사람을 괴롭히는가? 조물주는 대답한다. 사람과 만물이 생겨나는 것은 다 혼돈에서 정해져서 자연히 나타나니, 하늘도 모르고 조물주도 또한 모른다. 어찌 이로운 것과 해독이 되는 것을 분별하여 그 사이에 놓아두었겠는가.

이규보의 이 글은 "만물은 근원적으로 평등하다"는 사상의 한 면을 잘 보여준다. 차별 없이 생겨난 만큼 당연히 차별해서도 안 된다. 「쥐를 놓아주며[放鼠]」라는 시에서는 "사람은 하늘이 만든 걸 훔치고/ 너는 사람이 훔친 걸 훔친다/ 똑같이 먹고살려 하는 일인데/ 어찌 너만 나무라겠니"라고 쥐를 동정한다. 또 「술에 빠진 파리를 건져주다[拯墮酒蠅]」에서는 "술에 빠져 죽으려 하니 맘이 아프네/ 살려주는 은근한 이 마음 잊지 말아라"라며 해충인 파리를 구제하기도 했다.

이규보에게 모든 생물은 평등하다. 저마다 살아갈 가치가 있는 존재다. 크다고 더 존중받아서도 안 되고 작다고 하찮게 대해서도 안 된다. 생명이라는 견지에서 벌레와 인간은 차이가 없다. 이규보의 만물평등주의는 종종 무생물에까지 확장된다. 그는 바위와 대화하는가 하면[答石問], 정신과 영혼의 문제를 놓고 땅의 정령과 토론을 벌인다[土靈問]. 이규보 작품을 한국 생태주의 문학의 시원이라고 해도 틀린 말은 아니다.

지금껏 이규보는 대서사시 「동명왕편」을 지은 민족시인, 시화집 『백운소설』을 쓴 문학비평가, 「국선생전」 등 기전문학 작가 등으로 평가받아왔다. 그러나 53권이나 되는 거질의 『동국이상국집』에는 이보다 훨씬 많은 이규보의 얼굴이 담겨 있다. 일상을 노래한 시, 사회 모순을 비판한 시, 문예 평론적인 시, 개인의 관심사를 기록한 산문, 시대상을 비판한 사회시 등 그 스펙트럼이 넓다. 이 밖에 외교문서도 있고 문학 창작론, 미학론도 들어 있다.

대개의 경우 문집은 일기 · 편지 · 행장 · 묘지문 등 개인의 사적 기록물로 끝나는 경우가 많다. 그래서 일부 문집은 후손이나 문중의 손을 벗어나면 가치 없는 글 뭉치로 전락해버린다. 그러나 이규보의 시나 산문은 작품성이 뛰어날 뿐 아니라 문학적 · 역사적 가치를 지니고 있어 버릴 게 없다. 특히 고려 무신정권 시대를 이해하는 데 없어서는 안 될 문헌이다.

『동국이상국집』은 처음부터 정독하지 않아도 된다. 옆에 두고 좋은 시집이나 산문집을 읽듯이 아무 쪽이나 펼쳐 건듯건듯 읽어도 좋다. '광세曠世의 문인'(국문학자 김동욱)이라는 평가가 지나치지 않다. 『동국이상국집』은 많지 않은 고려 시대 문집의 하나이지만, 문학사에서 차지하는 위상은 독보적이다.

이규보 문집 번역본은 남북한에서 나란히 나왔다. 남한에서는 1980년 민족문화추진회에서 『국역 동국이상국집』(전 7권)을 냈고, 북한에서는 10년 뒤 문예출판사에서 『이규보 작품집』(2권)을 펴냈다. 북한 번역본은 2005년 남한의 보리출판사에서 『동명왕의 노래』와 『조물주에게 묻노라』라는 이름으로 다시 간행됐다. 남한본은 완역이라는 데 의미가 있으며, 북한본은 발췌 번역이지만 쉽고 생동감 있는 말로 옮겨 읽기가 편하다.

중국 대륙을 풍미한 고려의 베스트셀러 작가

이제현의 『익재집』

『익재집(益齋集)』

『익재난고(益齋亂藁)』 10권, 『역옹패설(櫟翁稗說)』 4권, 『습유(拾遺)』 1권으로 구성되어 있다. 고려 때에 간행된 초간본은 전하지 않는다. 조선조에 들어와 여러 차례 중간되었다. 『익재난고』에 수록된 사(詞) 53수는 현전하는 장단구(長短句) 가운데 최고의 걸작으로 불린다. 「충헌왕세가」와 「사찬(史贊)」은 한국사학사에서 중요한 역사 자료이다. 「역옹패설」은 문학성이 뛰어난 글로, 수필문학의 백미로 일컬어진다. 역사 · 인물 이야기 등은 고려 말 정치 상황과 외교, 원나라의 정치 · 사회 · 문화, 고려 왕실의 지배구조 등을 파악할 수 있어 고려사 연구에 도움이 된다.

이제현(李齊賢, 1287~1367)

문신 · 학자 · 시인. 초명은 지공(之公), 자는 중사(仲思), 호는 익재(益齋) · 실재(實齋) · 역옹(櫟翁)이다. 본관은 경주이고, 이진(李瑱)의 아들이다. 성균시 장원에 이어 문과에 급제하고 백이정(白頤正)의 문하에서 성리학을 공부했다. 원나라에 있던 충선왕이 만권당을 세워 그를 부르자 연경으로 가 요수염 · 조맹부 등과 함께 고전을 연구했다. 우정승 · 도첨의정승 · 문하시중에 올랐다. 1362년 홍건적 침입 때 공민왕을 청주에 호종해 계림부원군에 봉해졌다. 만년 은퇴 후에는 왕명으로 실록을 편찬했다. 시호는 문충(文忠)이다.

700년간 21쇄를 찍은 베스트셀러 문집

고려 시대 문인이자 학자인 이제현의 문집 『익재집益齋集』은 분량이 많지 않다. 1979년 민족문화추진회에서 나온 국역본은 2권에 지나지 않는다. 책 뒤쪽에 합편된 문집 원문을 빼면, 1권은 254쪽, 2권은 208쪽이다. 국역본을 기준으로 이규보의 『동국이상국집』이 9권, 이색의 『목은집』이 12권인 점을 감안하면 적은 분량이다.

이제현은 당시로서는 드물게 81세까지 살았다. 또한 고려의 대표 문인으로 꼽힐 정도로 왕성한 문학 활동을 했다. 이런 그가 남긴 문집이 고작 2권 분량뿐이라니 언뜻 이해가 가지 않는다. 그러나 문집 간행 과정을 살펴보면 수긍이 간다. 이제현의 문집은 그가 죽은 지 3년 뒤 1370년에 처음 묶였다. 이름은 『익재난고』였다. 여기저기 흩어져 있는 시편과 산문을 모은 원고라는 뜻이다. '난고亂藁'라는 말에는 많은 원고가 산실되었다는 의미도 들어 있다.

이제현의 문집이 판각되어 출판된 것은 세종 14년인 1432년이다. 세종이 직접 지시하여 간행했다. 『익재난고』를 재편집하고 이제현이 56세 때 쓴 『역옹패설』도 정리하여 『익재집』이라는 이름으로 합편했다. 이후 『익재집』은 1600 · 1693 · 1814 · 1929년 등 여러 차례 중간됐다. 일제강점기인 1911년 창강 김택영은 이제현을 우리나라 9대 문장가로 꼽고 산문 7편을 『여한십가문초』에 수록했다. 서지학자들의 연구에 따르면, 익재 문집은 한국에서 15번 판각됐고 중국에서는 5번, 일본에서는 1번 출판됐다고 한다.

『익재집』이 700년간 꾸준히 간행됐다는 것은 널리 읽혔다는 증거다.

그러나 오늘날 『익재집』 국역본을 보면, 이해하기가 쉽지는 않다. 700년이 넘는 시간의 간극 때문만은 아니다. 그의 문학이 너무 크고 넓기 때문이다. 말 그대로 호한浩瀚하다. 이제현 문장을 알려면 그가 살았던 시기와 그의 삶, 폭넓은 문학적 지식에 대한 이해가 전제되어야 한다. 그의 시와 산문은 모두 구체적인 시기와 사건을 기록해둔 것이 많다. 음풍농월이나 소일 삼아 쓴 게 아니다. 어느 시기에 어떤 사건의 맥락에서 쓰인 것인지 알지 못하면 이제현의 글은 이해하기 어렵다.

조국의 이익과 권리를 대변한 산문

이제현이 활동하던 고려 후반기는 원나라의 간섭을 받던 시기였다. 나라는 원의 부마국으로 전락해 민족의 자주성이 크게 훼손되었고, 백성들은 왜구 침탈과 관리의 학정에 시달려야 했다. 이제현은 15세 때 성균관 시험에 1등으로 합격하고 문과 과거에도 급제했다. 내외의 관직을 두루 거쳤으며 재상의 자리에도 네 차례나 올랐다.

여섯 임금 아래에서 관리 생활을 할 정도로 조정의 신뢰가 컸다. 충선왕이 원나라 수도 연경에 만권당을 세웠을 때에는 왕의 부름을 받아 그곳에 가 10년 동안 머물렀다. 만권당에서 조맹부 · 염복 · 요수 등 원나라의 문인들과 시문을 주고받으며 교유했다. 이제현은 관리로서 엘리트 코스를 밟았지만, 시대의 아픔을 외면하지 않았다. 그의 문학은 나라에 대한 충성과 백성에 대한 사랑으로 충만해 있다.

1323년 간신 유청신 · 오잠 등이 원나라에 글을 올려 고려를 원의 한

성省으로 병합시켜달라고 요청한 일이 있었다. 이제현은 고려 400년 왕업을 끊어지게 할 수 없다며 원나라 도당都堂에게 글을 올려 병합 요청을 철회하게 했다. 『익재집』 권6 첫머리에 실려 있는 「원나라 서울에서 중서 도당에 올린 글[在大都上中書都堂書]」에서 이제현은 『중용中庸』의 「구경장九經章」에 나오는 "먼 데 사람을 편안하게 한다"는 구절을 인용해 병합을 반대하는 논리를 펼친다. 이때 그가 썼던 "나라는 그들의 나라에 맡기고, 백성은 그들의 백성이 되도록 하라[國其國 人其人]"는 말은 후대에 자주 회자되었다. 이제현이 아니었다면, 고려는 완전히 주권을 상실했을지도 모른다. 그 대목을 인용한다.

> 삼가 바라건대, 집사 각하께서는 역대 조정이 공로를 생각하던 의리를 체득하십시오. 또 『중용』에서 세상을 깨우친 말을 기억하셔서 나라는 그들의 나라에 맡기고 백성은 그들의 백성이 되도록 하며, 정치를 다 다스려 번방藩邦(제후국)이 되도록 하여 우리가 한없는 기쁨을 누릴 수 있다면 이게 어찌 고려의 백성들만 경사로 여겨 원나라의 높은 덕을 노래하겠습니까?
>
> 伏望執事閣下 體累朝念功之義. 記中庸訓世之言 國其國人其人 使修其政賦而爲之藩籬 以奉我無疆之休 豈唯三韓之民 室家相慶 歌詠盛德而已.

충숙왕 7년(1320), 연경에 머물던 선왕 충선왕은 원나라의 고려인 환관 백안독고사의 참소로 토번吐藩(티베트)의 살사결撒思結로 유배를 갔다. 살사결은 연경에서 1만 5,000리나 떨어진 궁벽한 곳이다. 충선왕의 유배가 4년이 지나도 풀리지 않자 이제현은 원나라 조정에 왕의 무고를 주장하는 「승상 백주에게 올리는 서[上伯住丞相書]」를 올린다.

그는 여기에서 충선왕의 유배지의 고생을 읍소하면서 과거 원나라와의 우호관계를 유지했던 점을 고려하여 방면해줄 것을 요청했다. 선처를 요청하는 글이지만 실제 내용에서는 어르고 달래며 때론 협박하는 당당함도 보인다.

> 하늘이 당신에게 준 임무는 본래 백성들을 구제하는 데 있다. 진실로 하소연할 데 없는 백성들을 아무렇지 않게 여기고 구제하지 않는다면, 어찌 하늘이 내린 책임을 다했다고 하겠는가.
>
> 天之降任於大人 本欲使之濟斯民也. 苟視困窮無告者 恬不爲救 豈天之降任意耶.

익재의 문장에 감동을 받은 승상 백주는 원 황제에게 건의해 유배지를 연경에서 조금 가까운 감숙성의 타사마朶思麻로 옮기게 했다. 『익재집』 권8에 실린 「걸비색목표乞比色目表」는 원나라에 고려인을 색목인과 대등하게 대우해줄 것을 요청하는 글이다. 색목인은 눈빛깔이 다른 서역인 · 아라비아인을 말한다. 당시 원나라는 한족漢族을 억압하는 정책을 폈는데, 고려인은 한족 취급을 받은 반면, 오히려 색목인이 우대를 받아 관직에서 중용되었다. 이러한 차별정책을 시정하고 고려인의 위상을 높여달라는 것이다.

원나라 부마국의 신하가 된 처지에서 이제현은 원나라의 눈치를 보고, 행동에 제한을 받을 수밖에 없었다. 그러나 원나라와 고려의 이해가 충돌하는 지점에서는 지체 없이 조국의 이익을 대변하고 권리를 주장하며, 문장을 통해 조국과 민족을 앞세우는 정치적 견해를 피력했다.

고려가요를 최초로 증언한 한역시

한시는 이제현의 문학에서 가장 주목받는 장르다. 주제도 다양하고 형식도 다채롭다. 주제에서는 중국의 역사를 노래한 교훈시에서 조국의 자연과 현실을 노래한 애국·애민시에 이르기까지 다양하다. 복잡한 사회와 현실을 사실적으로 묘사하기 위해 악부시·율시·절구 등 시의 여러 형식이 동원됐다. 송대에 유행했던 사詞라는 장르까지 포함됐다. 『익재집』에는 시 270수, 장단구 54수가 수록됐다.

학자들은 오래전부터 『익재집』에 수록된 악부시에 주목했다. '소악부'라는 제목 아래 7언절구 11수가 실려 있는데, 이 가운데 3수는 「처용가」·「서경별곡」·「정과정곡」의 한역시다. 차례로 읽어보자.

옛날 신라의 처용 늙은이	新羅昔日處容翁
바닷속에서 왔노라 말을 하고서	見說來從碧海中
자개 이빨 붉은 입술로 달밤에 노래하고	貝齒頳唇歌夜月
솔개 어깨 자주 소매로 봄바람에 춤췄다	鳶肩紫袖舞春風

–「처용가處容歌」

바윗돌에 구슬이 떨어져 깨지긴 해도	縱然巖石落珠璣
꿰미실만은 끊어지지 않으리라	纓縷固應無斷時
님과 천추의 이별을 하였으나	與郎千載相離別
한 점 단심이야 변함이 있으랴	一點丹心何改移

–「서경별곡西京別曲」

매일같이 님 생각에 옷깃이 젖어 憶君無日不霑衣
흡사 봄 산에 자규새 같네 政似春山蜀子規
옳고 그릇됨을 묻지를 마오 爲是爲非人莫問
응당 새벽달과 별만은 알리라 只應殘月曉星知

—「정과정곡鄭瓜亭曲」

고려가요는 고려 시대에 민간에 전승되어온 노래인데 『고려사』 악지, 『악학궤범』·『동국통감』 등 조선 시대에 간행된 서적에 전하면서 알려지게 됐다. 이제현의 소악부는 당대 민간의 노래 가사를 한문으로 옮긴 것으로 국문학사상 중요한 의미를 지닌다. 나머지 8수는 가사 없이 설화만 남아 있는 고려가요로, 주제는 장암長巖·거사련居士戀·제위보濟危寶·사리화沙里花·오관산五冠山·도근천都近川·탐라곡耽羅曲 등이다.

중국의 역사와 지리를 노래한 기행시

『익재집』은 한시로 시작한다. 시詩를 문文에 앞세우는 문집 편찬 관행을 따른 것이지만, 시인 이제현의 면모를 보여주는 사례라고도 할 수 있다. 그런데 제1권의 첫 수부터 시 제목에 낯선 지명들이 등장한다. 봉주鳳州·정흥定興·정형井陘·기현祁縣·분하汾河·예양교豫讓橋·촉도蜀道 등, 이는 모두 중국 지명이다. 봉주는 섬서성 봉현이고, 정흥·정형은 하북성의 지명, 기현과 분하는 산서성의 도시이다.

예양교는 전국 시대 예양이 자객 조양자에게 피살된 다리로 산서성

태원시에 있다. 촉도는 섬서성에서 사천성으로 통하는 험준한 길을 말한다. 어떻게 시의 제목에 중국 각지의 지명이 등장하는 것일까? 여기서 중국 내 이제현의 활동을 이해해야 한다.

이제현이 충선왕의 부름을 받고 북경으로 간 사실은 앞에서 말했다. 그는 그곳에서 27세부터 36세까지 긴 세월을 보냈다. 이 기간 중 이제현은 세 차례나 대륙 대장정에 나서게 된다. 첫 여행은 1316년 7월 26일 시작됐다. 북경의 만권당에서 생활하다가 원나라 황제의 명을 받아 사천성 아미산에 제사를 지내러 간 것이다. 『역옹패설』의 기록을 통해 당시의 여정을 살필 수 있다.

> 길은 조나라(하북성), 위나라(산서성), 주나라(하남성), 진나라(섬서성) 땅을 지났다. 기산岐山의 남쪽에 다다라 대산관大散關을 넘어 포성역을 지나 잔도에 올라 검문劍門으로 들어 성도成都에 이르고, 또 배로 7일을 가서 비로소 아미산에 이르렀다.

이제현 일행은 북경을 출발한 지 1달 반 만에 목적지 아미산에 도착했고, 연말에 북경으로 돌아왔다. 소요 기간은 약 5개월, 여정은 왕복 5,000킬로미터에 달했다. 그의 나이 스물아홉 때 일이다. 3년 뒤에는 절강성 보타산을 여행했다. 이제현은 1319년 4월부터 이듬해 2월까지 상왕 충선왕을 모시고 천진 – 양주 – 진강 – 소주 – 항주에 이르는 대운하 길을 밟아 영파의 불교성지 보타산을 찾아 참배했다. 독실한 불교 신자였던 충선왕을 모시고 순례 길에 나선 것이다.

북경에서 보타산은 왕복 4,200킬로미터 거리로 아미산 여행보다는 짧지만, 여행 기간은 2배나 됐다. 다시 4년이 지나서는 감숙성 타사마를 다녀왔다. 타사마에 유배된 충선왕을 만나러 가는 노정은 2,000킬로미터가 넘었다. 왕복 4,500킬로미터, 여행 기간은 6개월에 달했다.

『익재집』에서 중국 여행과 북경 체류와 관계되는 시는 134수로 문집에 실린 시의 절반을 차지한다. 54수의 장단구는 모두 중국이 배경이다. 따라서 이제현의 중국 대륙 여행 시기나 경로를 모르면 시의 의미를 파악할 수 없다. 문제는 이제현이 쓴 중국 여행시들이 『익재집』에는 체계나 순서 없이 수록됐다는 사실이다. 익재 사후에 문집을 편찬하면서 사방에 흐트러져 있는 시를 수집하는 데 급급했기 때문이다.

그러나 이제현은 생전에 중국의 여행시들을 모아 별도의 시집으로 묶었다. 이러한 사실을 밝힌 학자는 중문학자 지영재 교수다. 그는 『익재집』의 중국 여행시들이 대부분 3차례의 대륙 여행 과정에서 쓰였다는 점에 주목했다. 그리고 문헌 연구를 통해 이제현이 생전에 여행시만을 묶어 『서정록』과 『후서정록』을 펴냈음을 밝히는 논문도 발표했다. 또한 2003년에는 자신의 연구 성과를 모아 『서정록을 찾아서』라는 책을 펴냈다.

대륙 여행은 이제현에게 중국을 깊고 넓게 볼 수 있는 계기가 되었다. 북경에서 각각 아미산 · 보타산 · 타사마를 왕래한 거리는 1만 3,000여 킬로미터. 여기에 개성과 북경을 오간 8차례의 연행길까지 포함하면 4만 킬로미터가 넘는다. 익재의 대륙 여행은 전례가 없는 일이었다.

이제현은 여행 중에 본 중국의 산천을 시로 읊었다. 그의 발걸음이 미친 곳은 놀라울 정도로 넓고 멀었다. 그래서인지 그의 시에서는 대륙의 기상이 느껴진다. 체험에서 나온 작품이기에 실감을 더한다. 「황하」에서는 "곤륜산 봉우리들은 몇 천 길이 되는가/ 은하수 거꾸로 쏟아져 너울너울 흐른다[崑崙山高幾千仞 天河倒瀉流渾渾]"라고 노래했다. 「촉도」에서는 "말에서 내려도 나란히 가기 곤란하고/ 사람이 만나면 물러서야 한다[下馬行難並逢人走却廻]"며 촉나라 가는 길의 험난함을 이야기했다.

이제현은 여행지에서 만난 제갈공명 · 측천무 · 항우 · 한신 · 소동파 등의 유적지에서는 해당 인물을 떠올리며 시를 지었다. 이 시들에는 수많은 고

사성어 · 일화 등이 동원되는데, 이러한 용사用事(옛 고사를 시에 끌어들이는 글쓰기 방식) 때문에 시가 더욱 난해하게 느껴진다. 그러나 그의 용사는 책상머리에서 나온 게 아니라 직접 눈으로 보고 귀로 들은 것이어서 자연스럽고 설득력이 있다. 연암 박지원은 "우리나라 시인의 용사는 거개가 남의 말을 빌려온 것일 뿐이다. 다만 제 눈으로 보고 제 발로 밟아본 이는 오직 익재 이제현 한 사람뿐이다"라고 말했는데, 적절한 평가라고 하겠다.

고려 유학의 종장

『익재집』에 들어 있는 「역옹패설」은 우리나라 패관문학을 이야기할 때 빠지지 않는 저작이다. 문집 뒤쪽에 붙인 이제현 연보에 따르면 56세 때 벼슬에서 물러나 칩거하면서 썼다고 한다. 고려와 중국의 역사 · 인물 · 시문집에 대한 이야기 113종이 실려 있다.

정지상의 시 「송인送人」이 베껴 쓰는 과정에서 잘못 전해지고 있다며 바로 잡은 일은 유명하다. 이제현은 이 시의 마지막 구절이 "해마다 이별의 눈물 푸른 물결을 불게 한다[別淚年年漲綠波]"로 등사되는 것을 발견하고는 '창漲' 자가 합당하지 않다며 '첨添' 자로 수정하게 했다. "해마다 이별의 눈물 푸른 물결에 보태네[別淚年年添綠波]"로 바뀌게 된 에피소드이다.

익재 이제현은 관료이자 학자이며, 시인이자 여행가였다. 그는 네 번 재상에 오른 정치인이었고, 성리학을 들여온 유학자였다. 또 시인이자 문장가로서 자주성을 상실한 나라에서 붓을 들어 조국을 지켰고, 백성들의 어려움을 위무했다.

이제현의 문학 활동을 보노라면 통일신라 최치원의 행적과 겹친다.

두 사람 모두 중국에 가 문학을 수련했으며, 이후 나란히 시문에서 최고의 경지에 올랐다. 중국에서 조국을 그리워하는 애국시를 지었다는 점도 공통점이다. 그러나 고국에 돌아온 뒤의 위상은 달랐다. 최치원은 세상과 불화하며 자신의 뜻을 펴지 못한 채 역사 속으로 스러져간 반면 이제현은 문학·학문·정치 등에서 자신의 역량을 발휘했다. 고려 말 문인 목은 이색은 이제현의 묘지명에 이렇게 썼다.

> 명망이 천하에 넘쳐흘렀다. 몸은 고려에 살았는데, 도덕과 문장이 유학의 종장宗匠이었다. 모두 한유韓愈처럼 우러러 존경하였고, 주돈이周惇頤처럼 상쾌하고 깨끗한 기상이 있었다.

문학의 문학에 의한, 문학을 위한 글쓰기

장유의 『계곡집』

『계곡집(谿谷集)』

장유 자신이 편집했던 것을 1643년 그의 아들 장선징(張善澂)이 약간의 시문을 추가하여 다시 편집·간행했다. 원집은 34권, 「계곡만필」 2권 등 36권 18책이다. 김상헌·이명한·이식·박미 등의 서문과 저자의 자서가 있다. 조선 중기 4대가라는 명성에 걸맞게 문집에서 시보다 산문을 앞에 배치했다. 철학·정치사상·천문·지리·의술·병서 등 다양한 주제의 글이 실려 있다. 맨 뒤에 실린 「계곡만필」은 학술 문제에서 옛 고사들, 문학에 대한 견해를 담은 잡기(雜記)로 조선 중기의 문학사상을 살필 수 있다.

장유(張維, 1587~1638)

문신. 자는 지국(持國), 호는 계곡(谿谷)·묵소(默所)이다. 본관은 덕수(德水)이고, 장운익(張雲翼)의 아들이자 김상용(金尙容)의 사위이며, 효종비 인선왕후(仁宣王后)의 아버지이다. 김장생(金長生)의 문인이었으며, 문과에 급제했다. 이후 인조반정에 가담하여 정사공신에 녹훈되었다. 이괄의 난 때 왕을 공주로 호종한 공으로 신풍군(新豊君)에 책봉됐으며 정묘호란 때는 강화로 왕을 호종했다. 병자호란 때 최명길(崔鳴吉)과 강화론을 주장했다. 대사간·대사성·대사헌·예조판서·우의정을 지냈으며 영의정에 추증됐다. 시호는 문충(文忠)이다.

문학의 고유성을 인정한 성리학자

조선 중기 한문 사대가 '월상계택' 가운데 문학에서 가장 많이 거론되는 인물은 계곡 장유이다. 52년이라는 길지 않은 삶을 살았지만, 그는 문학뿐 아니라 벼슬살이, 인간 됨됨이에서 두루 높은 평가를 받고 있다. 그 가운데 하나를 꼽자면 문장이다. 장유는 당대 문인을 대표하는 직책인 문형文衡(홍문관·예문관의 대제학)을 두 차례나 맡았다. 그는 문학의 독자성을 강조하며 문학을 지키려고 애썼던 조선의 문장가였다. 당대의 평가는 후하다. 장유가 세상을 뜬 직후 『인조실록』의 기사는 그의 위상을 보여준다.

> 사람됨이 순수하고 그 문장의 기운이 완전하고 이치가 분명하니 세상에 그에게 미칠 이가 없다. 문형을 두 차례나 맡아 공사公私의 문서 제작이 대부분 그의 손에서 나왔고, 천관天官(인사를 담당하는 이조)에 오래 있었으나 항상 문 앞이 쓸쓸하여 가난한 선비의 집과 같았다. 사람들에게 명망이 있었으며, 조금도 그를 헐뜯는 이가 없었다.

김창협은 『농암잡지農巖雜識』에서 장유의 문장에 대해 "전아하고 시원스러우며, 말이 이치를 담고 있고, 체재가 구차하지 않으니, 우리 동방의 대가大家라 하겠다"고 치켜세웠다. 조동일 교수는 장유에 대해 "한문 사대가의 문장이 널리 모범이 되어야 한다는 사명감을 가졌다"(『한국문학통사』)라고 평가했다.

장유의 일생과 당시 시대상황을 보면 문학에 전념할 수 있는 환경은 아니었다. 오십 남짓한 그의 생애에는 광해군 폭정, 인조반정, 정묘호란,

병자호란과 같은 역사적인 사건들이 걸쳐 있다. 특히 이괄의 난, 정묘년과 병자년의 난리 때는 인조를 모시고 강화도와 남한산성으로 피란을 가기도 했다. 병자호란 때에는 최명길과 함께 청나라와의 강화를 주장하기도 했다. 벼슬길도 순탄해 이조정랑 · 대사헌 · 대사간을 거쳐 우의정에 제수되었다.

장유는 관직 생활과 정치적 세파 속에서도 문학을 놓지 않았다. 어렸을 때부터 총명함으로 소문난 그는 23세 때 과거에 급제하자마자 문장으로 이름을 날렸다. 32세 되던 해에 『묵소고默所稿 갑甲』이라는 자찬문집을 냈다. '묵소'는 장유의 호이다. 30대에 자신의 문집을 편찬하는 일은 매우 드물었다. 장유는 이 책 서문에 첫째 문집이라는 뜻으로 '갑甲'이라고 붙여 앞으로도 문집을 계속 낼 뜻을 내비쳤다.

> 사부詞賦 운어韻語와 고문 등 약간 편을 모아 간추린 뒤 4권으로 정리해서 『장씨고張氏稿 갑甲』이라고 이름 붙였다. 계속 얻어지는 것이 있을 경우에는 을 · 병으로 편집해볼 생각이다.

실제로 장유는 49세 되던 1635년, 그동안 쓴 글을 모아 『계곡초고』 26권을 편찬했다. 『묵소고』와 이후에 쓴 시와 산문을 합한 것이다. 이후 그는 병마에 시달리다 3년 뒤에 타계했다. 장유는 일찍부터 문장으로 이름을 얻겠다고 기약했다. 이규보 · 서거정이 맡았던 문학의 임무를 자신이 이어받겠노라고 스스로 다짐하곤 했다. 그래서 그는 글을 짓고 다듬는 일을 자랑스러워했다.

문학을 자랑스럽게 여기고, 자신만의 철학을 가지고 글을 썼던 장유는 당대는 물론이고 사후에도 뛰어난 문장가로 평가받았다. 장유가 죽고 5년이 지난 1643년 아들 장선징이 병자호란 때 흩어진 글을 모아 『계곡집』

을 냈다. 그리고 박미 · 이명한 · 김상헌 · 이식 등 당대 내로라하는 문인들이 서문을 써 장유의 문학을 기렸다.

김상헌은 서문에서 장유를 최치원 · 이색 · 김종직 · 최립 · 신흠 · 이정귀를 잇는 조선의 문장가로 꼽았다. 한말 김택영은 장유를 고려~조선의 9대 문장가[麗韓九家]에 포함시켰다. 조선 중기 한문 사대가 가운데 여한9가에 든 사람은 장유와 택당 이식뿐이다. 김택영은 "조선 시대 문장이 누추함을 벗고 전아한 데로 나아간 것이 이 두 사람에게서 비롯되었다"고 논평했다.

작가의 자존심, 문장의 자부심

조선 시대 학자들은 문장을 '도道를 싣는 그릇'이라고 정의했다. 이른바 재도론載道論이다. 이 기준에 따르면 좋은 문장은 성리학의 명분에 충실하느냐일 뿐이다. 여기에서 문학은 성리학을 전파하는 수단에 불과하다. 장유도 재도론을 따라 문학은 곧 경학經學에서 나온다고 믿었다. 화려한 수식보다는 내실이 먼저라고 강조하기도 했다.

그러나 장유는 여느 학자들과는 생각이 달랐다. 문학은 경학과 별개로 설 자리가 있다는 생각이다. 그는 "문장의 좋고 나쁨은 스스로 정해진 바탕이 있다[文章美惡自有定質]"고 말했다. 도道가 아닌 미美를 기준으로 문장을 평가해야 한다고도 하면서, 문학의 독자성을 존중했다.

문장의 좋고 나쁨은 원래 정해진 바탕이 있기 때문이다. 그렇긴 하지만 문장이라는 것이 워낙 정미精微하고 변화가 많은 것인 만큼, 반드시 이에 능통한 다음에야 그 문장의 수준을 알아볼 수 있는 것이니, 그러한 경지에 이르지도 않고서 문장의 묘한 솜씨를 제대로 이해한다는 것은 있을 수가 없는 일이다. 그렇기 때문에 문장을 모르는 자의 입장에서는 그럴듯한 돌멩이를 가리켜 옥玉이라 하고 정아正雅한 것을 비속鄙俗하다고 하더라도 분간할 길이 없지만, 아는 자의 입장에서 보면 마치 저울로 무게를 달고 잣대로 길이를 재듯 하기 때문에 아무리 속여 먹으려 해도 그렇게 될 수가 없는 것이다.

장유에게 아름다움의 척도는 외계의 사물에 얽매이지 않은 순수한 마음이었다. 그가 성리학에 회의를 품고 마음을 중시한 양명학에 눈을 돌린 것은 그의 문학관과 관련이 있다. 그렇다면 아름다운 문장을 쓰려면 어떻게 해야 하는가? 이에 대해 그는 "문장은 논리 위주로 지어야 한다"고 답한다.

문장은 전편全篇에 논리가 체계적으로 갖추어져 있으면, 그 글은 아름답게 되지 않으려 해도 저절로 아름답게 되기 마련이다. 논리에는 어긋나도 글이 아름다운 경우가 또한 있기는 하나, 그런 것을 군자는 아름답다고 하지 않는다.

장유는 글 쓰는 사람은 자존심이 있어야 한다고 강조한다. "옛날의 문필가는 구차하게 남의 의견을 따르려 하지 않았다[古之文筆家不肯苟徇人意]"면서 어떤 사람의 묘지문을 지은 뒤 가족이 고쳐달라고 했으나 허락하지 않은 송나라 왕안석을 예를 들었다. 그도 아마 그랬을 것이다.

글에는 독창성과 진실성이 있어야 한다. 장유는 시를 지을 때 다섯 가지를 조심해야 한다고 했다. 기교를 부리지 말 것[毋尖巧], 의미가 잘 통할 것[毋滞澁], 표절하지 말 것[毋剽竊], 남을 흉내 내지 말 것[毋摸擬], 의심스러운 내용이나 잘 쓰지 않는 말을 쓰지 말 것[毋使疑事僻語]이다. 오늘날 글쓰기에도 적용되는 방법이다. 이러한 글쓰기 철학을 가지고 있으면 허투루 글을 쓸 수 없다. 장유는 "옛사람은 문장을 지을 때 반드시 정성을 다했다[古人於文章必有致意]"며 구양수와 백거이의 사례를 소개했다. 이 역시 자신에게 한 말이었을 것이다.

> 구양수歐陽脩가 평생 자기가 지은 글을 스스로 정리해놓았으니, 『거사집居士集』이 그것이다. 그는 한 편의 글을 두고 몇 십 번이나 읽으면서도 며칠이 지나도록 그 글을 문집 속에 수록할지 말지를 고민했다. 또 백거이白居易의 시는 유창하여 글을 다듬느라 전혀 고심하지 않은 것 같지만, 그 초본抄本을 보면 뜯어고친 흔적이 낭자하더라는 이야기가 전해온다.

장유의 문학론 「계곡만필」

장유의 문학에 대한 생각이 잘 드러난 글은 「계곡만필」이다. 이는 1643년 『계곡집』을 간행할 때 문집 맨 뒤에 붙였다. 장유에게 글쓰기는 천직이었는데, 「계곡만필」 서문에 그 일단이 드러나 있다.

> 나는 어려서부터 자질이 비루하고 졸렬하여 특별히 잘하는 것이 없이 그저 책이나 읽고 글이나 짓는 것을 본업으로 삼아왔다. 그러니 평소에 이런 일을 빼놓으면 마음을 쓸 곳이 없는 것 또한 당연한 일이라 하겠다.

그러나 그의 글은 결코 어설프거나 서툴지 않았다. 그는 글쓰기의 철학과 기술을 갖춘 프로 문인이었다. 더 큰 미덕은 끊임없이 쓰고, 고쳐 썼다는 점이다. 「계곡만필」에는 1권 157개, 2권 53개 등 모두 210개 조항의 글이 실려 있다. 조선과 중국에 있었던 일, 경서와 사서를 읽고 자신의 견해를 밝힌 독서기, 한시 · 문장에 대한 고증과 비평 등 다양한 주제의 수필과 평론이 들어 있다.

그 가운데서도 학문과 문학에 대한 생각을 적은 글들이 눈에 띈다. 장유는 중국에는 유학뿐 아니라 불교학 · 도교학 · 양명학 등 다양한 학술이 존재하는 데 반해 조선에는 정주학, 곧 성리학 일색이라며 경직된 학문 풍토에 비판의 목소리를 높였다.

> 중국의 인재들은 지향하는 바가 녹록하지를 않다. 때로 큰 뜻을 품은 인사가 나오면 성실한 마음가짐으로 학문에 매진하기 때문에, 그의 취향에 따라 학문의 성격이 같지 않을지라도 터득하는 바가 있다. 그런데 우리나라는 기국器局이 워낙 좁아 구속을 받은 나머지 도대체 지기志氣라는 것을 찾아볼 수 없다. 그저 정주학程朱學이 떠받들여진다는 말을 얻어 듣고는 입으로 뇌까리고 겉모양으로만 높이는 척하고 있을 따름이다.

장유는 올바른 학문은 잡학雜學이 성행한 가운데 찾아진다고 말한다. 오곡이 돋보이는 것은 돌피와 함께 있을 때이다. 마찬가지로 여러 학문이 융성할 때 정학正學은 더욱 존재감을 갖게 된다.

말보다 글을 강조하는 대목에서는 문인의 면모가 뚜렷하다. 말을 잘 못하면서도 뛰어난 글을 썼던 당나라 문장가 선공宣公 육지陸贄를 예로 들면서 "문인의 붓끝에 혀가 달려 있다"고 재미 있는 비유를 들었다.

『주역』에 이르기를 "글로는 말하고 싶은 생각을 다 기록하지 못하고, 말로는 가슴속의 뜻을 다 표현해내지 못한다[書不盡言 言不盡意]"고 하였다. 마음속의 정미한 뜻은 입으로도 제대로 표현해낼 수가 없는 것인데, 붓으로 표현하기란 얼마나 어렵겠는가. 옛사람의 말에 "육陸 선공宣公은 입으로 잘 표현해내지 못할 것을 붓으로 휘갈겨 쓴다"라는 게 있다. 이는 육 선공은 입으로도 불가능한 것을 글로 곡진하게 표현했다는 말이다. 이것이야말로 '붓끝에 혀가 달려 있다[筆端有舌]'는 것이 아닐까.

「계곡만필」에는 시에 관한 이야기인 시화詩話가 49조항이나 실려 있다. 시화의 주제는 음운, 시의 형식·내용 등에 두루 걸쳐 있다. 이런 이유로 「계곡만필」은 한문학 연구 자료로 많이 활용되고 있다. 또한 자신이 걸어온 문학의 길을 회고하는 글도 보인다. 장유가 타계하기 3년 전에 쓴 글이다. 치열했던 문학 수업에 대한 자부심과 함께 문학 활동을 더 이상 지속할 수 없는 회한이 묻어난다.

나는 소싯적부터 문사文詞를 다듬어왔는데, 이제는 벌써 머리가 다 희어졌다. 지금 와서는 그 길을 대강 알 듯도 싶은데, 어느 사이에 늙고 병들어 문업文業을 폐하는 처지가 되고 말았으니, 하늘이 어쩌면 내가 설 땅을 국한시켜 더 이상 나아가지 못하게 하는 것인지도 모르겠다.

계곡의 산문 두 편

옛 문인은 크게 시인과 문장가로 나뉜다. 그렇다고 시만 쓴다거나 산문만 쓰는 문인은 없다. 둘을 다 써도 특별히 장점을 보이는 분야가 무엇이냐에 따라 시인이라고 부르고, 문장가라고 부른다. 김시습은 시인으로 불러야 하고, 박지원에게는 문장가라는 수식어가 어울린다. 계곡 장유는 문장가로 이름이 높았지만, 동시에 빼어난 시인이기도 했다.

『계곡집』에는 산문 473편과 시 1,496편이 실려 있다. 분량만 본다면 시가 3배 이상 많다. 국역본을 기준으로 한다면 1~3권이 산문이고, 4~5권이 시이다. 일반적인 문집 편집 관행을 깨고 산문을 앞쪽에 배치한 것은 문장가로 이름이 높아서이지, 시의 수준이 떨어져서가 아니다.

장유는 시론에도 일가견이 있을 정도로 시에 밝았다. 택당 이식은 「계곡집 서문」에서 "소부騷賦, 시율詩律에 이르기까지 옛사람의 심오한 것을 각각 끌어 모으면서도 자기만의 독특한 문학 세계를 전개했다"고 시에 대해서도 높이 평가했다. 맨드라미를 의인화해 노래한 시 「계관화」는 지금 읽어도 동시와 같은 느낌을 준다. 침묵을 예찬한 「묵소명默所銘」은 빼어난 잠언시이다.

그래도 장유는 손꼽히는 문장가이니만큼 여기에서는 시보다 산문을 소개한다. 장편보다는 짧은 글을 골랐다. 첫 글은 장유가 22세 때 먼저 세상을 뜬 친구 김이호를 조문하는 「제김이호문祭金而好文」이다. 일찍 죽은 요夭와 오래 사는 수壽가 무엇인가라는 질문을 던지며, 학문의 공업을 이루지 못한 안타까움을 잘 그려낸 작품이다. 망자의 일생을 열거하지 않으면서 안타까운 일면만을 드러냈다. 선배 문인 권필은 이 글을 보고 장유의 자질을 높이 샀다고 한다.

두 번째 글은 40대 후반에 기록한 「수성지 서문[水城志序]」이다. 택당 이식이 편찬한 강원도 간성의 읍지 『수성지』에 부친 글이다. 나주목사로 부임해서 지방지를 편찬하지 못한 자신과 대비시켜 상대의 훌륭한 점을 칭찬했다. 청년기와 장년기에 각각 쓴 두 편은 장유의 글쓰기 방법을 엿볼 수 있는 작품이다. 아래에 번역문 전체를 싣는다.

「제김이호문」

아, 이호여, 세상에서 말하는 수요壽夭에 대해서는 그것이 무슨 이야기인지 나는 알지 못하겠다. 인간들 보기에 오래 산 것을 수壽라 하나 하늘의 차원에서는 꼭 오래 살았다 할 수가 없다. 인간들 보기에 짧게 산 것을 요夭라 하나 하늘의 차원에서는 꼭 짧게 살았다 할 수가 없다. 그렇다면 하늘의 차원에서는 오래 살았고 인간들 보기에는 짧게 살았다고 할 때, 인간들은 이를 요夭라 해도 나는 수壽라고 할 것이다.

아, 이호여. 이런 도리를 아는 자 그 누구일까. 그대가 병든 것을 내가 보았고 그대가 죽은 것을 내가 들었다. 몸의 조화를 잃게 하는 질병도 그대를 흔들지 못하였고, 병마로 그대의 거처 혼란케 못하였었지. 기운이 떨어질수록 정신은 더욱 왕성했으니, 그리고 보면 질병이 그대를 고달프게 할 수는 있었을망정 그대를 어지럽게 만들지는 못하였다.

말은 할 수 없었어도 의지는 분명했고 숨이 끊어질 순간도 정신은 또렷했다지. 그리하여 한가히 즐기듯 그처럼 조용하게 자세를 바로 하고 눈을 감았고 이를 보면 죽음이 그대를 망하게 할 순 있었어도 그대의 뜻을 빼앗지는 못하였다.

그렇다면 질병이 그대를 고달프게 하고 죽음이 그대를 망칠 수 있었던 육체적인 측면에서 본다면 참으로 짧았다고 말할 수도 있다. 그러나 어지럽게 할 수 없고 빼앗아갈 수 없었던 정신적인 측면에서 살펴본다면 어찌 25년의 시간 속에만 존재하다가 마침내 사라져 없어졌다고 할 수가 있겠는가.

아, 친구 이호여. 이런 도리를 아는 자 그 누구일까. 모친이 집에 계시고 아내 홀로 방에 있으며 외롭게 남은 자식 아직껏 어미 품을 벗어나지 못하였으니, 이는 그야말로 살아있는 자의 지극한 아픔이요, 인간이 감당할 수 없는 도리라고 하겠다.

그러나 이호를 위해서 내가 통곡하는 것은 이런 점들 때문이 아니요, 유독 한스럽게 여겨지는 점이 있기 때문이다. 그것은 바로 아름다운 곡식이 열매를 맺기도 전에 된서리가 내려오고 천리마가 달릴 즈음에 굴대가 먼저 부러져버린 그 사실을 두고 이르는 말이다.

그 결과 학문에 매진하려는 그의 뜻이 성취되지 못하고 크게 펼쳐질 그의 공업功業이 중도에 좌절됨으로써, 죽은 뒤에까지 영원히 전해질 그의 정신세계가 끝내 발휘되지 못하였음은 물론 사람들로 하여금 그런 사실을 알지 못하게 만들고 말았다. 그러고 보면 어찌 그대만을 위해서 애도할 따름이겠는가. 우리 학계를 위해서도 길이 통곡해야 할 일이다. 아, 이호여. 이런 사실을 아는가. 아, 슬픈 일이다.

「수성지 서문」

군읍郡邑에 지志가 있는 것은 나라에 역사책이 있는 것과 같다. 그런데 국가의 사관史官은 그 일만을 수행하면서도 제대로 기록하지 못하는 폐단이 많이 발생한다. 그러니 백성을 다스리는 직책을 가진 수령이야 더 말해 무엇하겠는가. 수령이 직책을 수행하는 여가에 책 간행에 힘을 쏟는다는 것은 매우 어려운 일이다.

우리나라는 고을이 삼백 곳으로 이름난 도시와 군사 요충지가 뒤섞여 있지만, 읍지를 가지고 있는 곳은 열 손가락에도 차지 못한다. 이것이 작은 일이라고는 하더라도 또한 문명文明한 시대에 있어 흠이 되는 일이라고 할 수 있다.

내 친구 덕수이씨 여고汝固(택당 이식의 자)가 지난해 어버이를 봉양하려고 지방직을 청하여 간성현감으로 나갔다가 임기도 채우지 못한 채 홍문관의 장관으로 부름을 받고 돌아왔다. 재임한 기간이라야 1년을 갓 넘긴 상태에서 그 고을의 전고典故를 총망라하여 『수성지水城志』 한 권을 지어냈다.

간성은 영동의 작은 고을로, 현縣으로 칭호가 강등된 곳이다. 거리도 먼 데다 벽지에 위치하고 있으니, 누추한 곳이라고 할 수 있다. 그런데 지금 여고 덕택에 멋지게 치장되어 고을의 이름과 문물이 사방에 퍼지게 되었으니, 한 지역이 한 사람에 의해 드러난다고 하는 말을 어찌 믿지 않을 수 있겠는가.

나는 이 일과 관련하여 또 느껴지는 점이 있다. 인조 7년(1629)에 내가 나주로 좌천되었는데, 나주는 정말 큰 고을이었다. 내가 비록 재주가 없어 홍문관 대제학을 그만두고 나가게 되었다 하더라도 저술하는 일만큼은 나의 소임이다. 그러나 나는 진작부터 주지州志를 만들어볼 생각은 갖고 있었지만 끝내 병 치다꺼리를 하느라 그 일을 하지 못하였다.

아, 나주는 큰 고을인데도 나 때문에 빛이 나지 못하였고, 간성은 누추한 고을인데도 여고 덕분에 영광을 얻게 되었는데, 이것을 어찌 당시의 어쩔 수 없는 탓으로만 돌릴 수 있겠는가.

내가 이루어놓은 것이 없는 이 일만을 두고 보더라도 여고의 근면하고 민첩한 점을 도저히 따라갈 수 없다는 것을 알겠다. 그리하여 이렇게 써서 나의 부끄러움을 표하는 바이다.

모두가 인정하는 조선 최고의 문장가

박지원의 『연암집』

『연암집(燕巖集)』

필사본으로 전해오다가 1900년 김택영이 처음 『연암집』(6권 2책)을 간행했다. 이듬해에는 속집(3권 1책)을 냈다. 김택영은 1914년 원집과 속집을 합해 중편본(7권)을 냈다. 1932년 박영철이 박지원의 모든 문장을 싣는다는 취지에서 필사본을 저본으로 한 『연암집』을 내고 『열하일기』·『과농소초』를 별집으로 덧붙였다. 17권 6책. 김택영본은 원집에 민경석의 서와 김만식·김교헌·김택영의 발이 있고, 속집에는 남정철·신기선의 서와 김유정·손정현의 발이 있다. 박영철본은 첫머리에 총목록만 있고 서와 발 등은 없다. 저자의 실학자적인 모습을 살필 수 있으며, 아울러 독특한 문체와 표현법을 통해 문장가로서의 면모를 엿볼 수 있다.

박지원(朴趾源, 1737~1805)

실학자·소설가. 자는 중미(仲美), 호는 연암(燕巖)이다. 본관은 반남(潘南)이며, 박필균(朴弼均)의 손자이자 사유(師愈)의 아들이다. 처숙 이군문(李君文)에게서 수학했으며 학문 전반을 연구하다 30세에 실학자 홍대용(洪大容)에게 지구자전설(自轉說)을 비롯한 서양의 신학문을 배웠다. 1777년 홍국영(洪國榮)이 주도해 그를 벽파라 몰아가자 연암협(燕巖峽)으로 이사해 독서에 전심했다. 팔촌형 박명원을 따라 연경에 다녀온 뒤 선공감 감역, 의금부 도사, 안의현감, 면천군수, 양양부사를 역임했다. 정경대부에 추증되었다.

법고창신의 글쓰기

학자들은 연암 박지원을 우리나라 최고의 문장가로 꼽는 데 주저하지 않는다. 당연히 연암의 문집 『연암집』과 기행록 『열하일기』는 한국문학사의 최고봉이다. 창강 김택영은 연암을 "조선 시대 최고의 산문 작가"라 했고, 서울대학교 국문학과 박희병 교수는 "영국에 셰익스피어가, 독일에 괴테가 있다면 우리나라에는 박지원이 있다"고 했다.

왜 연암인가? 남다른 글을 쓰기 때문이다. 무엇이 남다른가? 판에 박힌 틀에서 벗어나 있다. 연암 글의 무기는 독창성이다. 그 독창성은 어디에서 오는가? 옛글을 모범으로 삼으면서도 새롭게 창조한 데서 온다. 연암이 박제가의 문집 서문(「초정집서」)에서 밝힌 '법고창신法古創新'이 그 방식이다. 연암이 살던 18세기 후반은 고문古文의 시대였다. 옛글을 이어받는 게 글쓰기의 대세였다. 한편에서는 옛것을 모방하려는 의고주의에 반기를 들고 새로움만을 추구하는 글쓰기 움직임도 있었다. 옛것과 새로운 것의 충돌. 이에 대해 연암이 내놓은 게 "옛것을 본받으면서도 변통할 줄 알고, 새롭게 지어내면서도 법도에 맞아야 한다"는 법고창신이다.

연암의 정체성은 바로 글 쓰는 사람이었다. 남긴 글이 『연암집』에 실린 산문 237편과 시 42수, 그리고 연행기 『열하일기』와 농서 『과농소초』가 전부지만, 그는 철저하게 문인이라는 자의식 속에서 살았다. 그의 글쓰기를 알려면 각종 문집이나 시집에 부친 서문과 발문을 주목해야 한다. 연암의 서·발문은 의례적인 추천사가 아니다. 법고창신에 바탕을 둔 문체론·문장미학론이라 이를 만하다.

연암은 이덕무의 문집에 부친 「영처고서嬰處稿序」에서 "조선의 시를 쓰라"고 주문한다. 산천과 기후, 언어와 풍속이 중국과 다른 만큼 우리나라의 새와 짐승, 초목에 주목하고 우리나라 사람들의 성정을 살펴야 제대로 된 문장과 표현이 나온다는 것이다.

또 자신의 조카 박종선의 시집에 쓴 「능양시집서菱洋詩集序」에서는 까마귀를 자세히 관찰하면 빛깔이 검지만은 않다며 사물을 하나의 잣대로만 재단하지 말 것을 강조한다. 이서구의 문집 『녹천관집』 서문에서는 "비슷한 것을 구하는 것은 그 자체가 참이 아니라는 것을 인정하는 꼴"이라며 모방하지 말고 자기만의 글을 쓰라고 충고한다.

『연암집』에는 서문序文이 유난히 많다. 30여 편이나 된다. 이렇게 문집 앞에 부친 글이 많은 것은 주위의 요청이 많았다는 이야기지만, 연암 스스로 서문의 형식을 빌려 자신의 문장론, 곧 법고창신의 글쓰기론을 확장하고 싶었기 때문이 아니었을까. 연암은 편지를 통해서도 자신의 글쓰기 철학을 설파했다. 특히 당대의 라이벌 문인 유한준과 주고받은 편지는 거의 대부분이 글쓰기 논쟁을 담아냈다고 해도 과언이 아니다. 고문을 모방하는 '의고문체'를 내세우는 유한준에 맞서 연암은 독창적인 글쓰기만이 글의 생명이라고 거듭 강조했다. 아래는 유한준에게 보낸 편지 전문이다.

> 마을의 어린아이에게 천자문을 가르쳐주다가 아이가 읽기 싫어하는 것을 나무랐더니, 하는 말이 "하늘을 보면 새파란데 하늘 '천' 자는 전혀 파랗지가 않아요. 그래서 읽기 싫어요" 합디다. 이 아이의 총명함은 창힐蒼頡이라도 기가 죽게 만들거요.

연암은 하늘이 검다고 가르치는 천자문의 주입식 교육에 딴죽을 거는 서당 학동의 문제의식을 높이 산다. 연암 글쓰기의 첫째 요건은 다르게 생각하는 것이다. 그는 "성은 같이 쓰지만, 이름은 홀로 쓰는 것이다[姓所同也 名所獨也]"라는 맹자의 말을 끌어다 이렇게 말한다.

문자는 같이 쓰지만, 글은 홀로 쓰는 것이다.

字所同也 文所獨也.

연암이 말하는 글쟁이란 바로 남들이 쓰는 똑같은 재료로도 다른 작품을 만들어내는 사람이다.

연암의 우정 예찬

『연암집』은 개인 문집이지만, 많은 생각을 띄워주는 사상서이자 철학서이기도 하다. 문집에 실린 「호질」이나 「허생전」이 조선 후기 실학사상을 드러내는 소설작품이라는 점은 널리 알려져 있다. 그러나 여기에 그치지 않는다. 연암의 글은 인식론·문예미학적인 측면에서도 주목받고 있다. 『연암집』 속에는 우정을 논한 글이 적지 않은데, 아리스토텔레스, 키케로에서 마테오 리치로 이어지는 서양의 우정론을 계승한 것이다.

옛날에 붕우朋友에 관해 말한 사람들은 붕우를 '제이第二의 나'라 일컫기도 하고, '주선인周旋人'이라 일컫기도 했다. 이 때문에 한자를 만드는 자가 날개 우羽 자를 빌려 벗 붕朋 자를 만들었고, 손 수手 자와 또 우又 자를 합쳐서 벗 우友 자를 만들었다. 붕우란 새에게 두 날개가 있고 사람에게 두 손이 있는 것과 같음을 말한 것이다.

연암이 청나라 문인 곽집환의 시집 발문으로 지은 「회성원집발繪聲園集跋」의 첫 대목이다. 연암은 이 글에서 마테오 리치의 『교우론』을 빌려 벗을 '제2의 나'라고 정의한다. 그의 우정론은 나아가 "벗을 잃은 슬픔이 아내를 잃은 슬픔보다 심하다"(「여인與人」)는 극단적인 예찬론으로 이어진다. 연암의 우정론이 잘 드러난 글로는 홍대용이 북경에서 사귄 청나라 문인들과의 필담 편지를 모은 『간정록회우록』에 부친 「회우록서」와 강원도 인제 산골로 들어가는 백동수에게 써준 「증백영숙입기린협서贈白永叔入麒麟峽序」를 꼽을 수 있다.

연암이 조선 후기 성리학적 상하질서가 우선시되는 사회 분위기에서 수평적 질서인 우정을 강조한 것은 이채롭다. 그것은 타락한 양반 사대부의 윤리에 대한 반발이면서 새로운 사회 윤리의 모색이라고 할 수 있다. 연암은 「민옹전」·「우상전」·「예덕선생전」 등의 소설에서 무반이나 역관, 평민 등 하층민의 우정을 그려내며 기성 체제를 우회적으로 비판했다.

글로만 우정을 강조한 것도 아니었다. 벗들과 어울리며 참된 우정을 실천하며, 문학 동인그룹 백탑파로 활동했다. 연암은 우정을 오행五行의 토土에 비유하며 최고의 도덕률이라고 말한다. 「방경각외전」에 쓴 자서自序는 우정의 의미를 압축적으로 보여준다.

우정이 오륜의 끝에 놓인 건	友居倫季
덜 중시해서가 아니라	匪厥疎卑
마치 오행 중의 흙이	如土於行
사계절에 다 왕성한 것과 같다네	寄王四時
(…)	
오상五常이 정상에서 벗어나면	常若不常
벗이 즉시 바로잡네	友迺正之
그러기에 맨 뒤에 있어	所以居後
이들을 후방에서 통제하네	迺殿統斯

자연에 대한 깊은 통찰

1786년 연암은 쉰의 나이에 처음 벼슬길에 나아갔다. 선공감 감역을 시작으로 평시서 주부, 의금부 도사, 한성부 판관 등을 거쳐 56세에는 안의현감에 제수되었다. 그는 지리산과 덕유산을 낀 안의에서 4년간 현감으로 재직했다. 그곳에서 선정을 베풀면서 「열녀함양박씨전」과 같은 수준 높은 산문들을 내놓았다. 아래는 당시의 생활을 엿볼 수 있는 편지글이다.

> 매일 지리산을 대하고 있노라면, 그 푸르른 장막을 드리운 것이 문득 변하여 푸른 도자기 빛이 되고, 또 얼마 안 가서 문득 파란 쪽빛이 되지요. 석양이 비스듬히 비추면 그 빛이 또 변하여 반짝이는 은빛이 되었다가, 황금빛 구름과 수은빛 안개가 산허리를 감싸, 수만 송이 연꽃으로 변하여 하늘거리는 광경이 깃발들이 나부끼는 것 같으니, 신선이나 은군자隱君子가 무거霧裾(엷은 안개처럼 가벼운 비단 옷깃)를 열어젖히고 하대霞帶(노을처럼 가볍고 부드러운 허리띠)를 휘날리면서, 단아하게 그 사이를 출몰하는 게 아닌가 의심이 들 지경이지요.

기실 연암의 글쓰기의 원천도 자연이다. 연암은 법고창신을 설명하면서 하늘과 땅, 해와 달의 이치를 예로 들었다.

> 하늘과 땅이 아무리 오래되었어도 끊임없이 생명을 낳고, 해와 달이 아무리 오래되었어도 그 빛은 날마다 새롭다.

이처럼 법고창신의 글쓰기는 사물에 대한 깊은 통찰에서 나왔다. 연암은 「경지京之에게 보낸 편지」에서 글을 잘 쓰려면 "저 살아 있는 새를 보라"고 말한다.

> 저 허공 속에 날고 울고 하는 것이 얼마나 생기가 발랄합니까. 그런데 허무하게도 '새 조鳥'라는 한 글자로 뭉뚱그려 표현한다면 채색도 묻혀버리고 모양과 소리도 빠뜨려버리고 마는 셈입니다.

박남수에게 보낸 편지에는 제비와 장난하며 소일하는 연암의 일상이 잘 드러난다.

> 어저께 비에 살구꽃이 비록 시들어 떨어졌지만 복사꽃은 한창 어여쁘니, 나는 또 모르겠네. 저 위대한 조물주가 복사꽃을 편들고 살구꽃을 억누른 것 또한 저 꽃들에게 사정이 있어서 그런 것인가? 문득 보니 발〔簾〕 곁에서 제비가 지저귀는데, 이른바 '회여지지 지지위지지誨汝知之 知之爲知之'(내가 너에게 앎에 대해 가르쳐주겠다. '아는 것을 안다'고 하는 것이다. 『논어』에 나온다) 라 하는 것 아닌가. 나도 모르게 웃음을 터뜨리며, "네가 글 읽기를 좋아하는구나. 그러나 '바둑이나 장기도 있지 않느냐? 그나마 하지 않는 것보다 낫겠지'라 하였느니"라고 했네.

연암이 맏누님을 사별하고 쓴 「백자증정부인박씨묘지명伯姊贈貞夫人朴氏墓誌銘」은 손꼽히는 명문장이다.

> 강가에 말을 멈추어 세우고 멀리 바라보니 붉은 명정이 휘날리고 돛 그림자가 너울거리다가, 기슭을 돌아가고 나무에 가리게 되자 다시는 보이지 않는데, 강가의 먼 산들은 검푸르러 쪽 찐 머리 같고, 강물 빛은 거울 같고, 새벽달은 고운 눈썹 같았다.

누님의 상여가 지나간 뒤의 장면을 자연과 누님 얼굴을 대비시켜 묘사하고 있다. 아름다운 글 속에서 슬픔이 밀려온다. 자연을 깊이 관찰하고 그곳에 동화된 이가 아니라면 쓸 수 없는 문장이다.

척독을 읽는 즐거움

연암의 산문은 심오하다. 가볍게 읽을 수 있는 글은 '척독'이라는 짧은 편지글이다. 척독을 한 권으로 묶었는데, 『연암집』 제4권의 영대정잉묵映帶亭賸墨이다. 연암은 짧은 척독에 생각거리를 담아냈고, 삶의 교훈을 전하기도 한다. "갓끈이 썩은 나무 꺾어지듯 끊어지고 입에 머금은 밥알이 나는 벌떼같이 뛰어 나온다"와 같은 독특한 묘사는 웃음을 자아낸다.

「영재 유득공에게 쓴 답장[答泠齋]」은 술 좋아하는 이라면 눈여겨볼 만한 글이다.

> 옛사람의 술에 대한 경계는 지극히 깊다고 할 만합니다. 주정꾼을 가리켜 후酗라 한 것은 그 흉덕凶德(흉악한 행실)을 경계함이요, 술그릇에 주舟가 있는 것은 배가 엎어지듯 술에 빠질 것을 경계함이지요. 술잔 뢰罍는 누纍(오랏줄에 묶임)와 관계가 있고 술잔 치巵는 위危 자와 비슷합니다. (…) 술 유酉 부에 졸卒(죽다)의 뜻을 취하면 취醉 자가 되고 생生(살다) 자가 붙으면 술 깰 성醒 자가 되지요.

「황윤지에게 보낸 편지[謝黃允之書]」에서는 시골 생활의 지혜를 배울 수 있다.

> 『시경』(빈풍과 당풍)의 시들은 농삿집의 시력時曆이요, 『논어』 한 질은 시골에 사는 비결이요, 『중용』에는 건강을 돌보는 좋은 방법이 실려 있습니다. 늘그막까지 힘써 할 일은 여기에서 벗어나지 않을 것입니다.

흔히 옛 문집을 읽는다는 것은 박석에서 옥돌을 골라내는 작업에 비유된다. 그만큼 옥 같은 글을 찾기가 어렵다는 뜻이다. 그런데 『연암집』에 실린 글은 온통 옥이다. 그것도 박옥이 아니고 절차탁마하여 잘 다듬어진 옥이다. 산문 · 소설 · 편지글 할 것 없이 모두가 명편이다.

『연암집』 완역본은 2005년 연암 서거 200주년을 맞아 한국고전번역원에서 나왔다. 작고한 한학자 신호열 선생과 김명호 교수가 번역을 했는데, 김명호 교수는 2년 뒤 문장을 다듬어 돌베개 출판사에서 다시 출간했다. 북한에서는 1960년 홍기문의 번역으로 『박지원 작품선집』을 냈지만, 완역본은 아직 없다.

천의 얼굴
『열하일기』

1932년 박영철이 간행한 『연암집』은 모두 17권이다. 1~10권은 시와 산문을 모은 시문집이고, 11~15권은 『열하일기』, 16~17권은 『과농소초』이다. 박영철처럼 『열하일기』를 『연암집』에 포함시켜 생각할 수도 있지만, 별도의 독립저서로 볼 수도 있다. 『열하일기』는 연암 박지원이 연행 과정에서 보고 듣고 대화하고 느낀 점을 기록한 기행문학이다. 연암 문학의 중심에는 바로 이 『열하일기』가 놓여 있다. 연암 문학의 진수이자 수백 편에 달하는 연행록 가운데에서도 백미다. 그렇지만 과도한 문학적 상찬은 오히려 이 책의 진면목을 보는 데 방해가 될 수 있다. 『열하일기』가 기행서인 것은 맞다. 기행문이라고 해서 문학서로만 읽어야 할까. 『열하일기』는 '천의 얼굴'을 가진 책이다. 하나의 장르로만 규정해서 보면 이 책의 진짜 가치를 이해하기가 어려워진다.

『열하일기』는 압록강을 건너는 도강渡江의 기록에서 시작한다. 강을 건너면서 연암은 물빛이 오리머리처럼 푸르러 '압록강'이라는 이름을 얻었다고 말한다. 옛날 중국에서는 압록강이 장강 · 황하와 함께 3대 강으로 불렸다는 사실도 전한다. 강의 발원지가 백두산이라고 밝히면서 그 산이 '백산' · '불함산' · '장백산' 등 여러 이름으로 일컫는다고도 했다. 『당서』 · 『산해경』 · 『황여고』 등 옛 문헌을 전거로 들이댄다. 백두와 압록에 대한 지리학적 설명이다.

역사에 대한 서술은 『열하일기』 곳곳에서 나타난다. 압록강 너머 첫 노숙지 구련성을 국내성 터일 수 있다고 내비친 연암은 봉황산성에 이르러 우리 역사를 본격적으로 거론한다. 누군가가 "봉황성이 안시성이다"라고 말하자 연암은 고구려의 방언 등 언어학적 고찰을 통해 안시성으로 비정되긴 어렵다고 일축한다. 그러나 봉황성이 평양이었을 수 있으며, 평양이라는 지명이 여러 문헌에 등장하고 있음을 들어 요동이 본래 우리의 강토였다고 주장한다. 이와 함께 요동의 역사적 중요성을 강조하며 "천하의 안위는 늘 요동의 넓은 들에 달렸다"는 화두를 던진다.

연암은 『열하일기』에서 역사 · 지리뿐 아니라 인물 · 풍속 · 종교 · 국제정치 · 경제 · 건설 · 문학 등을 종횡무진 이야기한다. 그러므로 연행의 여정을 기록한 단순한 기행록이 아니다. 오히려 18세기 중국과 동아시아에 대한 종합적인 인문학 보고서라고 해야 옳다. 역사학자가 읽으면 우리 고대사에 대해 새롭게 눈뜰 수 있다. 복식 연구자에게는 열하일기에 묘사

된 한족과 만주족의 의복, 머리 장식 묘사가 흥미로울 수 있다. 온돌에 관심이 있는 사람이라면, 중국의 구들장 문화인 '캉炕'에 대한 박지원의 상세한 설명에 귀 기울일 만하다.

연암이 걸었던 『열하일기』의 노정은 본디 조선의 연행사들이 왕래했던 외교의 사행길이었다. 또 연암이 간 길은 고조선과 고구려 사람들이 누볐던 역사의 길이었고, 한반도에 새로운 지식을 댔던 문명의 길이었다. 그런가 하면 병자호란 등 전란으로 수많은 유민이 지나간 피의 길이었고, 중국 인민의 삶과 정치를 살피는 탐정의 길이기도 했다.

『사행의 국제정치』라는 책이 있다. 한국외교사 전공자들이 16~19세기 조천록과 연행록을 분석한 연구서로, 국제정치 분야에서 사행 기록을 다룬 최초의 단행본이라고 한다. 그 가운데 「열하일기의 국제정치학」이라는 논문은 건륭제, 판첸 라마의 만남과 이를 지켜보는 조선의 시선을 분석했다. 『열하일기』가 국제정치 연구의 훌륭한 텍스트임을 증명해주는 글이다. 200년 전 동아시아 정치 질서를 오늘의 시각으로 진단하려는 시도가 이채롭다. 이 책은 '연행록 연구회'를 만들어 오랫동안 『열하일기』를 비롯한 연행록을 독해해온 사회과학 연구자들이 일궈낸 성과라는 점에서 주목할 만하다.

이제 『열하일기』는 고전문학 연구자의 '독점'에서 풀려나야 할 때가 되었다. 분야와 장르를 가릴 것 없이 누구든 『열하일기』를 읽으면 된다. 길에 주인이 없는 것처럼 누구든 이 책을 잡으면 책의 주인이 될 수 있다. 문제는 있다. 아직 신뢰할 만한 번역서가 나오지 않았다는 점이다. 시중에는 최근에 출간된 김혈조 번역본을 비롯해 리상호본, 이가원본 등 몇 종의 『열하일기』 번역서가 나와 있다. 시간이 흐르면서 번역의 질이 나아지고 있지만, 내세울 만한 번역의 정본은 없는 것 같다. 물론 번역에 더 공을 들이는 작업이 필요하지만, 이에 앞서 한문본 『열하일기』의 정전正典을 만드는 게 중요하다는 생각이 들었다.

『열하일기』가 쉽게 읽히지 않는 것은 번역본은 물론 한문본에도 문제가 있기 때문일 것이다. 김혈조 번역본에 이런 대목이 있다.

> 우리나라는 집안이 가난해도 글 읽기를 좋아하지만, 수많은 형제들의 코끝에는 오뉴월에도 항상 고드름을 달고 있으니 원컨대 이 법(중국의 구들제도)을 배워 겨울의 괴로움이나 면하게 해주었으면 좋겠다.

연암이 중국의 구들인 '캉'이 조선의 온돌보다 우월하다며 적은 글이다. 그런데 "코끝에는 오뉴월에도 항상 고드름을 달고 있다"는 말은 무슨 의미일까? 완전한 오역이다. '겨울'을 '오뉴월'로 잘못 옮긴 것이다. 왜 그럴까. 1932년 박영철이 『열하일기』를 간행하면서 필사본의 '冬月'을 '六月'로 오식한 것을 바로잡지 못한 데서 비롯했다. 앞서 리상호본도 그렇고, 이가원본을 뺀 대부분의 번역서도 오역을 그대로 따르고 있다. 이처럼 원문 교감이 제대로 이뤄지지 않아 오역한 사례는 여러 곳에서 발견된다. 『열하일기』의 '정전'을 만드는 일이 시급한 이유다.

『열하일기』는 500년 가까이 지속된 조선 연행사절 전통의 산물이다. 학계는 조선 시대에 1,000회 이상 연행사가 중국으로 갔으며, 그들이 남긴 연행록만 400여 종에 달할 것으로 추산한다. 이토록 많은 연행과 그에 대한 기록이 전하고 있지만, 주목하는 사람은 많지 않다. 조선 후기 200여 년 동안 불과 12차례 일본을 방문했던 조선통신사의 행적과 기록에 환호하는 모습과는 크게 대비된다. 한국과 일본은 2002년부터 매년 조선 통신사 재현 행사를 개최하고 있다. 2017년에는 통신사 기록물 333점을 유네스코 세계기록유산으로 등재했다. 그런데 통신사 기록물의 수백 배에 달하는 '콘텐츠의 보고' 연행록은 홀대받고 있다. 이제부터라도 한 · 중 양국이 협

력해 연행로를 부활하고, 관광 상품으로 연행사절단을 재현하는 것은 어떨까. 남북한의 화해 교류 논의가 활발해지는 요즘, 연행로가 다시 닦인다면 남북한, 중국을 아우르는 동아시아 우호의 길이 열릴 것이다.

연암이 6일 동안 머무르며 『열하일기』를 구상한 중국 하북성 승덕시承德市와 4년여간 현감으로 재직했던 경상남도 함양군이 자매결연을 맺는 것은 어떨까? 열하가 있는 승덕이 연암에게 『열하일기』라는 저작을 선물했다면, 연암이 가장 오래 벼슬살이했던 함양은 이용후생의 실학에 눈을 뜨게 했다.

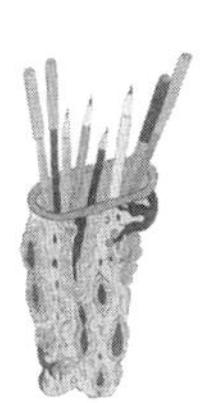

조선 한문학 천 년의 대미를 장식하다

정인보의 『담원문록』

『담원문록(薝園文錄)』

8권 1책과 부록으로 되어 있다. 원래 수고본(手稿本) 상태로 후손이 보관해오던 것을 1967년 연세대학교 출판부에서 영인해 간행했다. 이때 후손의 요청으로 부록을 원본의 뒤에 첨가했다. 박대선의 간행사와 백낙준의 서문이 있고, 권말에 후기가 있다. 「영인훈민정음서」·「김추사전집서」·「광개토경평안호태왕릉비문석략」·「여유당전서총서」·「담헌서목록서」·「육서심원서」 등 역사·실학·문학 등 국학 방면의 다양한 글이 실려 있다. 양명학·한국고대사·실학사상을 이해하기 위해서는 꼭 읽어야 할 문집이다.

정인보(鄭寅普, 1893~1950)

학자. 아명은 경시(景施), 자는 경업(經業), 호는 담원(薝園)·미소산인(薇蘇山人)·위당(爲堂)이다. 서울 출신이며, 정은조(鄭誾朝)의 아들이다. 1910년 중국에서 동양학을 전공하면서 신규식·박은식·김규식·신채호 등과 동제사를 조직해 독립운동과 계몽운동을 벌였다. 1918년 귀국해 연희전문·이화여전 등에서 국학을 강의했다. 『시대일보』·『동아일보』의 논설위원으로 총독부를 비판하며 나라의 혼을 환기시켰다. 한문학·역사 등 국학 분야에 업적을 남겼고 시조·한시에도 일가를 이루었다.

조선 한문학의 마지막 작가

현전하는 문집만으로도 우리 한문학의 역사는 천수백여 년을 헤아린다. 그 시작으로 최치원을 꼽는 데는 이견이 없다. 통일신라 시대 활동했던 그의 문장력은 한반도뿐 아니라 당나라에서도 이름을 날렸다. 당시로서는 드물게 최치원은 자신이 편찬한 문집 『계원필경집』을 남겼다. 한국에서 가장 오래된 문집이다. 그래서 민족문화추진회에서 간행한 『한국문집총간』(이하 '총간')은 『계원필경집』에서부터 시작한다.

그렇다면 한문학의 마지막 작가는 누구일까? 1,259종의 문집을 수록한 '총간'의 맨 마지막 책은 심재 조긍섭(1873~1933)의 『암서집』이다. '총간'은 1945년 이전에 활동한 문인들을 기준으로 문집을 선정했다. 이 기준에 따르면 조긍섭이 최후의 한문학자이고 마지막 문집은 『암서집』이 된다. 그러나 학계는 심재 조긍섭을 꼽지 않는다. 위당 정인보, 산강 변영만(1889~1954) 등 뛰어난 한문학자들이 그 후에도 한문으로 문필 활동을 해왔기 때문이다. 다만 이들은 해방 이전에 사망한 문인의 문집을 대상으로 한다는 '총간'의 간행 기준에 맞지 않아 제외됐을 뿐이다.

그렇다면 정통 한문학의 견지에서 최후의 한문학 대가는 누구일까? 학자들은 위당 정인보를 꼽는 데 주저하지 않는다. 위당은 역사와 전고典故에 밝았을 뿐 아니라 전통 고문을 구사하며 한문학의 맥을 계승했기 때문이다. 그는 한문뿐 아니라 국문에도 능통했다. 그래서 위당은 한문학에서 국문학으로 이어지는 가교를 놓은 인물로 평가되기도 한다. 위당의 동년배로 젊은 날부터 문장으로 이름을 날린 춘원 이광수(1892~1950)조차 "문명文名을 흠모했다"고 말할 정도였다. 최근 역대 한문학 대가들의 산문

600편을 모은 『한국 산문선』(안대회 · 이종묵 · 정민 등 편역, 민음사)에서 마지막을 정인보의 글로 채운 것은 이러한 학계의 흐름을 보여준다.

식민지 시대 의인들의 기록

위당 정인보의 문집은 그의 또 다른 호 '담원薝園'을 딴 『담원문록』이다. 『담원문록』에는 행장 · 전傳 · 제문 · 묘비문 · 편지글 · 서문 · 한시 등이 담겨 있다. 원래는 필사본 상태로 있던 것을 연세대학교 출판부에서 1967년 1차 영인본으로 간행했다가, 1983년 『담원 정인보전집』을 편찬할 때 전집 제5 · 6권으로 포함시켰다. 그 뒤 2006년 위당의 셋째 딸인 한문학자 정양완 교수가 전집에 포함됐던 『담원문록』을 떼어내 번역한 뒤 태학사에서 3권으로 펴냈다.

위당은 조선 말기인 1893년 태어나 6 · 25전쟁 직후 납북됐다. 그리고 오랫동안 사망 연도를 확인하지 못해 미상으로 처리됐다. 그러나 여러 증언 등을 토대로 현재는 1950년 9월 7일 황해도에서 폭격당해 사망한 것으로 보고 있다. 그의 삶은 한말의 열강 침입, 일제강점, 해방, 한국전쟁 등 파란만장한 근현대사를 관통하고 있다. 당연히 그가 남긴 글은 당대의 현실과 시대정신을 반영하고 있다.

『담원문록』의 첫 글은 벽초 홍명희의 아버지로 경술국치 당일 목숨을 끊은 홍범식의 순국을 적은 「금산군수 홍공洪公의 사장事狀」이다. 홍범식은 성균관 진사 시험에 합격하여 내자시 주사, 혜민원 참서관, 태인군수를 거쳐 금산군수를 역임했는데, 군수 재직 때 국망을 당하자 자결했다.

나라를 빼앗겼다는 소식을 전해들은 음력 7월 25일 저녁, 홍범식은 금산지방법원 서기인 김지섭을 불러 유언장을 건넨 뒤 집에 가서 열어보라고 당부한다. 그런 뒤 그는 곧바로 금산 객사로 가 대궐을 바라보고 망궐례 의식을 치른 뒤 객사 아래채에서 목을 맸다. 이때 집안 심부름꾼에게 발각돼 실패하자 다시 객사 뒤뜰의 소나무에 목을 매 숨졌다. 앞서 홍범식은 남에게 빌려온 매화 화분도 돌려주고, 평소에 쓰던 서양 모자 대신 갓을 쓰고 한복을 입은 뒤 죽음을 준비했다.

홍범식이 자결하자 고을 아전은 물론 농군, 짐꾼, 아낙네, 어린아이들이 모두 나와 통곡했으며 장례 때에는 금산에서 홍범식의 고향인 괴산까지 300리 상여 길을 100여 명이 따라갔다. 김지섭에게 쓴 편지에는 "나라가 망했네. 나는 죽으면 그뿐이니, 자네도 일찌감치 벼슬 그만두고 다른 일을 하게나"라고 쓰여 있었다(김지섭은 뒷날 의열단에 가입해 일본 궁성에 폭탄을 투척했다가 옥중에서 순국했다).

위당은 홍범식의 생애를 두루 기록하기보다는 특정한 사건, 곧 그의 죽음을 부각해 기록했다. 대신 다른 행적은 과감하게 생략했다. 위당은 글 말미에 "형제간에 우애 있고 일가붙이 구휼하고, 벼슬한 동안의 치적 중 기록한 것이 적지 않다. 그러나 공(홍범식)에 있어서는 오히려 하찮은 대목이라 모두 적지 않는다"라고 썼다.

위당은 홍범식뿐 아니라 순국선열이나 독립운동가와 같은 의인을 기리는 글을 많이 남겼다. 『담원문록』에서 「향산 이공 순절유허비」(이만도) · 「월남 이공 묘비」(이상재) · 「남강 이공 묘비」(이승훈) · 「난곡 이선생 묘표」(이건승) · 「고하 송군 묘비」(송진우) · 「문호암 묘기」(문일평) · 「석전 황선생 묘비」(황원) 등 애국지사를 기리는 글이 많은 분량을 차지한다. 묘비 · 묘기 · 묘표 · 묘지 등 죽은 이의 공적을 기리거나 추모하는 글을 '묘도문자'라고 하는데, 위당의 묘도문자는 식민지 시대를 증언하는 기록이다. 일제강점기 나라 역사를 제대로 기록할 수 없던 상황에서 위당의 묘도문자는 개인의 인물 전기이자, 시대 상황을 보여주는 산 역사이다.

호암 문일평의 일생을 짧게 쓴 「문호암 묘기」는 호암의 일대기이지만 임시정부 수립 전에 상하이에서 활동했던 여러 독립운동가들의 삶을 엿볼 수 있다. 이 글은 망우리 공원 묘지의 문일평 묘소에 세운 비석에서도 만날 수 있다. 문집에 실린 「문호암 묘기」를 한 자도 빠짐없이 화강암 판에 새겨 액자처럼 바윗돌에 끼워 넣은 묘비는 묘도문자의 정신을 잘 보여준다.

묘비명 가운데 '안함평갈'이라는 흥미로운 글이 있다. 안함평 할머니는 성은 안 씨요, 이름은 출생지인 전라도 함평을 땄다. 그는 남편을 잃고 가난하게 살았지만 악착같이 살아 논밭을 샀다. 말년에는 한해 80석을 수확하는 전답 모두를 보성전문학교(고려대학교 전신)에 기증했다. 보성전문을 맡고 있던 인촌 김성수는 할머니의 뜻이 고마워 생활비를 보내겠다고 제안했다.

할머니는 자신은 걱정할 것 없다며 받지 않았다. 전 재산을 기증한 할머니는 얼마 지나지 않아 숨을 거두었다. 위당은 '안함평갈'이라는 묘비명을 써주며 할머니의 뜻을 기렸다. 이 글에서 위당은 학교 측에서 할머니의 뜻을 기려 자료실을 만들고 '안함평실'이라는 편액을 걸었다는 일화도 소개했다. 고려대학교에 지금도 '안함평실'이 있는지 궁금하다.

조선의 얼을 담은 역사 산문

『담원문록』에서 묘도문자와 같은 추도 글을 제외하고 눈에 띄는 글은 역사 산문이다. 뭐니 뭐니 해도 위당은 역사학자였다. 단재 신채호의 역사 연구 정신을 이은 위당은 '조선 얼'을 강조하며 역사 연구를 통한 민족정신 고취에 힘썼다. 역사연구서로 『조선사연구』를 남겼으며 『여유당전집』 편찬 · 교열에 참여하며 1930년대 조선학운동을 선도했다.

위당의 역사 산문은 그의 역사 연구 및 인식과 궤를 같이한다. 「국상 광개토경 평안호태왕 비문석략」은 논란이 된 광개토왕비의 '신묘년조辛卯年條'를 새롭게 해석한 글이다. 당시 일본 사학자들은 신묘년조를 "왜가 신묘년에 와서 바다를 건너 백잔(백제)과 신라를 쳐부수어 신민으로 삼았다"라고 해석했다. 그러나 위당은 이렇게 풀었다.

> 왜가 신묘년(391년)에 쳐들어왔다. 고구려는 바다를 건너가서 왜를 쳐부쉈다. 백잔과 신라를 신민으로 여겼으므로 병신년(396년)에 왕이 몸소 수군을 거느리고 백잔을 쳐서 신라를 이롭게 하였다.

위당은 기존 해석이 단락을 구분하지 못하고 문장의 주어를 혼동하면서 비문을 잘못 해석했다고 주장했다. 위당은 신묘년조 바로 앞 구절이 "백잔과 신라는 예로부터 속민이라 전부터 조공을 바쳐왔다"이고 뒤 구절이 "광개토왕이 수군을 거느리고 백제를 쳐 신라를 이롭게 했다"로 문맥이 이어진다는 점을 주목했다.

이에 따르면 "바다를 건너가 쳐부수었다[渡海波]"는 구절은 "왜가 백잔과 신라를 쳐부수었다"가 아니라 "고구려가 바다를 건너가 왜를 쳤다"로 이해해야 한다. 신묘년조를 둘러싼 학계의 해석은 아직도 분분하다. 그러나 일본이나 식민사학자들의 주장은 점점 힘을 잃어가는 데 반해 위당의 해석은 아직까지도 학계에서 설득력 있는 학설로 받아들여지고 있다.

위당은 「터무니없는 거짓을 바로잡는 글[正誣論]」에서 평양 지역이 옛 낙랑 지역이었다고 주장하는 식민사학자들의 학설을 반박했다. 식민사학자들은 낙랑 평양설의 근거로 평양 지역에서 출토된 봉니封泥(공문서를 봉합하기 위해 묶는 진흙 인장)를 든다. 그러나 위당은 봉니에 쓰인 문자가 한나라 제도와 부합하지 않으며 때로는 날조한 정황까지 있다며 낙랑 평양설을 부인했다.

위당은 또 조선 시대 문집을 발굴하고 정리하는 글을 발표하면서 1930년대 조선학운동의 불을 지폈다. 특히 정약용(『여유당전서』 '총서'), 홍대용(『담헌서』 '목록서'), 신경준(『여암전서』 '총서'), 김정희(『김추사전집』 '서문') 등의 저술을 간행하거나 학계에 소개하며 실학을 조선 후기의 학술운동으로 자리매김했다.

고전 산문의
마지막 불꽃

위당이 지은 글이 당대 의인들을 기록한 묘도문자나 시대인식을 담은 역사 산문으로 끝났다면, 문장가로 불리지는 못했을 것이다. 문장가는 문명文名뿐 아니라 글쓰기에 대한 철학이 있어야 한다. 그리고 위당은 그러한 문장가의 조건을 다 갖추었다.

「그리움을 적다[抒思]」는 문장가 위당의 글맛을 느낄 수 있는 대표적인 산문이라고 할 수 있다. 13살 때 결혼해 7년 되던 해 사별한 동갑내기 첫 부인 성씨를 그리워하며 쓴 글이다. 위당의 부모는 시집온 신부가 너무 어리다며 친정집에 더 머물다 오게 했다. 3년이 지나 시집으로 다시 왔지만 신부는 여전히 열여섯의 앳된 소녀였다. 위당에게 신부는 아내라기보다는 첫사랑의 그리움을 안겨줬다.

> 아내는 자주저고리에 남치마 차림으로 어머니를 모시고 앉았다가 내가 밖에서 돌아오면 말도 미처 하기 전에 자기 방으로 물러나버렸다. 치마를 끌며 대청을 내려갔고, 급히 지게문 닫히는 소리가 들리면 마음에 늘 섭섭했었다.

신랑신부 사이의 정은 애틋했다. 그러나 부부유별이라는 사대부 집안의 윤리로 서로 그리운 마음조차 내색하지 못했다. 같이 살면서도 함부로 다가갈 수 없는 그리움의 대상. 그렇게 7년이 지나 그리움이 꽤 쌓이고, 스물이 됐을 때 위당은 중국행을 결심한다. 나라가 망하면서 무언가 살아갈 길을 모색해야 했다. 위당은 아직 젊으니 부부의 회포를 풀 시간이 많을 것이라 생각하고 아내와의 이별을 대수롭지 않게 여겼다. 그런데 위당이 상해로 간 지 7개월이 됐을 때 아내는 쌍둥이를 낳고 병을 얻어 숨을 거두었다.

산문 「그리움을 적다」는 아내가 죽고 14년이 지나서야 쓰였다. 함께 살던 7년, 그리고 아내가 죽고 그 갑절의 시간이 흘러서야 위당은 아내에 대한 그리움을 풀어낼 수 있었다. 이때는 다시 결혼을 했고 어머님도 이미 세상을 뜬 뒤였다. 그러나 전처에 대한 추억은 어머니보다도 강렬했던 모양이다. 그는 오랫동안 품어왔던 아내에 대한 그리움을 고백하고야 말았다.

나를 애틋하게 여기는 마음으로는 죽은 아내보다 더할 이가 없다. 아내의 혼백이 아득하여 나는 더욱 슬퍼 잊을 수가 없다. 그래서 지난날 함께 했던 즐거움, 어릴 적 놀던 일, 그리고 헤어져 그리워하던 정을 적어본다. 이는 후세에 전해지길 바라서가 아니요, 그리움을 풀기 위해서일 뿐이다.

위당은 평소에 글은 진정성의 표현이라는 문장론을 펼치곤 했다. 그는 지인 성환혁에게 보낸 편지에서 이렇게 썼다.

글을 지으려면 반드시 드러내고 싶은 뜻이 있어야 하오. 말 못하게 분통스럽거나 불끈 성이 나서 스스로 풀 길 없는 것이 먼저 있는 뒤에야 글은 비로소 전달하고자 하는 뜻을 다하게 될 것입니다.

爲文必有所欲達之意. 悱然勃然愊憶而不自釋者 在於其先而後 文始爲達之之用.

위당의 글이 독자의 마음을 적시며 문학사에 남게 된 것은 표현하지 않으면 안 되었던 절실함을 담고 있기 때문이다. 그것이 개인에 대한 추모의 글이든, 역사 산문이든 마찬가지다.

2부

끝내 세상을 바꾸어낸 치열한 연구자들

불법을 구하기 위해서라면 어디라도 간다

— 의천의 『대각국사집』

『대각국사집(大覺國師集)』

의천의 문집인 『대각국사문집』은 23권 6책이다. 이와 별도로 의천과 친분이 있었던 송(宋)과 요(遼)의 승려들에게서 받은 서한들을 모아놓은 『대각국사외집』(13권)이 있는데, 이 둘을 합쳐 『대각국사집』이라고 부른다. 문집은 의천의 제자 혜관(慧觀)이 간행했으나 23권 가운데 제19권을 제외하고는 모두 결락(缺落)이 있어 불완전하다. 서문 · 표문 · 장계 · 편지 · 제문 · 시 등이 수록되어 있다. 주전론을 담은 「청주전표(請鑄錢表)」, 원효의 사상을 요약한 「제분황사효성문(祭芬皇寺曉聖文)」 등 주목할 글이 많다.

의천(義天, 1055~1101)

승려. 속명은 왕후(王煦), 호는 우세(祐世), 법명은 의천이다. 개성 출신으로, 고려 문종의 넷째 아들이며, 1065년 경덕국사(景德國師)를 은사로 출가했다. 경 · 율 · 논 삼장(三藏)은 물론 유교 경전, 역사서적 및 제자백가의 사상을 섭렵했다. 상선을 타고 송나라로 가 불법을 닦고 불경과 유교 경전을 구해왔다. 해외에서 구입한 서적 4,700여 권을 간행하고 『속장경』을 완성했다. 홍원사 · 국청사 주지를 역임하고 국사로 책봉됐다. 고려 불교 융합에 기여했으며 유학에도 정통했다. 시호는 대각(大覺)이다.

설화와 역사 사이에서

『삼국유사』 흥법편의 「보장왕이 도교를 신봉하자 보덕이 절을 옮기다[寶藏奉老 普德移庵]」에 일화가 있다.

> 고구려 마지막 임금 보장왕은 즉위 초부터 유·불·선 삼교를 진흥시키고자 하는 뜻을 갖고 있었다. 그러자 신임받던 재상 연개소문이 유교와 불교는 융성하지만 도교는 아직 미약하다며 당나라에 특사를 보내 도교를 정식으로 들여올 것을 요청하였다. 이에 당시 고승인 보덕화상은 "잡교가 정통 종교와 병행하게 되면 나라가 위태롭다"며 반대하는 상소를 여러 차례 올렸다. 왕이 듣지 않자 보덕화상은 자신이 거처하는 반룡사의 암자를 날려서 전라도 완주의 고대산孤大山으로 옮겨가 살게 되었다. 652년 6월의 일이다.

고구려에서 도교를 도입하자 보덕화상이 암자를 날려 백제국으로 가서 수행을 계속했다는 이야기다. 현실 세계에서는 일어날 수 없는 설화이다. 조정의 불교 홀대를 참지 못해 백제로 귀화한 보덕화상의 특이한 이력에서 「암자를 날렸다[飛來方丈]」라는 기이한 이야기가 만들어진 게 아닌가 싶다.

그런데 일연 스님은 이 이야기가 단순한 설화가 아니라는 점을 애써 강조하고 있다. 일연 당시만 해도 고대산 경복사景福寺에는 '비래방장飛來方丈'이라는 암자가 그대로 있었으며, 이자현이 쓴 시가 그 암자에 걸려 있고, 김부식도 그 이야기를 글로 남겼다는 것이다. 또 1092년 대각국사 의천이 고대산 비래방장으로 찾아가 보덕화상의 진영을 참배하고 시를 지었다며 시와 발문을 『삼국유사』에 실었다.

일연에게 설화나 신화·기담은 허무맹랑하고 터무니없는 이야기가 아니다. 그것은 구체적인 역사와 현실 속에서 만들어진 '또 하나의 역사'이다. 일연이 기이紀異편 서문에서 신비로운 기적 이야기를 괴이하게만 보아서는 안 된다고 강조한 것은 이 때문이다. 실제 일연은 『삼국유사』 곳곳에서 신화나 설화의 현장을 방문했다는 사실을 적시하거나 방증되는 자료를 찾아 함께 소개하며 이야기의 신빙성을 높였다. 오늘날 경복사는 폐허가 되었다. 비래방장도 없고, 이자현의 시도, 김부식의 글도 확인할 길이 없다. 그러나 일연 스님은 설화가 역사가 되는 과정을 추적하여 기록했다.

『삼국유사』에서 만난 대각국사

나는 일연의 기록정신을 확인하고자 의천의 문집을 찾았다. 『대각국사집』은 일부가 멸실돼 불완전한 상태였지만, 다행히 남아 있었다. 최근에는 문집이 온전히 번역되어 한글본 불교전서 시리즈로 나왔다(이상현 옮김, 2012년, 동국대출판부). 이 책 17권에 실린 「고대산 경복사 비래방장에서 보덕성사의 진영에 참배하고[孤大山景福寺飛來方丈禮普德聖師影]」라는 시를 보자.

열반부와 방등부의 가르침은	涅槃方等教
우리 보덕화상으로부터 전수되었네	傳授自吾師
원효와 의상이 경전 배울 적에	兩聖橫經日
스님께선 독보적인 존재였지요	高僧獨步時
인연 좇아 남북으로 가는 것은	從緣任南北

진리는 어디든 있기 때문이라오 在道絶迎隨
애석하도다, 방장 날려 보낸 뒤로 可惜飛房後
동명성왕의 고국이 위태해졌으니 東明故國危

『삼국유사』에는 앞 뒤 두 구절씩만 실려 있다. 그러나 『대각국사집』의 내용과 정확히 일치한다. 일연 스님이 의천의 문집을 보고 인용했다는 점을 확인할 수 있다. 또 문집에는 다음과 같은 발문이 들어 있다.

> 보덕대사는 원래 고구려 반룡사의 스님이었는데, 보장왕이 도교에 미혹되어 불법을 폐기하자, 대사가 방장을 날려 보내 백제의 고대산으로 옮겼다. 그 뒤 신령스런 사람이 고구려 마령에 나타나 사람들에게 "너희 나라는 망할 날이 얼마 남지 않았다"고 말하였다. 이는 해동의 『삼국사기』 기록과 같다.

『삼국유사』가 문헌 · 자료를 바탕으로 쓰였다는 것을 입증하는 기록이다. 대각국사는 『삼국유사』 탑상편과 의해편에도 나온다. 탑상편에는 "고려 선종 때에 우세승통祐世僧統 의천이 송나라에 가서 천태종의 책을 많이 가지고 왔다"고 했다. 의해편에서는 의상대사의 제자인 승전 스님이 상주 갈항사에서 돌머리 해골을 제자로 삼아 강연하고 토론을 했다고 하면서, 승전의 사적이 『대각국사실록』에도 전한다고 실려 있다.

일연은 『삼국유사』에서 대각국사를 3번이나 인용했다. 대각국사 의천은 불교를 국교로 표방한 고려 시대의 가장 유명한 스님이자 학자이다. 왕자 신분으로 불교를 진흥시킨 공로가 부처에 비길 만하다 하여 '해동의 석가모니'로 불렸다. 또 '대각국사'라는 시호를 받았다. 의천은 우리나라 불교의 중흥조로, 그를 빼고 한국 불교를 말할 수는 없다. 적지 않은 시문을 남겨 문학사에서도 중요한 인물로 꼽힌다. 고려 전기에 개인 문집을 남긴 문인은 의천 · 곽여郭輿 · 예종 · 김부식 · 정지상 · 최유청 등 6명에 불과하다. 이 중 현재까지 전하는 것은 의천의 『대각국사집』뿐이다.

불법을 위해
바다를 건너다

불교를 국시로 삼은 고려에는 아들이 셋 이상이면 한 명은 출가할 수 있다는 제도가 있었다. 고려 문종의 넷째 아들로 태어난 대각국사 의천은 위로 형들이 있어 반드시 출가하지 않아도 되는 위치였다. 그러나 그는 출가를 자원하고 11살 때 승려가 되었다. 왕실의 후원을 받은 의천은 출가 2년 만에 최고위 품계인 우세승통祐世僧統에 올랐다.

학문에 대한 열정도 대단해 불교뿐 아니라 유교, 노장사상까지 두루 섭렵했다. 23살 때 이미 『화엄경』 50권을 강의할 정도였다. 그러나 그는 국내에서의 공부에 만족하지 않고 송나라에 가서 불법을 더 연구하고 싶었다. 그래서 지은 글이 1084년 1월 선종 임금에게 올린 「송나라에 들어가서 불법佛法을 구하겠다고 청한 표문[請入大宋求法表]」이다.

> 만약 중국에 건너가지 않는다면 동방에서는 실로 소경의 눈을 뜰 수 없게 되었습니다. 삼가 생각건대, 원광圓光이 석장錫杖을 떨쳐 돌아오고, 의상義湘이 배를 타고 건넌 이후로 맑은 그 풍도風度가 후세에 끊어진 가운데 높은 그 자취를 따르는 이가 없습니다. 신이 이에 감히 험한 길을 평지로 여기고서 분발하여 밥 먹는 것도 잊은 채 마음을 비우고 생각을 치달리며 목을 빼고 오기만 기다렸습니다.

의천은 자신의 행위를 원광·의상 등 신라 고승들의 해외 유학에 견주며 죽음을 무릅쓰고 송나라에 건너가겠다는 의지를 피력했다. 이미 송나라 화엄종 승려 정원淨源 법사에게서 초청장도 받아놓은 상태였다. 그러나 임금과 재상들이 강하게 반대하자, 의천은 이듬해 상선을 몰래 타고 중국으로 갔다. 송나라에서는 14개월간 체류했다. 주로 개봉·항주에 머물며 송의 황제, 황태후를 접견했다. 관료·문인·고승들과 만나 학문을 토론했으며 불서를 수집했다. 이때 만난 고승이 50여 명, 수집한 서적은 3,000권에 달한다.

의천은 1087년 6월 예성강 하구에 도착해 임금에게 글을 올렸다. 「우리나라 국경에 도착해서 죄를 청하는 표문[至本國境上乞罪表]」이다. 제목은 허가 없이 월경을 해 국법을 어긴 데 대해 죄를 받겠다는 것이나 실제 내용은 송나라에서의 활동을 담은 귀국 보고서에 가깝다. 의천은 송나라 100개 지역을 방문했으며 법상종·화엄종·천태종·율종에 대해 깊게 이해할 수 있었다고 말했다. 그러면서 "처음에는 걸음걸이를 배우러 간 사람과 같았다가, 지금은 돌아올 줄 아는 새와 비슷하게 되었다"며 해외에서 배운 것을 조국에서 발전시키겠다는 포부를 밝히기도 했다.

『대각국사집』에는 송나라 황제와 황태후에게 보낸 감사장, 지방 수령에게 보낸 장계, 승려들에게 띄운 편지 등이 수십 편 실려 있다. 대부분 여행에 편의를 제공하고 선물을 하사한 데 대한 사례의 글들이다. 이 가운데 정원·선총·정인 등 승려들과 주고받은 편지들은 의천이 송나라의 선진 불교 지식과 해석을 얼마나 간절히 원했는가를 잘 보여주고 있다.

불교 경전을 정리하다

송나라에서 귀국한 의천은 흥왕사 주지로 취임한 뒤 화엄종단을 이끌며 불교 경전 정리에 나선다. 경전의 정리와 간행은 의천의 숙원사업이었다. 그는 송나라로 가기 전부터 경전 수집을 시작했다. 19세 때 쓴 「세자를 대신하여 교장의 수집을 발원하는 글[代世子集教藏發願疏]」은 불교 경전 수집의 시작을 알리는 문장이다. 이후 그는 「선종 임금을 대신하여 제종의 교장을 간행하는 글[代宣王諸宗教藏彫印疏]」을 지어 교장의 조판을 계획했다.

> 부처가 설한 것이 경經이요, 경에서 나온 것이 논論이니, 경은 논을 통해서 그 뜻이 드러납니다. 그런데 논은 소疏를 기다려서 뚫리고, 소는 의義를 모아 밝혀지며, 의는 법사法師를 통해 서술됩니다. (…) 삼가 생각건대 우리 동방은 원효에서부터 보잘것없는 이 몸에 이르기까지 여러 승려들을 길러내어 국가를 보전하였습니다. 현종께서는 5,000축의 교장을 간행하였고, 문종께서는 10만의 게송을 새기셨습니다. 그리하여 경전이 널리 펴지게 되었으나 장소章疏는 거의 사라질 지경이니, 널리 지키고 보존해야 할 것입니다.

송나라에서 수집한 불교 서적과 판목으로 의천은 교장 정리에 박차를 가할 수 있었다. 1090년 8월 『신편제종교장총록新編諸宗教藏總錄』을 간행했다. 향후 간행될 불교 서적의 목록을 모은 책으로 1,010부 4,857권이 수록되어 있다. 의천은 곧바로 흥왕사에 교장도감을 설치하고 조판 작업에 들어갔는데, 교장 간행 사업은 그가 입적할 때까지 계속되었다. 이렇게 해서 완성된 교장이 바로 의천의 『속장경續藏經』이다. 『속장경』이란 앞서 문종이 간행한 불경의 뒤를 잇는 경전이라는 뜻이지만, 불경이 아니라 장소章疏(경전의 주석서나 연구서)를 집대성한 책이다.

1097년 국청사가 완공되고 의천은 주지로 임명됐다. 교장 간행이 마무리되어가는 속에서 그는 종단 개혁에 나섰다. 교종인 화엄종을 정비하고 교선융합 종파로 천태종을 개창하는 일이었다. 홍원사에 9조당九祖堂을 건립하여 화엄종의 9조를 체계화하고 조사들의 계보를 통일했다. 천태종 개창은 법안종 승려를 중심으로 교단을 조직하고, 승과를 시행하여 승려를 선발하는 과정을 거쳐 이루어졌다. 『대각국사집』에 천태종 개창과 관련된 글은 보이지 않는다. 멸실됐을 가능성이 높다. 다만 입적에 앞서 숙종에게 남긴 유언에 종단 개혁과 정비가 평생의 소원이었음을 내비치고 있다.

> 원하는 바는 정도正道를 중흥하는 일인데, 병이 저의 뜻을 빼앗아 가니 바라옵건대 지성으로 외호하여 부처님의 가르침에 부합하도록 하면 죽어도 썩어 없어지지 않을 불멸의 공적이 될 것입니다.

원효의 재발견

『대각국사집』에는 원효와 의상이 어느 스님보다 자주 거론된다. 의천은 고려 화엄종을 개혁하는 과정에서 의상을 동방 화엄종의 종조로 자리매김했다. 또 5교9산으로 나뉜 고려 불교를 통합하는 과정에서 원효의 화쟁사상을 주목했다. 의천은 원효의 저서를 열심히 읽으며 백가의 쟁론을 회통시킨 그의 업적을 계승하려 했다. 원효를 경모했던 의천은 경주 분황사를 찾아 원효의 소상 앞에서 제물을 갖추고 제사를 올리기도 했다. 그때 썼던 글이 바로 「분황사 원효 성사에 대한 제문[祭芬皇寺曉聖文]」이다.

> 저는 부처님을 사모하여 앞서의 스승들을 두루 살펴보았으나 우리 원효 성사보다 뛰어난 이는 없었습니다. 그래서 은미한 말씀이 잘못 전해지는 것을 통탄하고, 지극한 불법이 무너진 것을 애석히 여기면서 멀리 명산을 방문하고 없어진 저술들을 널리 구하였습니다. 지금 경주의 오래된 절에서 살아 계신 듯한 성사의 모습을 뵙고 보니, 영취산에서 부처님 당시의 법회를 만난 것 같습니다.

의천은 입적 몇 달 전에 원효에게 화쟁국사和諍國師라는 시호를 내렸다. 오늘날까지 원효가 화쟁의 대명사로 불리게 된 시작이다. 신라 승려를 대표하는 인물로 원효·의상을 병칭竝稱한 관습도 의천에서 비롯했다. 의천은 우리나라에 화폐를 처음 도입한 인물이기도 하다. 『대각국사집』 제12권 「화폐의 사용을 왕에게 건의한 글」에서는 중국의 화폐 사용의 역사를 소개하며 주전鑄錢의 필요성을 역설했다. 결락된 부분이 있지만, 문집의 글 가운데 가장 길다. 주화鑄貨의 별칭으로 전錢·천泉·포布·도刀를 들면서 네 가지 모두가 '끝없이 유통된다'는 뜻을 담고 있다고 풀이한 게 눈에 띈다.

『대각국사집』을 읽다 보면 구법을 위해 분투하던 의천의 간절함이 느껴진다. 편지·상소문·제문 등 의천의 육성이 생생하게 담겨 있어서일 것이다. 의천의 행적뿐 아니라 고려의 불교 상황을 이해하는 데 필수적인 문헌이다. 『대각국사집』은 국내에서 간행된 최초의 불교 문집이기도 하다.

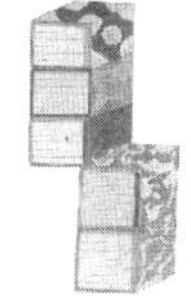

선비의 본분은 독서,
성리학적 이상사회를 꿈꾸다

이이의 『율곡집』

『율곡집(栗谷集)』

이이의 문집을 집대성한 『율곡전서』에서 시·부·상소문·편지·책문·잡저·행장과 함께 「격몽요결」·「성학집요」·「어록」 등을 뽑아 수록했다. 시에는 만월대·부벽루·연관정 등 역사 유적에서 감흥을 읊은 시와 「고산구곡」가 등이 실려 있다. 산문에서는 「만언봉사」·「공로책」·「동호문답」 등 정책 건의문과 「인심도심도설」·「논심성정」 등 성리 철학 논문이 있고, 학문과 공부에 대한 「격몽요결」과 「학교모범」이 널리 알려져 있다. 이이의 언행과 생애·사상·교육을 총체적으로 살필 수 있다.

이이(李珥, 1536~1584)

학자·문신. 아명은 현룡(見龍), 본관은 덕수(德水), 자는 숙헌(叔獻), 호는 율곡(栗谷)·석담(石潭)·우재(愚齋)이다. 이원수(李元秀)와 사임당 신씨(申氏)의 셋째 아들이다. 별시 장원, 문과의 초시·복시·전시 장원 등 아홉 차례의 과거에서 장원 합격하여 구도장원공(九度壯元公)이라고 불렸다. 홍문관 대제학, 이조판서, 우참찬을 역임했다. 현실과 원리의 조화를 강조하는 철학사상을 제시했으며, 「동호문답」·「만언봉사」 등을 통해 조선사회의 제도 개혁을 주장했다. 문묘에 배향되었고, 시호는 문성(文成)이다.

주자·퇴계를 계승한 독서 철학

"글을 읽는 사람을 선비라 하고, 관직에 나아가면 대부가 된다[讀書曰士 從政爲大夫]"라는 말처럼 선비의 본분은 독서이다. 평생을 선비와 대부의 길을 간 율곡 이이에게 독서는 일상 그 자체였다. 당연히 독서에 대한 견해가 없을 수 없다.

율곡이 공부와 독서에 대한 자신의 생각을 드러낸 최초의 글은 「자경문」이다. 이는 젊은 날 불교에 발을 디뎠던 율곡이 다시 유학으로 돌아온 스무 살 때 지은 것으로 공부에 대한 결의를 담고 있다.

> 먼저 모름지기 뜻을 크게 가지되 성인을 준칙으로 삼는다.

자경문의 첫 대목이다. 그에게 공부는 성현이 되기 위한 과정이다. 그리고 독서는 이러한 공부로 나아가기 위한 방편이다. 그는 말한다.

> 독서란 옳고 그름을 변별하여 일을 하는 데 적용하는 행위이다. 만약 일을 살피지 않고 우두커니 앉아서 글만 읽는다면 쓸모없는 학문이 된다.

율곡에게 공부의 요체는 뜻을 세우는 일立志이다. 뜻을 세우는 일은 곧 성인이 되겠다는 다짐이다. 이러한 태도는 『격몽요결』·『성학집요』와 같은 공부의 방법을 다루는 책에서도 일관되게 나타난다. 율곡은 「성학집요를 올리는 차자」에서 "요점을 깨달은 뒤에 그 의미를 알게 되고 의미를 안 뒤에 정성을 다할 수 있다"라고 말했다.

학문이나 공부에서 가장 중요한 일은 요체를 깨닫는 일, 즉 성인의 도道에 들어가는 것이다. 그렇다면 어떻게 도에 이를 수 있을까? 율곡은 "도에 들어가는 이치를 궁구하는 것보다 먼저 할 것이 없고, 이치를 궁구하는 데는 글을 읽는 것보다 먼저 할 것이 없다"며 성인으로 가는 첫발을 떼는 일로서 독서를 꼽는다.

『격몽요결』의 제4장 독서讀書에는 책을 읽는 자세와 습관, 책 읽는 순서 · 방법 등이 상세하게 담겨 있다. "독서할 때에는 공경하는 자세로 책을 대하고, 숙독하고 깊이 생각하며, 의미를 이해하며 실천할 방법을 찾아야 한다" 등의 주희에서 퇴계로 내려오는 성리학 전통의 독서론에서 크게 벗어나지 않는다.

독서 차례 역시 『소학』–『대학』–『논어』–『맹자』–『중용』–『시경』–『예경』–『서경』–『역경』–『춘추』 등 주희의 독서 순서와 크게 다르지 않다. 다독보다는 정독 · 숙독을 강조하는 태도도 마찬가지이다. 율곡은 독서 장의 마지막에서 이렇게 말한다.

> 책을 읽을 때에는 반드시 한 가지 책을 숙독하여 그 뜻을 다 알아서 완전히 통달하고 의문이 없게 된 다음에야 다른 책을 읽을 것이요, 많은 책을 읽고 터득하려고 탐내어 부산하게 이것저것 읽지 말아야 한다.

이는 "책을 숙독하고 정밀하게 생각하기를 오래 하다 보면 스스로 보이는 게 있을 것이다"라는 주희의 말과 일치한다.

성리학의 조선화를 위한 주체적인 독서

율곡의 독서에서 가장 중요한 점은 실천이다. 그는 입으로만 읽고서 몸으로 실행하지 않으면 "글은 그냥 글이고 나는 그냥 나일 뿐[書自書 我自我]"이라며 책의 내용을 체득해야 한다고 강조한다. 문제는 중국에서 만들어진 성리학서들이 우리 현실과 맞지 않는다는 점이다. 그래서 고민한 것이 이 땅의 현실과 여건을 고려한 주체적인 독서였다.

율곡은 42세 되던 1577년 겨울 부제학을 그만두고 해주 석담에 내려가 은병정사를 짓고 제자들을 가르쳤다. 당연히 초학서인 『소학』을 텍스트로 사용했는데, 이 책은 중국인이 쓴 것이어서 우리 현실을 정확히 반영하지 못했다. 그래서 조선의 초학자를 위한 지침서가 절실했다. 이런 문제의식에서 저술한 책이 『격몽요결』인데, 그는 서문에서 이 책을 쓰게 된 동기를 이렇게 말하고 있다.

> 내가 해산海山(황해도 해주)의 남쪽에 거처를 잡고 있을 때 한두 학도들이 서로 따르면서 배움에 대해 물었는데, 나는 선생 노릇을 못하고 있다는 것이 부끄러웠다. 게다가 초학자들은 공부 방향을 알지 못하는 데다 확고한 의지도 없이 대충 배움을 청하곤 했다. 이런 상태에서는 피차간에 도움도 되지 못하고 도리어 다른 사람들의 비방을 부를 것 같았다. 그래서 간략한 책자 하나를 쓰게 되었다.

그는 『격몽요결』에서 공부가 어려운 일이 아니라는 것을 깨우치면서 공부의 구체적인 방법을 10장으로 나누어 설명했다. 『격몽요결』의 공부법은 실제 조선 교육기관의 교육 매뉴얼로 제출되기도 했다. 1582년, 선조는 성균관 선비들의 풍속이 경박해지고 스승과 학생의 도가 무너지고 있음을 개탄하면서 대제학인 율곡에게 성균관의 교육 규범을 지어 올리라고 명했다. 이때 바친 글이 「학교 모범」인데, 이는 『격몽요결』을 현실에 적용한 사례라고 할 수 있다.

율곡이 조선의 학도들을 위한 입문서를 썼지만, 전통적인 초학서인 『소학』을 등한시하지 않았다. 오히려 『소학』 보급에 적극 나섰다. 그는 중국의 각종 『소학』 주석서들을 입수하여 정수를 뽑고 미진한 부분을 보충하여 『소학집주』를 만들었다. 그리고 이 책은 조선에서 가장 널리 통용된 『소학』 텍스트로 자리 잡았다. 그는 또 왕명을 받들어 사서四書를 한글로 번역해 『사서율곡언해』를 펴냈는데, 이는 오늘날에도 전한다.

당시 임금의 경연에서 가장 널리 사용되는 교재 가운데 하나는 『대학연의』였다. 송나라 진덕수가 편찬한 이 책은 분량이 방대할 뿐 아니라 논지가 산만해 정사에 바쁜 임금이 읽기에는 어려움이 적지 않았다. 오래도록 경연관에 참여한 율곡은 어느 누구 못지않게 이 점을 잘 알고 있었다.

그는 『대학연의』를 간략하게 줄이면서 조선에 절실한 항목 위주로 재구성해 『성학집요』라고 이름 붙였다. 이후 『성학집요』는 임금의 경연교재로 채택돼 사용되었다. 『성학집요』는 유학 이념의 조선화를 시도한 율곡의 대표 저서다. 이 책은 율곡의 왕도정치 이념과 개혁사상을 가장 체계적으로 정리했다는 평가를 받고 있다. 퇴계의 『성학십도』와 함께 16세기 성리학 정치 이념서의 쌍벽을 이루는 책이다.

중국의 성리학을 조선의 실정에 맞게 적용하려는 율곡의 노력은 향약의 시행에서도 확인된다. 청주목사 시절에는 서원향약을 제정하여 시행했고, 해주로 은퇴해서는 해주향약을 만들기도 했다. 이처럼 지역마다 다른 향약을 제정한 것은 주자의 여씨향약이 조선의 향촌 사회와 맞지 않은 점이 많았기 때문이다.

율곡이 제정한 향약은 주자 여씨향약의 정신을 계승하면서 구체적인 절목에서는 해당 지역의 특성을 최대한 반영했다. 조선의 실정에 맞는 향약을 통해 향촌 사회의 도덕과 질서를 추구했던 율곡은 조선 향촌 자치론의 선구자라고 할 수 있다.

이단과 이설에 대한 포용

율곡은 『격몽요결』 독서 장에 "이단 · 잡류의 올바르지 않은 글이라면 잠시도 펼쳐 보아서는 안 된다"라고 썼다. 그러나 이것은 성학을 추구하는 성리학자로서의 기본 태도를 천명한 것일 뿐이다. 그의 독서 활동은 때로 이단의 경계를 넘나들었다.

그는 젊은 날에 불교에 심취했다가 다시 유교로 회귀했지만 불교를 배척하지는 않았다. 그의 불교관을 잘 드러낸 글은 「김시습 전기」다. 여기에서 '자유인' 김시습에 대한 존경뿐 아니라 불교에 대한 깊은 이해와 포용력을 읽을 수 있다.

『경연일기』에는 화담 서경덕을 우의정에 추증한 것을 논평하는 기사가 실려 있다. 당시 조선의 주류 성리학자들은 서경덕의 학문이 주희의 성리학에 근원을 두지 않았다 하여 비판적인 태도를 보였다. 그러나 율곡은 "서경덕의 이론이 정자와 주자의 학설과 약간 달랐으나 스스로 터득한 즐거움은 남들이 헤아릴 수 없었다"고 높이 평가했다. 흔히 서경덕은 조선 기철학의 효시로 불리는데, 율곡의 기를 중시하는 학설이 서경덕에게서 영향을 받은 것임은 물론이다.

율곡의 이설에 대한 개방적인 태도는 『도덕경』을 풀이한 『순언醇言』이라는 저술에서도 확인된다. 이 책은 노자 『도덕경』 가운데 성리학적으로 용인될 수 있는 순정한 내용만을 해석했다고 하지만, 당시 이단서로 분류되던 『도덕경』을 연구한 사실만으로도 획기적인 일이었다.

이 책은 저술 당시 송익필 같은 동료 학자들의 저항에 부딪히기도 했다. 그러나 율곡은 오해와 반대를 무릅쓰고 『도덕경』 연구의 금기를 깨면서 이후 박세당·서명응·홍석주 등의 노자 연구에 단초를 마련했다.

율곡이 꿈꾼 성리학적 이상사회

율곡의 독서 철학은 크게 주자와 퇴계를 잇는 성리학적 독서론의 자장 안에 있다. 그러나 율곡은 자신의 독서 철학을 조선 사회에 접목시켜 이상적 유교사회를 구현하고자 했다. 관직 생활 중에 본 정치현실이나 은퇴한 이후에 목격한 향촌 사회는 이러한 문제의식을 더욱 확장시켰다. 이 과정에서 율곡의 독서 철학은 현실은 물론 이단까지 포용하는 데로 나아갔다. 이런 점에서 율곡의 독서는 점차 도학주의에서 벗어나 현실을 개혁하고자 하는 실학적 세계관에 눈을 떠가고 있었다고 할 수 있다.

퇴계 이황과 율곡 이이는 '퇴율退栗'로 병칭될 정도로 조선을 대표하는 성리학자이다. 퇴계가 여말선초부터 싹트기 시작한 조선 성리학의 꽃을 피웠다면, 율곡은 선학들의 축적된 성리학적 연구 성과를 조선에 적용·실현하려 했다. 율곡의 꿈은 더 이상 성리학 연구 자체에 있지 않았다. 그는 그것을 조선에 적용시켜 인간과 사회가 윤리적이고 도덕적으로 높아

지기를 희구했다. 율곡이 꿈꾼 조선은 성리학적 가치가 실현되는 사회였다.

율곡의 공부 방식은 이론과 실천의 병진竝進이었다. 그는 독서를 개인 수양에서 벗어나 사회적 · 정치적 범주로 확충시켜갔다. 그는 관직에 있을 때는 임금을 계도하고, 시무를 논했으며 물러나서는 제자들의 교육과 향촌의 교화를 위해 노력했다. 그리고 그의 노력은 저술로 결실을 맺어 당대는 물론 후대에까지 읽혔다.

그의 공부는 정치 · 행정 · 교화로 직결되었다. 『동호문답』 · 『성학집요』 · 『격몽요결』 · 『경연일기』 등 그의 저술은 모두 교육 · 개혁 · 위민 등 시대의 요청이 아닌 게 없었다. 율곡의 학문을 '성리학적 실학' 또는 '경세적인 성리학'이라고 부르는 것은 이 때문이다.

역사의 격변기를 살며 끊임없이 기록한 다재다능 문장가

신흠의 『상촌집』

『상촌집(象村集)』

63권 22책. 목판본. 시와 산문과 함께 독립적인 저술인 「야언(野言)」·「청창연담(晴窓軟談)」·「산중독언(山中獨言)」·「선천규관(先天窺管)」 등이 실려 있다. 초간본은 1630년 아들 익성이 22권으로 간행했다. 1765년 중간되면서 본집 60권, 부록 3권으로 확대됐다. 이 가운데 권1~21이 시이며, 악부시도 실려 있다. 서문 · 기문이 많다. 「낙민루기」·「근민헌기」에는 문장가의 면모가 드러난다. 또 「심학편」을 비롯하여 용재·용병 등의 경세사상을 담은 글도 있다. 동시대 문인 장유와 김상헌이 서문을 썼다.

신흠(申欽, 1566~1628)

학자·문신. 자는 경숙(敬叔), 호는 현헌(玄軒)·상촌(象村)·현옹(玄翁)·방옹(放翁)이며, 본관은 평산(平山)이다. 문과 급제자로 임진왜란 때 신립(申砬)을 따라 조령 전투에 참가했고, 정철(鄭澈)의 종사관으로 활약했다. 대사간·병조판서·대사헌을 지냈고, 세자책봉주청사로 명나라에 다녀왔다. 선조에게서 영창대군의 보필을 부탁받은 유교칠신(遺敎七臣)의 한 사람으로 광해군 때 계축옥사로 파직돼 춘천에 유배됐다. 인조반정으로 이조판서·우의정·좌의정을 거쳐 영의정에 올랐다. 학문·문학·글씨로 이름이 났다. 시호는 문정(文貞)이다.

조선 중기
한문 사대가

사대 성인, 소상팔경, 사육신과 생육신, 실학 사대가, 한말 사대가…. 숫자로 규정하면 대체로 쉽게 기억된다. 그 수에 들어가느냐, 못 들어가느냐의 차이는 크다. 그래서 무함마드Muhammad가 사대 성인에 포함되지 않은 데 대한 반론이 거세다. 사육신에 누가 들어가느냐가 크게 논란이 된 것도 이 때문이다.

조선 중기 한문 사대가 또는 고문 사대가가 언제부터 정해졌는지는 확실치 않다. 기록상으로는 한말 김윤식이 『운양속집』에서 상촌 신흠, 월사 이정귀, 계곡 장유, 택당 이식 등 네 사람의 호 첫 글자를 따 월상계택月象谿澤이라고 부른 게 처음이다. 그러나 김윤식은 사대가라는 말은 쓰지 않았다. 사대가라는 명칭이 처음 나온 것은 1931년 김태준의 『조선한문학사』에서다. 이후 월상계택은 조선 중기의 한문 사대가로 사실상 굳어졌다.

사대가들은 모두 문형을 맡았고, 당색에서도 서인이었다. 또 관직에 나아가 지배층의 이익을 옹호했다는 공통점이 있다. 그렇다고 이들이 조선 중기의 최고 문장가라는 의미는 아니다. 김태준이 밝혔듯이 그들은 "유가儒家의 척도에 탈선되지 않는 문장가 4인"이기 때문이다. 이들과 같은 시대에 활동한 인물 가운데에는 최립 · 이항복 · 이수광 등 쟁쟁한 문장가들이 많다. 그래서 '한문 사대가'보다는 '고문 사대가'라는 표현이 더 적확하다고 할 수 있다. 그렇다면 고문 사대가들의 우열을 매길 수 있을까. 이에 대해서는 사대가보다 70~80년 뒤에 살았던 농암 김창협의 논평이 참고가 된다.

월사와 상촌은 같은 시대에 이름을 나란히 했는데, 논하는 사람에 따라 우열이 달랐다. 당시 문단의 논의는 상촌이 우월했다. 근세에 이르러 우암 송시열이 처음으로 월사를 우위에 놓았다. 문장을 높이는 자는 상촌을 높이 보고, 이치를 따지는 자는 월사를 취했으니 각각 보는 바가 달랐기 때문이다. (…) 택당의 문장은 문체를 섞어 쓴 것이 계곡만 못하다. 그러나 글의 짜임은 계곡보다 뛰어나다. 계곡의 사부詞賦와 택당의 변려문은 서로 필적할 만하다.

농암의 논평 요지는 사대가의 우열을 논하기가 어렵다는 것이다. 어떤 시각에서 보느냐에 따라 우열이 바뀌기 때문이다. 그럼에도 농암은 중요한 점을 일깨워주고 있다. 사대가를 월사 이정귀와 상촌 신흠, 그리고 택당 이식과 계곡 장유 두 부류로 나누었다는 사실이다. 이는 나이를 고려한 구분이자 문학적 취향에 따른 분류라고 할 수 있다. 월사와 상촌이 관각문학에 가깝다면, 택당과 계곡은 사림문학의 특성이 비교적 강하다.

임진왜란을 기록하다

상촌 신흠의 삶은 곡절의 연속이었다. 그가 살던 시대는 우리 역사의 최대 격변기였다. 임진왜란, 광해군 통치, 인조반정, 정묘호란 등 굵직한 사건들이 그의 삶을 관통했다. 평생 이토록 굵직한 사건들을 함께하기란 흔한 일이 아니다.

27세 때 겪은 임진왜란이 끼친 영향은 컸다. 전쟁 초기 그는 신립 장군을 따라 조령 전투에 참가했다. 도체찰사 송강 정철의 종사관이 되어 삼남 지방의 군사 업무를 처리했다. 선조가 평안도로 피란하자 행궁에 들어가 이조좌랑으로서 명나라로 보내는 외교문서를 작성하는 임무를 담당하는 한편 명나라 사신을 응대하기도 했다. 전란의 와중에 서장관으로서 광해군 세자 책봉 주청사절단의 일원으로 명나라에 다녀오기도 했다. 요컨대 상촌은 무관과 문관으로 임진왜란의 전방과 후방에서 활동했다.

전쟁이 끝난 뒤 신흠은 여러 편의 글을 남겼다. 종군하거나 체험한 전쟁이어서 내용이 웬만한 실록보다도 정확하고 사실적이다. 「임진왜구구흔시말지壬辰倭寇構釁始末志」는 임진년 왜구 침략의 전말을 기록한 보고서이다. 왜란 직전 일본 열도의 상황, 조선 사신의 보고 정황 등이 상세하게 기록되어 있다.

「본국피병지本國被兵志」는 전쟁 초기 파죽지세로 진격하는 일본군의 침략 상황을 일지별로 보여준다. 「제장사난초함패지諸將士難初陷敗志」는 이일·신립 등 여러 장수들이 왜란 초기에 어떻게 전쟁에서 참패하게 됐는가를 보여주는 뼈아픈 기록이다. 신립의 패배는 상황 판단과 전술의 실패에서 비롯했다. 수천밖에 안 되는 군대로서는 매복을 통한 기습 공격을 해야 했으나 신립은 들판에서 기병전을 선택했다. 신흠은 탄금대 전투에 대해 이렇게 적었다.

> 우리 군대가 크게 어지러워지면서 적에게 난도질을 당한 결과 시체가 산처럼 쌓였고 군자軍資와 군기軍器가 일시에 모두 결딴나고 말았다. 신립은 단신으로 말을 타고 강 언덕에 이르렀는데 적이 군대를 풀어 추격하자 물에 몸을 던져 죽었다.

명나라 지원군의 상황도 적었다. 명이 군사를 보내 도와준 시말을 적은 「천조선후출병내원지天朝先後出兵內援志」는 어느 역사 자료 못지않게 자세하다. 선조 임금을 대신해 외교문서를 작성하고 명나라 군관과 편지를 주고받는 과정에서 명나라 지원군의 실태를 잘 알고 있었기 때문이다. 신흠은 임진왜란 때 명나라가 조선에 지원해준 인력이 22만 명에 달한다고 썼다.

> 임진년에 처음 평양을 공격했을 때 동원된 병력이 3,319인, 계사년에 평양을 공격해 격파했을 때 동원된 병력이 4만 3,500인, 뒤따라 도착한 병력이 8,000인, 정유년 이후 앞뒤로 와서 구원해준 병력이 14만 2,700여 인, 기해년 이후 우리나라에 머물러 있던 병력이 2만 4,000여 인으로 도합 22만 1,500여 인이었다.

임진왜란 때 조선을 다녀간 명나라 사신과 장수들의 인적사항을 촘촘히 기록한 「천조조사장신선후거래성명기天朝詔使將臣先後去來姓名記」는 왜란의 전후 사정을 알 수 있는 흥미로운 기록이다. 경략經略 송응창과 제독提督 이여송을 비롯해 설번薛藩 등의 천자의 칙사 등 조선에 왔던 명나라 관리 수백 명의 출신, 벼슬, 조선에서의 임무 등을 담고 있어 임진왜란 때에 파견된 사신과 명나라 군대의 구성 및 성격을 분석할 수 있는 사료이다.

개방적인 학문, 다원적인 가치

『상촌집』은 본집 60권과 부록 3권으로 이루어진 거질이다. 1990년대 민족문화추진회에서 나온 국역본은 모두 6책으로 한시 · 역사이론 · 정치론 · 문학비평 · 도학사상 · 경세사상, 임진왜란 종군기, 제문 · 만사 등이 실려 있다. 그의 인생 역정과 시대 상황이 반영된 글들은 아주 다채롭고 다양해 상촌의 사상을 하나로 규정짓기 어렵다.

상촌은 문인 관료로서 영예를 얻었다. 관인으로서 영의정에 올랐고, 문인들이 선망하는 문형 자리까지 거머쥐었다. 격변의 시대에서 살아간 사람은 인성뿐 아니라 문학도 각박해질 수 있다. 그런데 상촌은 유학자로서 놀라울 정도로 공평하고 개방적인 태도를 견지했다. 심지어 성리학적 이데올로기에서도 자유로웠다. 당시 이단으로 불리는 양명학의 창시자 왕수인을 포용하는 태도까지 보인다.

> 문성공文成公 왕수인王守仁이야말로 진정한 유자儒者였다. 유학에 전념하면서도 평소 군사를 잘 통솔하였고 험준하기 이를 데 없는 지역에까지 말을 치달려 한나라의 저명한 장군 복파伏波와 이름을 나란히 하였으니, 장하다 하겠다. 세상에서 그의 학술이 잘못되었다고 비난들 하지만, 학술이란 현실에 적용할 수 있어야 귀한 것이다. 백성을 살리고 나라를 지키는 일이 어찌 유학자의 몫이 아니겠는가.

신흠의 개방적인 태도는 노장을 인정하는 데에서도 확인된다. 노자에 대해서는 "주역에서 무위를 말했고, 노자 또한 무위를 말했으니 어찌 다르겠는가"라고 말했다. 장자에 대해서는 "장자의 글을 읽으면 가슴 속이 상쾌해진다"며 장자 읽기의 효용을 이야기하기도 했다. 노자와 장자를 비교한 글에서는 호활한 장자보다 정밀하게 파고드는 노자의 손을 들어준다.

> 노자老子는 깊이 생각하면서 세밀하게 따지고 장자莊子는 크게 생각하되 빠뜨린 점이 많으며, 노자는 마음씀이 정밀하고 장자는 마음씀이 너른데, 아무래도 노자가 낫다고 하겠다.

그러나 실제로는 장자를 더 가까이 한 것 같다. 상촌은 유배 기록인

「구정록」에서 "때때로 장자를 펼쳐보며 스스로 시간을 보내곤 했다"고 토로하곤 했다. 주류 사회에서 성공적인 삶을 살아간 상촌이 비주류, 심지어 반주류의 사상까지 받아들였다는 사실을 어떻게 이해해야 할까. 폭넓게 독서하고 명나라 학자들과 폭넓게 교유하면서 새로운 시대 사조를 받아들였기 때문으로 보인다.

상촌은 "어릴 때 학문에 뜻을 두었고, 여러 사상에 두루 통하였다"고 스스로 밝혔다. 책 읽기를 좋아했던 그는 하나의 학설이나 사상에 매이지 않았다. 상수학·양명학 등 당시 성리학에서는 금기시했던 비정통의 학문도 적극 수용했다. 그는 임진왜란 때 접촉한 명나라 사신들을 통해 새로운 학문 세계를 받아들였는데, 양명학에 대한 긍정은 이러한 폭넓은 경험에서 나왔을 것이다.

자연주의 수필문학

오늘날의 독자 가운데 『상촌집』을 읽는 이가 있다면, 아마 수필류의 글을 주로 읽을 것이다. 옛 사람의 문집에는 '잡저·잡록·수록' 등의 이름으로 실려 있는 경우가 많다. 그러나 목적의식을 갖고 체계적으로 쓰이지 않아 대부분 완성도가 떨어진다. 그러나 상촌의 수필은 다르다. 깊은 철학이 녹아들어 있어 울림이 있다. 대부분 관직에서 물러나 있거나 유배 시절에 오랜 침잠과 사유 끝에 창작되었기 때문일 것이다.

『상촌집』에는 「휘언彙言」·「구정록求正錄」·「선천규관先天窺管」·「야언野言」·「산중독언山中獨言」·「청창연담晴窓軟談」 등 다른 문집에서는 잘 보이지 않는 이름의 편명이 들어 있다. 모두 수필로 포괄할 수 있는 글이지만, 글의 결은 조금씩 다르다. 「휘언」·「구정록」·「선천규관」은 중수필로, 나머지는 경수필로 분류될 수 있다.

「휘언」은 중국과 한국의 역사 사건이나 인물을 논한 사론史論, 경서나 제자백가서 등 전적에 대한 평가, 정치적 식견을 담은 정론政論 등이 주된 내용을 이루고 있어 무겁게 읽힌다.

「구정록」은 1617년 춘천으로 귀양 가 1621년 풀려나기까지 산중에서 산보하고 사색하며 독서하며 쓴 저술이다. 『시경』·『서경』·『대학』·『중용』 등을 읽고 자신의 생각을 적은 독서기가 가장 많은 분량을 차지한다. 또 정계와 문단의 동향, 사림에 대한 평가, 실록 편찬, 풍수설 등 자신이 겪었던 일에 대한 회고담도 들어 있다. 글을 빨리 짓기로 유명한 유성룡, 유배지에서 병마에 시달리던 이항복 등 당대 인물에 대한 일화 등이 흥미롭다. 「선천규관」은 주역의 개념 풀이, 읽는 방법 등을 적은 철학서이다.

「야언」·「산중독언」·「청창연담」 역시 대부분 김포의 시골집이나 춘천의 유배지에서 쓰였다. 「산중독언」은 자신의 관직 생활을 돌아보며 쓴 전기 형식의 수필이고, 「청창연담」은 중국과 한국의 문인과 시문에 대해 쓴 평론집이자 시화집이다.

「야언」은 상촌 수필 글쓰기의 특징을 가장 잘 보여준다. 유배지의 사색이 농축된 잠언이라고 할 수 있는데, 산중의 지혜와 깨달음이 잘 드러난다. 독서·벗·문장·술·차·산보·절기 등 산중 생활의 이모저모를 담아냈다. 짤막한 글들이지만 울림이 크다. 얼핏 전원생활의 깨달음을 읊은 내용처럼 보이지만, 유배지에서 쓴 글이라는 점을 잊어서는 안 된다. 아래에 몇 구절을 인용한다.

뜻 가는 대로 꽃이나 대나무를 재배하고 성미에 맞게 새나 물고기를 키우는 것, 이것이 바로 산림山林에서 경영하는 생활이라 하겠다.

모든 병을 고칠 수 있으나 속기俗氣만은 치유할 수 없다. 속기를 치유하는 것은 오직 책밖에 없다.

독서는 이로움만 있고 해로움은 없으며, 시내와 산을 사랑하는 것은 이로움만 있고 해로움은 없으며, 꽃·대나무·바람·달을 완상玩賞하는 것은 이로움만 있고 해로움은 없으며, 단정히 앉아 고요히 입을 다무는 것은 이로움만 있고 해로움은 없다.

차가 끓고 청향淸香이 감도는데 문 앞에 손님이 찾아오는 것도 기뻐할 일이지만, 새가 울고 꽃이 지는데 찾아오는 사람 없어도 그 자체로 유연悠然할 뿐. 진원眞源은 맛이 없고 진수眞水는 향취가 없다.

흰 구름 둥실 산은 푸르고, 시냇물은 졸졸 바위는 우뚝. 새들의 노랫소리 꽃이 홀로 반기고, 나무꾼의 콧노래 골짜기가 화답하네. 온갖 경계 적요寂寥하니, 인심人心도 자연 한가하네.

표현하고 싶은 생각을 말하고 그치는 것은 천하의 지언至言이다. 그러나 표현하고 싶은 생각을 다 말하지 않고 그치는 것은 더욱 지언이라 할 것이다.

중인中人을 보는 요령은 큰 대목에서 나대지는 않는가 하는 것을 살피는 데에 있고, 호걸을 보는 요령은 작은 대목이라도 빠뜨리지는 않는가 하는 것을 살피는 데에 있다.

문을 닫고 마음에 맞는 책을 읽는 것, 문을 열고 마음에 맞는 손님을 맞이하는 것, 문을 나서서 마음에 맞는 경계를 찾아가는 것, 이 세 가지야말로 인간의 세 가지 즐거움이다.

사람이 사는 동안 한식과 중양절만은 삼가서 헛되이 보내지 말아야 한다. 사계절의 변화 가운데 이들 절기만 한 것이 없기 때문이다.

철저히 기록하고 또 반성하라

이항복의 『백사집』

『백사집(白沙集)』

1629·1635·1726년 세 차례 간행됐다. 모두 목판본이며 최종본은 30권 15책이다. 저자의 현실인식과 개선 방안, 정치적 상황에 대한 기록 등이 실려 있다. 「일출도문만사회(一出都門萬事灰)」는 1619년 인목대비 폐위 움직임에 반대하여 북청으로 귀양 가면서 쓴 것이다. 정여립의 모반을 기록한 「기축옥사」, 임진왜란 초기의 일들을 정리한 「임진변초사(壬辰變初事)」, 임진왜란 장수들의 행적을 기록한 「난후제장공적(亂後諸將功蹟)」 등 역사를 기록한 글이 많아 기록 산문으로서 가치가 있다.

이항복(李恒福, 1556~1618)

문신. 자는 자상(子常), 호는 필운(弼雲)·백사(白沙)·동강(東岡)이다. 본관은 경주이며, 이몽량(李夢亮)의 아들이자, 권율(權慄)의 사위이다. 문과에 합격해 성균관 전적, 사간원 정언, 예조좌랑 등을 역임했으며 선조의 신임이 두터웠다. 임진왜란 때 선조를 의주까지 호종해 오성군에 봉해졌다. 전란 중에 병조판서를 다섯 번 역임했으며 여러 요직을 거쳐 영의정까지 올랐다. 광해군의 인목대비 폐위에 반대해 함경도 북청으로 유배되어 그곳에서 세상을 떴다. 묘소가 있는 포천에 화산서원이 세워졌다. 시호는 문충(文忠)이다.

철저한 기록과 성찰하는 자세

임진왜란 직전, 뜻있는 인사들이 탄식조로 내뱉는 말이 있었다. "태평성대가 200년간 이어지니, 사람들이 전쟁을 모른다[昇平二百年 人不知兵革]." 율곡 이이가 십만양병론을 건의하고 중봉 조헌이 임진년에 큰 병란이 있을 것이라고 경고했지만 이를 새겨들은 사람은 아무도 없었다.

조선 개국 200년이 되던 1592년, 일본은 조선을 침략했다. 일본은 승승장구, 파죽지세로 북진했다. '전쟁을 모른다'는 지적은 정확했다. 5월 2일 일본군이 한양에 입성했다. 4월 13일 부산성이 함락된 지 정확히 20일 만이었다.

선조 임금은 일본군이 당도하기 이틀 전인 4월 30일 새벽 경복궁을 도망쳐 나온 뒤 파주 동파역에서 잠을 잤다. 도승지로서 선조를 호위했던 백사 이항복은 당시 상황을 이렇게 기록했다.

> 임금의 수레가 동파의 역사에 머물렀다. 다음 날 아침 주상이 대신들을 불렀다. 이산해 공과 유성룡 공이 들어왔고 나도 도승지로서 입시하였다. 대신들이 어전에 이르자 주상이 손으로 가슴을 두드리며 울먹이며 차례로 이름을 부르며 말했다. "이모(이산해)야, 유모(유성룡)야. 일이 이 지경에 이르렀으니 꺼리지 말고 각자 충심을 다해 말하거라. 내가 어디로 가야겠는가?" 다시 묻기를 "윤두수는 어디에 있는가? 그는 본래 사려가 깊은 사람이다. 함께 보고 싶구나." 나는 나와 오음 대감(윤두수)을 불러들여 어전에 나아가게 했다.
>
> –「서애 유성룡 이야기[西厓遺事]」, 『백사집』 권4

백사는 동파에서 열린 어전회의의 상황을 상세히 기록했다. 백사는 이 자리에서 선조의 어가가 서쪽으로 가서 명나라의 구원을 요청해야 한다고 주장했다. 반면 서애 유성룡과 오음 윤두수는 천연 요새지인 함흥이나 경성으로 가서 버텨야 한다고 건의했다.

영의정 아계 이산해는 의견을 내지 않고 엎드려 울기만 했다. 백사와 서애의 의견이 팽팽히 맞서는 가운데 선조는 백사의 손을 들어주었다. 이후 선조가 의주로 피신하게 되고, 명나라에 원군을 요청한 것은 역사에 기록된 내용이다.

백사가 쓴 「서애 유성룡 이야기」는 왕조실록의 내용(『선조수정실록』 25년 5월 1일)과 부합할 뿐 아니라 오히려 더 자세하다. 『백사집』의 기록이 상세하고 구체적인 것은 백사가 왕을 지근거리에서 보필하며 거동을 세세히 관찰했기 때문이다. 또 승정원일기를 쓰는 사관으로서 역사를 정확히 기록해야 한다는 역사인식을 갖고 있었기에 가능한 일이었다.

백사는 자신이 개입한 일이라고 해서 자신을 변호하는 글을 쓰지 않았다. 자신의 과오는 인정하고 타인의 장점은 높이 평가했다. 백사는 동파 어전회의에서 공론이 정해진 뒤에 서애에게서 "어떻게 나라를 경솔하게 버리자는 의견을 내놓을 수 있는가"라는 질책을 들었다.

백사는 그 자리에서는 바로 이 뜻을 이해하지 못했지만, 의주 파천에 대한 민심이 흉흉해지자 서애의 선견지명에 탄복하고 사과했다. 『백사집』에 나오는 얘기다.

임진왜란에서 나라를 구한 경세가

백사 이항복은 30대 중반~40대 초반에 임진왜란을 겪었다. 그리고 7년 전쟁 동안 그는 조정의 두터운 신임을 받아 전쟁에 대처했다. 군사권력을 지휘하는 병조판서는 5번이나 맡았다. 뛰어난 경세가였던 백사는 훌륭한 문장가이기도 했다. 정치인 · 관료의 면모가 워낙 뛰어나 문장에 대한 평가는 많지 않으나 그의 시문은 평이하고 담박하면서도 울림이 있다. 계곡 장유가 백사를 '나라의 기둥이고, 선비의 표상'이라고 평가했는데, 지나친 말은 아닌 듯하다.

임진왜란을 기록한 대표적인 문헌으로 이순신의 『난중일기』와 유성룡의 『징비록』이 꼽힌다. 이 두 저술은 전쟁의 한 중심에 있었던 무관과 문인이 기록한 임진왜란 보고서이다. 『백사집』은 백사가 생전에 썼던 글들을 모은 개인 문집이다. 한시(355수) · 상소문 · 건의문 · 편지 · 행장 · 묘지문 · 기문이 실려 있다. 명나라에 다녀온 연행록 『조천록』도 들어 있다. 그러나 대부분 임진왜란이라는 전쟁의 경험과 무관하지 않다. 이순신이나 유성룡처럼 전쟁 자체를 기록해 후대에 교훈으로 삼게 하고자 한 것은 아니다. 그렇지만 전쟁의 중심에 있었던 그의 경험이 녹아들어가지 않을 리 없다.

『백사집』에서 눈에 띄는 것은 인물에 대한 기록이다. 인물 전기는 생전의 행적을 적은 행장, 묘지문이나 비명, 사건을 기록한 유사 등의 형식으로 쓰여 있다. 이 가운데에서 주목되는 것은 임진왜란 시기 활약했던 역사 인물에 대한 평가이다. 백사는 붕당 정치가 시작되어 당쟁이 확산되던 시기에 활동했다. 그러나 그는 붕당의 선입견이나 편견에 갇히지 않았다. 그는 필법이 엄정했고 정확했다. 비록 역사가는 아니었지만, 철저히 사관의 입장에서 기록하고자 했다.

노량해전에서 숨진 이순신의 전공을 기록한 「통제사 이공의 노량비명」은 뒷날 이순신에 대한 역사적 평가의 표본이 되었던 글이다. 백사는 옥포 · 노량 · 당포 · 율포 · 한산 등 남해에서 있었던 이순신의 활약상을 하나하나 열거하며 그가 수군 가운데 가장 큰 공을 세운 장수라고 평가했다. 명량해전에 대해서는 "새로 모은 13척의 전함으로 바다를 가득 메운 수많은 적을 상대하였다. 30척의 적선을 파괴하고 용맹을 다해 전진하니 적들이 마침내 퇴각하였다"고 적었다.

백사는 이순신의 전공 이외에 그의 훌륭한 인품에도 주목했다. 명나라 수군 제독이 이순신을 '이 어르신[李爺]'이라고 부르며 존경했다고 적었다. 또 이순신이 전사하자 명나라 병사들이 슬퍼하여 고기를 먹지 않았으며 전라도 사람들이 길거리에서 통곡했다고 보고 들은 대로 썼다. 그러면서 백사는 이순신의 사람됨이 전쟁에서 세운 공보다 뛰어나다고 평가했다. 당색으로 따진다면 백사는 서인이고 이순신은 동인이다. 그러나 그가 쓴 이순신에 대한 기록에서는 당파의 자취는 보이지 않는다.

『백사집』에는 권율에 대한 글이 묘지 · 신도비명 · 비음기 등 3편이나 실려 있다. 권율의 사위로 글을 잘 짓고, 고관에 올랐던 백사는 처가 쪽의 글 요청을 거부하기 어려웠을 것이다. 더구나 권율은 임진왜란에 전공을 세운 몇 안 되는 장수이다. 권율의 묘지문에서 백사는 장인의 유언에 따라 글을 쓰게 됐노라고 밝히면서 묘명墓銘을 쓰지 않고 사실만을 기록했다고 적었다. 묘명에는 고인에 대한 평가가 들어가지 않을 수 없어 일부러 생략했다는 설명이다. 이처럼 백사는 장인의 행적을 인정에 매이지 않고 엄정하게 기록했다. 사료적 가치가 있는 글도 적지 않다. 율곡 이이의 십만양병설을 세상에 알린 「율곡선생비명」이 대표적인 사례이다.

30년 지기 한음의 죽음

오성부원군으로도 불리는 백사를 이야기하면서 한음 이덕형과의 교유를 피해갈 수는 없다. '오성과 한음'의 우정은 동화·만화 등으로 각색될 정도로 유명하다. 그러나 백사와 한음은 죽마고우가 아니다. 백사가 한성의 서부 양생방(지금의 남대문 부근)에서 어린 시절을 보냈고, 한음은 남부 성명방(서울역 부근)에서 태어났으니 두 사람의 교제가 전혀 불가능한 일은 아니었다.

그러나 한음은 오성보다 다섯 살 어린데다 어린 시절을 경상도 상주의 진외가에서 보내어 두 사람이 어울려 놀았을 가능성은 극히 적다. 두 사람의 개구쟁이 일화는 훗날 만들어진 이야기다. 백사의 제자 박미의 『백사선생 연보』에 따르면 백사와 한음이 처음 만난 것은 둘의 나이가 각각 23세, 18세 때라고 한다. 실제 『백사집』이나 『한음유고』에 이보다 앞서 두 사람이 교제했다는 기록은 보이지 않는다.

백사와 한음은 1580년 알성시 문과에 나란히 급제하면서 급속도로 가까워졌다. 관직에서도 두 사람은 앞서거니 뒤서거니 하며 우정을 쌓아 갔다. 둘의 우정은 어려움에 처했을 때 더욱 빛이 났다. 임진왜란으로 나라가 존망의 위기에 처했을 때 두 사람은 의기투합해 명나라에서 원병을 받아냈다. 한음이 원병을 요청하러 명나라에 들어갈 때, 백사는 자신의 말을 내어주었다.

1604년 영의정 한음 이덕형이 임해군의 살인 교사사건을 조사하는 과정에서 선조의 비위를 거슬러 파직되었다. 후임으로 백사가 임명됐는데, 백사는 파직된 한음의 자리를 물려받을 수 없다며 극력 사양했다. 백사는 상소문에서 "이덕형은 앞서서 말한 신하일 뿐이고, 저는 말을 하지 못한 이덕형"이라며 한음을 변호하며 두 사람이 일심동체임을 강조했다. 백사는 8번의 상소 끝에 영의정에서 물러났다.

1613년 조정은 영창대군의 처형과 인목대비 폐위론을 놓고 당론이 맞섰다. 당시 나란히 영의정과 좌의정에 있었던 한음과 백사는 폐위 반대에 앞장섰다. 돌아온 것은 탄핵과 파직이었다. 한음은 북한강변 용진 별서로 내려갔고, 백사는 양주군 노원(지금 서울 노원구)으로 은거했다.

그해 10월 한음이 화병으로 타계했다. 부음을 들은 백사는 댓바람으로 달려가 친구 한음의 시신을 염하고 곡했다. 상중에 백사는 한음의 아들에게 털어놓았다. "한음이 백사를 알아주었고, 백사가 사모한 사람이 바로 한음이었다"고. 그리고 「한음만漢陰挽」이라는 제목으로 한음을 위해 조시弔詩를 지었다.

궁산에 떨어진 신세 말이나 삼가려고	淪落窮山舌欲捫
훌쩍훌쩍 남몰래 한원군을 곡하노라	呑聲暗哭漢原君
애사에도 감히 분명하게 말하지 못하는 것은	哀詞不敢分明語
야박한 풍속이 남 엿보아 말 만들기 좋아한 때문일세	薄俗窺人喜造言

청년기에 만난 백사와 한음의 우정은 한음이 죽을 때까지 30년 이상 이어졌다. 둘의 우정은 흔히 중국의 관중과 포숙의 사귐에 비교하지만, 그 이상이다. 생사를 함께했던 문경지교刎頸之交, 바로 그것이었다.

한번 결심하면 끝을 본다, 조선 최고의 출판인

김육의 『잠곡유고』

『잠곡유고(潛谷遺稿)』

11권 9책의 활자본이다. 대동법의 확대, 새 역법의 시행, 수레의 사용, 수차를 이용한 관개법, 동전의 유통 등 행정가로서의 면모를 보여주는 글이 많다. 「청행양호대동잉사우의정소(請行兩湖大同仍辭右議政疏)」는 대동법 시행 과정의 문제점 해소와 확대 실시를 주장한 글이다. 보유로 실린 「조경일록(朝京日錄)」은 명나라에 마지막으로 파견된 조천사로서 중국의 선진 문물과 제도를 기록했다. 17세기 사회경제사 연구에 좋은 자료다. 민족문화추진회 번역본에는 김육의 연보를 추가해 번역했다.

김육(金堉, 1580~1658)

문신·실학자. 자는 백후(伯厚), 호는 잠곡(潛谷)·회정당(晦靜堂)이며, 본관은 청풍(淸風)이다. 성균관에서 태학생들과 집단행동을 해 문과 응시 자격을 박탈당하자 경기도 가평 잠곡에 10년간 은거했다. 반정으로 인조가 즉위하자 문과에 응시해 장원으로 급제했다. 명·청 교체기에 몇 차례 중국에 다녀온 뒤 화폐 유통, 수레 보급, 시헌력 제정 등을 위해 노력했고, 대동법의 확장 시행에 앞장섰다. 성리학을 비롯해 천문·지리·율력에 정통했으며 『유원총보』·『황명기략』·『종덕신편』·『송도지』 등을 저술·간행했다. 시호는 문정(文貞)이다.

필생의 개혁안, 대동법 추진

대동법 하면 김육을 떠올린다. 그는 조선 최고의 개혁으로 불리는 대동법의 완성자이다. 그러나 대동법은 김육이 독창적으로 고안한 제도가 아니다. 처음 제기한 것도 아니다. 김육에 앞서 이이 · 유성룡 · 이원익 · 한백겸 · 조익 등이 대동법을 구상하고 주장했다. 김육이 대동법 확대를 소리 높여 외쳤을 때, 강원도 등 일부 지역에서는 이미 대동법이 시행되고 있었다. 그렇다고 대동법을 얘기하면서 김육을 빼놓을 수는 없다. 김육은 바로 대동법을 전국으로 확대시킨 결정적 인물이다. 그의 평생에 걸친 노력 덕분에 함경도와 평안도를 제외한 전국에 대동법이 뿌리내리게 되었다.

김육의 문집 『잠곡유고』에는 대동법 시행을 건의하고 주장하던 글들이 여러 편 실려 있다. 김육은 생애 말년에 이르러 대동법 실시를 더욱 강도 높게 주장한다. 이를테면 죽기 한 해 전인 효종 8년(1657) 때만 하더라도 김육은 충청도와 전라도에 대동법을 확대해야 한다는 상소문을 세 차례나 올린다. 그는 78세의 노인에 병으로 몸도 제대로 가눌 수 없었지만 글은 서릿발처럼 준엄하다.

> 앞서 호남 사람들이 대동법을 시행하자고 잇따라 청원하였지만, 조정에서 허락하지 않고 승정원에서도 그 상소를 올려 보내지 않았으니, 신은 참으로 이해할 수 없습니다. (…) 대개 호남은 나라의 근본인데 재해를 크게 당해 민심이 이미 떠나 있습니다. 반드시 가을 안에 이를 시행해야만 조금이나마 혜택을 베풀 수 있을 것입니다. 이 때문에 죽음을 무릅쓰고 여러 차례 말씀드리는 것입니다.
>
> –「호남과 호서에 대동법 시행을 청원하는 상소」

김육은 죽음을 앞두고서도 오직 대동법 걱정이었다. 『잠곡유고』 연보는 타계 직전에 김육이 남긴 유언이 "전라 감사가 올린 상소에 대한 회계가 어찌 되었는가?"였다고 적고 있다. 감사 서필원이 호남에 대동법을 시행하는 것에 대해 상소한 것을 비변사에 내렸는데, 이날이 회계하는 날이었기 때문에 이렇게 물었다는 것이다. 이처럼 김육에게 대동법 시행은 필생의 사업이었다. 김육이 타계한 뒤 효종은 "김육과 같이 뜻이 확고한 사람을 어찌 얻을 수 있을까?"라고 탄식했다고 한다.

농사꾼에서 영의정까지 오른 경세가

김육은 조선 시대 관료 가운데 경세가의 면모가 가장 두드러진 사람으로 꼽힌다. 그의 관심은 민생에 직결되는 경제·조세·재정 문제였다. 그는 강인하고 과단성 있는 인물로, 한번 결심하면 끝을 보아야만 하는 성미를 지녔다. 이러한 김육의 성품 덕택에 대동법은 빛을 볼 수 있었다.

김육의 과단성 있는 정책 추진력은 어디에서 연유한 것일까? 그의 신산스러운 삶에서 실마리를 찾아볼 수 있다. 김육은 서울 마포에서 청풍김씨 양반가문의 자제로 태어났다. 어렸을 때는 양반 자제의 수학 과정을 밟아나갔다. 그러나 13살 되던 해 만난 임진왜란은 안정적인 사대부 가문을 흔들었다. 왜구를 피해 황해도로 이주한 김육의 피란과 난민 생활은 10여 년간 계속되었다. 전쟁의 상처는 컸다. 15살에 아버지를 잃었고, 21살에는 어머니까지 보내야 했다. 25살이 되어 결혼을 했고, 그 이듬해에 사마시에 합격했다.

결혼도 과거도 늦었지만, 유생으로서의 기개는 높았다. 성균관에 들어가 문과 공부를 하던 31세 때, 그는 성균관 재생들과 함께 '오현종사 청원 상소'를 올렸다. 김굉필 · 정여창 · 조광조 · 이언적 · 이황 등 5명의 유학자를 문묘에 모시자는 상소였다. 이 과정에서 정인홍이 이언적과 이황을 비판하자, 정인홍을 유학자의 명부에서 삭제해버렸다. 김육이 주동한 이 사건은 당시 조정과 사림을 떠들썩하게 했다. 김육은 다행히 처벌을 면했지만, 이 사건을 계기로 서울을 떠나게 된다.

김육은 경기 가평의 잠곡潛谷으로 들어갔다. 잠곡의 청덕동에 회정당晦靜堂이라는 작은 집을 지었다. 그리고 10년 동안 낮에는 일하는 농사꾼으로, 밤에는 공부하는 학인으로 살았다. 그의 은거는 한가한 '귀거래'가 아니었다. 그는 처자를 이끌고 손수 농사를 지어 생계를 꾸려갔다. 숯을 구워 서울에 내다팔기도 했다. 당시 서울에서 파루를 치면 숯을 팔기 위해 제일 먼저 동대문에 들어간 사람이 김육이었다고 한다. 한번은 부마 신익성이 친구를 찾아 잠곡에 갔는데, 김을 매던 김육은 일을 중단하지 않고 밭두렁에서 그를 맞이했다는 일화도 전해온다.

잠곡에서 10년째 되던 1623년 인조반정으로 김육은 새로운 삶을 맞이한다. 44세의 나이에 의금부 도사로 발탁된 그는 문과 시험으로 장원을 하면서 본격적인 관료 생활을 시작한다. 이후 김육은 충청감사 · 한성부부윤 · 도승지 · 이조참판 · 형조판서를 거쳐 영의정까지 오른다. 40대 초반까지 농촌에서 밭 갈고, 숯을 굽던 것을 생각하면 실로 괄목할 사건이다. 김육에게 시련은 약이 되었다. 임진왜란 피란 생활 10년, 그리고 잠곡에서의 농촌 생활 10년은 김육을 단련시켰다. 김육이 '잠곡'과 '회정당'을 자신의 호로 삼은 것은 어려웠던 시절을 잊지 않으려는 다짐이었다. '잠곡'은 숨어 지낼 만한 깊은 계곡을, '회정당'은 조용히 숨어 지내는 집을 뜻한다.

『소학』에 "낮은 관리라도 진정으로 상대를 사랑하는 마음이 있으면 반드시 사람들을 구제할 수 있다[一命之士 苟存心於愛物 於人必有所濟]"는 구절이 나온다. 김육은 12살 때 이 대목을 읽고 크게 감동받아 평생 좌우명으로 삼았다고 한다. 그는 임진왜란과 병자호란의 시기를 관통해 살아갔다.

양란을 겪으면서 나라의 근간은 크게 흔들렸고, 백성들의 삶은 피폐해졌다. 전쟁과 가난을 체험한 김육은 관직을 맡자마자 전란의 상처를 치유하고 사회를 재건하는 데 주력했다. 대동법 등 일련의 사회 개혁정책은 김육의 안민安民 정신과 시대 상황이 만들어낸 합작품이었다.

조선 중기 최고의 출판인쇄인

김육은 대동법 실시뿐 아니라 행정 · 외교 · 문학 · 저술 · 인쇄 등 다방면에 업적을 남겼다. 그의 문집을 보면 그가 얼마나 큰 족적을 남겼는지를 알 수 있다. 김육은 세 차례에 걸쳐 중국을 다녀왔다. 1636년 5월부터 이듬해 5월까지 동지사로 명나라 연경을 다녀왔다. 조선의 명나라 사행은 이것이 마지막이었다. 1644년에는 원손元孫을 받들고 7개월간 청나라 심양에 머물렀다. 1650년에는 청나라의 수도가 된 연경을 다시 방문했다.

명 · 청 교체기에 이루어진 세 번의 사행은 그가 개혁을 구상하는 데 밑거름이 되었다. 시헌력이라는 중국의 선진 역법을 도입했으며 화폐 유통, 수차水車 제조와 같은 개혁 조치를 잇따라 추진했다. 비록 당대에 시행되지는 못했지만, 그의 노력은 조선 실학의 선구로 불릴 만하다.

김육의 업적 가운데 조선의 출판 · 인쇄 문화에 기여한 일은 잘 알려지지 않았다. 김육은 문집 이외에 여러 종의 저서와 편찬서를 남겼다. 『잠곡유고』 이외에 김육이 쓴 대표적 저서는 『잠곡필담』이다. 역대 귀감이 되는 인물들의 행적과 일화를 모은 야사집으로 잠곡 시절에 썼다. 김육은 또 명나라의 역사를 간략하게 기술한 『황명기략』과 중국의 역대 문장을 가려 뽑은 『유원총보』, 신라~조선 명신들의 행적을 모은 『해동명신록』을 저술했다. 『인조실록』·『선조수정실록』을 찬수하는 일에도 참여했다.

김육은 저술뿐 아니라 책의 편찬 및 간행에도 힘을 기울였다. 『청풍세고』·『풍암집』·『벽온방』·『체소집』·『기묘팔현전』·『기묘천과방목』·『신간효충전경』·『노론정문』·『송도지』·『삼대가시전집』 등이 김육이 편찬한 대표적인 서목이다. 『잠곡유고』에는 이 책들에 대한 발문이 실려 있어 편찬 내력을 알 수 있다. 김육의 노력으로 『해동명신록』·『기묘팔현전』 등이 지금도 전하고 있다.

김육은 활자와 인쇄술에 특별한 관심을 가졌다. 그는 약국 제조로 있을 때, 침술 지침서 『신응경』을 새로 인쇄하고, 내국 도제조를 맡았을 때는 『증보 만병회춘』을 찍어냈다. 또 앞서 편찬한 『삼대가시전집』을 목활자로 간행했다. 이러한 김육의 인쇄에 대한 관심은 아들 김좌명, 손자 김석주에게 이어졌다. 김좌명은 '무인자'라는 동활자를 만들어 『잠곡유고』·『서산진씨 심경부주』 등을 간행했다. 김석주 역시 '한구자'라는 활자를 만들어 조선의 인쇄 출판에 기여했다.

김육은 수십 종의 책을 저술하고 편찬한 출판인이었다. 그러나 그가 펴낸 저술에는 이기론처럼 담론을 논한 성리학서는 매우 드물다. 문집·의약서·지리서 등이 대부분으로, 여기에서도 경세가의 면모를 확인할 수 있다.

한시 창작의 실험적인 도전, 집구시

『잠곡유고』에는 526수의 시가 실려 있다. 문집의 3분의 1에 해당하는 분량이다. 이 가운데에는 다른 문집에서는 볼 수 없는 집구시集句詩가 포함돼 있다. 집구시란 다른 사람의 작품에서 한 구절씩 뽑아 지은 시이다. 창작시가 아닌 까닭에 보통 자작시 목록에서는 제외한다. 「충청도 문의에서 조헌을 추억하다[文義憶重峯]」라는 시를 보자.

글은 천하 사람들의 입에 전하고	文傳天下口
의는 아는 사람들이 의논하누나	義杖知者論
옛 사람이 떠나간다 말하였으니	古人稱逝矣
시름하여 앉았다가 다시 찾아가네	愁坐更臨門

얼핏 보면 일반 한시와 다를 게 없다. 그러나 이 시는 창작시가 아니라 모두 당나라 두보의 시에서 한 구절씩 따와 지었다. 처음은 두보의 시 「증정저작贈鄭著作」의 구절이고, 두 번째는 「이유소부貽柳少府」, 세 번째는 「기가잠寄賈岑」, 마지막은 「수좌愁坐」라는 시의 구절이다.

『잠곡유고』에는 이러한 집구시가 211편이나 실려 있다. 아마 조선시대 집구시로서는 가장 많을 것이다. 집구시는 중국에서는 송나라 때 시작되어 왕안석 등이 즐겨 지었다고 한다. 조선에서는 매월당 김시습의 집구시가 유명하다. 김육은 첫 중국 사행 때 북경에서 문천상이 두보의 시를 집구한 시를 보고서 따라서 짓기 시작했다고 한다.

이 때문인지, 김육의 집구시 가운데에는 사행 때 지은 시가 대부분을 차지한다. 김육의 집구시는 모두 두보의 한시에서 뽑아 집두시集杜詩라고도 불린다. 글자 그대로 표절해 모은 시인데, 출처를 밝혀놓았다는 점에서 오늘날의 표절시와는 다르다. 서예에서 왕희지 등 유명인의 글씨를 채집해 비문이나 서첩을 만드는 집자集字 풍습이 있는데, 시 구절을 모아 새로운 시를 만드는 집구시 역시 흥미로운 실험이라고 할 수 있겠다.

쓰고 또 쓰고, 정통 관인학자의 기록문학

이의현의 『도곡집』

『도곡집(陶谷集)』

32권 16책의 목활자본이다. 1766년 손자 이학조(李學祚)가 편집하여 황해도관찰사 신회(申晦)가 간행했다. 서문과 발문은 없다. 시가 705수 실려 있으며 산문으로는 신도비명·묘갈명·묘지명 등 묘도문(墓道文)이 많은 게 눈에 띈다. 「운양만록(雲陽漫錄)」·「도협총설(陶峽叢說)」은 유배가거나 은거할 때 쓴 수필들로, 집안의 가법, 경전의 문제점 등 유교 사회의 상식이 될 만한 글이 많다. 동지사와 사은사로 청에 다녀와 두 종의 연행기행문을 실었다. 자신이 일생 동안 겪은 일을 편년체로 기록한 「기년록(紀年錄)」은 일종의 자찬 연보다.

이의현(李宜顯, 1669~1745)

문신. 자는 덕재(德哉), 호는 도곡(陶谷)이다. 본관은 용인(龍仁)이며, 좌의정 이세백(李世白)의 아들이다. 김창협(金昌協)의 문인으로 문과에 급제해 형조판서·이조판서·대제학·우의정·판중추부사를 거쳐 최고 벼슬인 영의정에 올랐다. 평생 중앙에서 벼슬살이를 한 정통 관료였지만 신임사화·정미환국으로 유배 또는 추방되기도 했다. 1720년 동지사로, 1732년에는 사은사로 청나라에 다녀와 연행록을 남겼다. 글씨에도 능했다. 시호는 문간(文簡)이다.

멀고 고상한 것보다는 가까운 것부터

옛 사람이 즐겨 사용하는 말 가운데 '근취近取'라는 게 있다. 멀고 고상한 것을 찾기에 앞서 가까운 것부터 배우고 익히라는 뜻이다. "가까운 것부터 찾아 공부할 때 근본에 도달할 수 있다[取之左右 逢其原]"는 맹자의 말은 '근취'의 중요성을 잘 말해준다. 조선 순조 때의 문인 장혼은 속담·고사성어 등 일상용어로 한자를 익히도록 하는 어린이 학습서를 펴냈는데, 제목을 『근취편近取編』으로 붙였다. 내가 이의현의 『도곡집』에 관심을 갖게 된 것도 '근취'에 해당할지 모른다. 서울 동쪽 끝 망우리에 오래 살면서 주변 지역에 관심을 갖게 되었는데, 그 과정에서 도곡을 만났다.

남양주 덕소의 도곡·도산·도협

서울에서 경의중앙선을 타고 가다 보면 덕소역과 팔당역 사이에 있는 도심陶深이라는 기차역을 만난다. 역명만 봐서는 지명의 뜻이 바로 들어오지 않지만, 인근의 도곡리陶谷里를 떠올리면 이해가 된다. 도곡리의 깊은 곳에 있는 역이라는 해석이 가능하다.

도곡리는 도산陶山 아래 골짜기 마을이라는 뜻이다. 도산이라는 지명은 사라졌다. 그러나 도곡리의 도산재陶山齋, 덕소 석실마을의 도산석실려陶山石室閭 비석 등에 이름이 전하는 것으로 봐서는 지금의 갑산 또는 적갑

산을 도산으로 불렀던 것 같다. 한때 이곳에서 도자기를 구워 도산이라고 이름 지은 것일까? 혹시 도연명을 기리고자 그렇게 불렀을지도 모른다.

도심역이 있는 남양주시 와부읍 도곡리는 조선 후기 학자이자 정치가인 도곡 이의현의 시골집이 있던 곳이다. 조선 시대 명문가들은 한양의 본가 이외에 서울 인근에 잠시 머무는 우거寓居나 별서別墅를 갖는 게 상례였다. 관직에 있을 때에는 한양의 집에 거주하고, 벼슬에서 물러날 때에는 시골집에 내려가 살곤 했다. 이의현 집안에서 도곡리 집을 언제 사들였는지는 정확하지 않지만 문집에는 이의현이 50대 후반 이후 이곳에서 머물렀다는 기록이 보인다. 이즈음 조정에서는 노론과 남인 사이에 치열한 권력 싸움이 벌어졌고, 이러한 중앙 정치에 신물이 난 나머지 서울 생활에서 탈출하고자 했을 것이다.

이의현이 도곡을 아호로 삼은 것을 보면 이곳에 대한 애착이 컸음을 알 수 있다. 그는 관직에 있을 때에는 한양에 거처했지만, 정계에서 은퇴한 이후에는 줄곧 도곡리에서 지냈다. 그는 이곳에서 「도협총설陶峽叢說」을 썼고, 세상을 마쳤다. 도협은 도곡의 또 다른 이름이다.

학식까지 높은 실용 산문의 대가

남양주 도곡리를 통해 이의현이라는 인물을 알고서 그의 문집 『도곡집』을 찾았다. 그러나 그때만 해도 국역본이 없었다. 한국고전번역원 문집총간 사이트에서 『도곡집』의 일부를 출력해 읽으려 했지만, 읽는 둥 마는 둥 했던 것 같다.

2016년 한국고전번역원 한국문집번역총서로 『도곡집』(전 11권)이 출간되었을 때, 망설임 없이 구입했다. 그러나 책을 받아들고서는 다소 실망했다. 문집 내용의 대부분이 비문 · 묘지명 · 행장 · 시장 등 실용 산문으로 채워져 있었기 때문이다. 한문학에서 이러한 글을 비지류碑誌類 산문이라고 하는데, 『도곡집』에는 이 분야의 글이 유독 많다. 규장각 소장 『도곡집』(전 32권)을 기준으로 할 때, 비지류는 절반이 넘는 17권이다.

이의현의 비지류 산문은 학계에서 주목을 받았다. 이의현 연구가 대부분 이 산문들을 대상으로 이루어진 것을 봐서도 알 수 있다. 비석의 문장이 신도비 · 묘갈명 · 묘표 · 묘지명 등 다양하게 구분되고, 각각에 독특한 글쓰기 문법이 적용되던 조선 시대만 해도 비지류 산문은 중요했을 것이다. 그러나 한문 비문이 더 이상 쓰이지 않는 오늘날 이 문장들은 어떤 의미가 있을까?

이의현이 유독 비지류 산문을 많이 남긴 것은 그의 오랜 관료 생활과 무관하지 않다. 도곡 이의현은 전형적인 관료형 학자이다. 그는 용인이씨의 명문 가문 출신으로, 조부와 부친은 각각 파주목사와 좌의정을 지냈다. 그는 내로라하는 노론 명가인 농암 김창협의 문하에 들어가 공부했다. 벼슬길도 순탄해 문장의 최고 영예인 문형과 관직의 최고봉인 영의정에 올랐다. 시문에도 뛰어났으며 『숙종실록』 편찬을 주도함으로써 당대의 문학과 학문 분야에서 명성이 높았다.

당시 중앙 정계는 서인, 그중에서도 노론이 주도했는데, 이의현은 노론의 중심인물이었다. 정치적 위상은 물론 학식까지 높았던 그에게 비문이나 행장의 청탁이 많았으리라는 것은 묻지 않아도 알 수 있다. 이의현이 쓴 비문에는 어효첨 · 홍익한 · 송시열 · 권상하 · 조태채 등 역사 인물이 다수 포함돼 있다. 이의현의 붓을 통해 많은 사람들의 행적이 후대에까지 전해질 수 있었다.

비지류 산문을 제외하면 『도곡집』은 한시 · 소차疏箚 · 계啓 · 제발題跋 · 전傳 · 서간 등으로 채워져 있다. 한시를 빼면 대부분 주위의 요청으로 쓴 실용문들이다. 당나라의 한림학사를 지낸 육지陸贄는 '주의奏議'라는 정책상소문을 잘 써 중국은 물론 조선의 선비들까지 다투어 그의 문장을 모방했다고 한다. 조선의 정조 임금은 그의 주의문을 엄선한 『육주약선陸奏約選』을 발간할 정도였다. 『도곡집』 역시 육지의 주의문奏議文이 그랬듯이 옛 문장의 문체를 익히는 데 도움이 될 수 있을 것이다. 그러나 나의 관심은 비지류가 아닌 다른 데 있었다.

독서광 김득신을 발굴하다

『도곡집』에서 흥미롭게 읽은 대목은 '잡저雜著'라는 제목이 붙은 문집 후반부의 글이다. 잡저는 모두 체계 없이 붓 가는 대로 쓴 에세이라는 뜻이다. 잡저에는 「운양만록雲陽漫錄」과 「도협총설」 등 2권이 실려 있다. 「운양만록」에는 1722년 이의현이 남인의 배척을 받아 평안도 운산에서 유배생활을 할 때 쓴 짧은 산문 58편이 실려 있다. 정식 산문이라기보다는 사색이나 독서를 하는 가운데 생각나는 대로 메모한 기록이라고 보는 게 낫겠다.

주제도 선친 이세백李世白의 언행, 선비의 출처出處(벼슬에 나아가고 물러남), 임제 유성룡 정탁 이안눌 김득신 남용익에 대한 인물평, 『춘추좌전』 · 『노자』 · 『장자』 · 『주자서절요』 · 『미암일기』 등 책 이야기, 중국의 시문과 조선의 문장에 대한 촌평 등 다양하다. 김득신에 대한 이야기를 보자.

> 김득신金得臣은 감사監司 치緻의 아들이다. 인품이 꼼꼼하지 못하고 우활하여 세상 물정에 매우 어두웠고, 책 읽기만을 좋아하여 번번이 천 번, 만 번씩 외우곤 하였다. 그중에서도 『사기史記』 「백이전伯夷傳」을 좋아하여 읽은 것이 1억 2만 8,000번에 이르렀다. 재주가 몹시 둔하여 비록 이처럼 많이 읽었으나 책을 덮으면 즉시 잊어버렸다.
>
> 만년에 사람들이 시험 삼아 혹 「백이전」의 문장을 물어보면, 망연히 어느 책에 나오는지 알지 못했다. 사람들이 "이는 바로 「백이전」에 나오는 내용입니다"라고 말하여도, 김공은 여전히 기억하지 못하다가 「백이전」을 첫부분부터 외우기 시작하여 물어본 문장이 나오는 대목에 이르면 그때서야 "옳다. 옳다"라고 말하였다. 김득신의 어리석음은 이와 같았다.

백곡 김득신(1604~1684)은 이의현과 거의 동시대 사람이다. 누군가에게서 그가 책을 수천, 수만 번씩 읽는다는 이야기를 듣고 흥미롭다고 여겨 기록으로 남긴 것 같다. 특히 「백이전」을 1억 2만 8,000번(실제는 12만 8,000번. 옛날에는 십만을 억億이라고 했다)이나 읽어 소문이 날 정도였다. 「운양만록」에는 김득신이 부인의 장례를 치를 때, 「백이전」을 외면서 곡을 했다는 일화도 실려 있다. 이의현은 김득신이 한 책을 반복해서 읽는 것은 그가 어리석기 때문이라고 밝히고 있다.

김득신의 이야기는 안정복의 『순암집』, 이덕무의 『청장관전서』, 홍현주의 『지수염필』 등에도 실려 있다. 이의현의 영향을 받아서인지, 모두들 김득신이 다독한 이유를 그의 어리석음에서 찾고 있다. 그러나 다산 정약용은 「김득신의 독서에 대한 변증[金柏谷讀書辨]」에서 다른 해석을 하고 있다. 김득신이 우둔해서가 아니라 부지런하고 머리가 총명해서 암송할 수 있었다는 것이다.

김득신에 대한 다산의 평가는 오늘날까지 이어지고 있다. 김득신의 고향 충북 괴산에서는 김득신 문학공원을 조성해 역대 최고의 독서왕으로 기리고 있다. 김득신이 세상에 알려지는 데는 그를 처음 기록으로 남긴 이의현의 공이 크다고 할 수 있다.

유성룡 이야기도 흥미롭다. 이의현은 「운양만록」에서 임진왜란 때 왕비를 피신시킨 사람은 백사 이항복이었는데, 『징비록』의 초본에서는 유성룡의 공적으로 기록했다고 비판하고 있다. 또 청병을 반대한 유성룡이 오히려 명나라에 구원을 요청해 조선을 구한 것처럼 기록했다고 꼬집었다(청나라에 원군을 청한 사람은 윤두수로 알려져 있다). 이처럼 이의현이 유성룡을 폄하한 것에 대해 당파가 달라 그랬을 것이라고 치부할 수 있다. 그러나 비판의 상당 부분이 역사적 사실과 부합하고 있어 주목할 만하다.

「도협총설」은 이의현이 50대 후반 이후 도곡에 은둔할 때 쓰였다. 체제나 내용 구성은 「운양만록」과 크게 다르지 않다. 그러나 운양만록이 유배지에서 기억에 의존해 쓰였다면, 「도협총설」은 책을 읽고 기록한 게 상대적으로 더 많다고 할 수 있다. 각종 경전 · 제자백가서, 중국의 시문과 함께 신흠 · 장유 · 김상헌 등 바로 윗세대 문인들에 대한 평가가 주류를 이룬다.

조선 시대의 대제학 · 영의정, 영호남의 인물 · 성씨 등 알아두면 유용한 상식이 가득하다. 이의현이 파악한 우리나라 성씨는 모두 298개로, 이 가운데 복성은 남궁 · 황보 · 선우 · 석말 · 부여 · 독고 · 영호 · 동방 · 서문 · 사마 · 사공 등 11개였다.

죽는 날까지 쓰고, 또 쓰다

조선 시대의 웬만한 지식인들은 한두 번 연행단에 끼여 북경(연경)을 다녀왔고, 기록으로 남겼다. 이의현도 경자년(1720)과 임자년(1732) 두 차례 북경을 다녀왔다. 그때마다 연행록을 써서 『경자연행잡지庚子燕行雜識』와 『임자연행잡지壬子燕行雜識』로 펴냈다. 그리고 경자년의 연행록은 상편과 하편으로 나누어 기록했다.

상편은 노정 순서에 따라 연행 사실을 기록해 다른 연행사의 기록과 큰 차별성이 없다. 반면 하편에서는 연행 일정, 여정의 거리, 30개 역참의 이름, 연행로의 산 · 강 · 성곽 · 궁궐 · 시장 · 관청 · 민가 · 의복 · 수레 · 음식 · 과일 등 청나라의 문물 · 제도 · 풍습을 종합적으로 서술하고 있어 당시 중국의 실상을 이해하는 데 도움이 된다. 두 번째 연행록인 『무오연행잡지』는 첫 연행록을 보완하는 성격으로 쓰여져 소략하다. 다만 중국에서 구입한 책의 서목을 상세히 기록한 게 눈에 띈다.

『도곡집』 국역본은 11권이나 되는 방대한 분량이다. 그러나 생전에 남긴 초고본은 이보다 훨씬 많았던 것으로 보인다. 이의현이 생전에 자신의 저술목록을 적은 「유지遺識」에는 한시가 3,200여 수라고 나와 있다. 그러나 실제 간행 문집에 실린 편수는 4분의 1에도 못 미치는 707편이다. 그는 77세까지 살았지만, 관직에 있든 은퇴해 있든 부지런히 시를 읊고 문장을 썼다.

1709년 이천부사로 있을 때 금강산을 유람한 뒤 「유금강산기」를 짓고, 이천의 명승지를 돌아본 후 「이천제승유람기」를 남겼다. 금강산 유람기는 보기 드문 장편으로 내외 금강과 해금강에 대한 지리적 정보가 가득하다. 그의 나이 76세, 죽기 한 해 전인 1744년에는 자신의 살아온 연보를 작성한 뒤 『기년록紀年錄』이라고 이름 붙였다. 이 책 1744년 11월 10일자는 이러하다.

> 제릉齊陵(태조의 정비 신의왕후 능)의 비문을 지어 올린 공으로 말 한 필을 하사받았다.

일생을 연월일로 기록한 이의현의 연보는 조선 선비의 한평생을 들여다볼 수 있는 좋은 자료이다. 그의 묘는 그가 거처했던 도곡리에서 멀지 않은 남양주시 양정동 야산에 있다.

3부

새로운 생각의 가능성을 열어준 안내자들

나는 나의 길을 가리라, 마이웨이 책벌레

허균의 『성소부부고』

『성소부부고(惺所覆瓿藁)』

8권 1책이며, 필사본이다. 허균이 생전에 시와 산문을 시부(詩部)·부부(賦部)·문부(文部)·설부(說部) 등 4부로 편집했다. 그러나 역적으로 처형되어 간행되지는 못했다. 시부는 「정유조천록」·「남궁고(南宮藁)」·「궁사(宮詞)」 등과 같이 시기나 주제별로 묶었다. 설부는 허균이 1610년 전라도 함열에 유배되었을 때 지은 「성옹지소록(惺翁識小錄)」·「성수시화(惺叟詩話)」·「도문대작(屠門大嚼)」 등 잡기나 시화류를 실었다. 부록으로 실은 「한정록(閑情錄)」은 은둔을 주제로 한 발췌록이다. 1961년 성균관대학교 대동문화연구원에서 처음으로 영인했으며, 1980년대 민족문화추진회에서 완역했다.

허균(許筠, 1569~1618)

문신·소설가. 자는 단보(端甫), 호는 교산(蛟山)·학산(鶴山)·성소(惺所)·백월거사(白月居士)이다. 본관은 양천(陽川)이며, 아버지는 학자·문장가로 이름이 높았던 허엽(許曄)이다. 허성(許筬)이 이복형이고, 허봉(許篈)이 친형, 허난설헌(許蘭雪軒)이 친누나이다. 명문가의 자제로 과거에 급제해 관직에 나아갔으나 기행 등으로 파직을 반복했다. 불교를 믿고 천주교 기도문을 얻어왔다는 혐의로 탄핵을 받기도 했다. 반란 음모가 탄로나 가산이 몰수당하고 능지처참됐다. 조선의 사회 모순을 비판한 「홍길동전」의 작자이다.

허균이 설립한 호서장서각

2016년 9월 강원도 강릉시 허균·허난설헌 유적공원에서는 '호서장서각 터 안내판' 제막식이 열렸다. 조선 시대에 허균이 설립한 호서장서각을 추억하는 자리였다. 호서장서각湖墅藏書閣은 이름 그대로 경포호 근처 허균 집안의 별장에 세워진 장서각, 곧 도서관이다. 1만여 권의 책을 소장했었다고 한다. 『성소부부고』의 「호서장서각기」에는 도서관 건립에 대한 전말이 소상히 기록되어 있다.

철저한 독서인

허균은 독서인이다. 아니 책벌레였다. 독서의 양뿐 아니라 폭에 있어서도 독보적이었다. 문집 『성소부부고』에는 시·산문 할 것 없이 허균의 독서 내용이 가득 실려 있다.

공명이란 우리들의 것이 아니니	功名非我輩
책이나 우선 서로 친해보세	書史且相親

–「유회有懷」

벼슬은 허깨비지만	軒冕眞同幻
문장은 값으로 헤아릴 수 없는 것	文章不直錢

어떡하면 만년에 절개를 지킬 수 있을까　何如全晩節
공자가 주역을 읽듯이 읽고 또 읽으리라　三復絶韋編
—「잡영雜詠」

그가 가장 가까이 하고자 한 것은 명예도 벼슬도 부귀도 아니었다. 오직 책이었다. 그는 읽고 또 읽었다. 닥치는 대로 읽었다. 당시 통용되던 유가의 책만 읽은 게 아니었다. 이탁오의 『분서』 같은 금서도, 양명학과 같은 이단의 서적에도 손을 댔다. 그의 사유는 당시 주류 가치인 성리학의 경계를 뛰어넘었다.

허균은 1614년과 1615년 두 차례에 걸쳐 처음 사행은 성절사로, 다음에는 진주사로 명나라에 다녀왔다. 두 번의 사행에서 그는 수많은 책을 사서 귀국했다. 들여온 책이 1만 권을 넘었다. 『성소부부고』뿐 아니라 시선집 『국조시산』, 소설 「홍길동전」 등에는 그의 독서편력이 녹아 있다. 중국의 아름다운 문장을 모은 소품집 『한정록』에는 인용된 중국 도서가 무려 100종 가까이 된다. 책을 혹독히 좋아했던 그는 『한정록』에 독서 관련 항목만을 추려 정업靜業편으로 묶었다.

중요한 사실은 허균이 자신의 장서를 혼자 독점하지 않고 공유하려 했다는 점이다. 오늘날 공공도서관의 개념을 생각한 것이다. 호서장서각은 우리나라 최초의 사립 도서관이다.

이단의 사상가

독서는 생각을 키우고, 생각은 다른 사상에 대해 이해할 수 있게 한다. 허균은 양반 사대부 집안의 후손이다. 아버지 허엽은 경상도관찰사를 역임한 고위관료였으며, 형 허성과 허봉도 조정의 명신으로 활약했다. 또 누나 허난설헌은 조선 최고의 여류시인으로 꼽히는 지식인이었다. 허균 역시 젊어서는 『논어』·『맹자』·『통감』과 같은 주류 사회의 커리큘럼을 학습했다. 급기야는 문과에서 장원급제할 정도로 유가 경전을 통달했다. 그러나 훗날 조천朝天 사신이나 원접사로 명나라에 드나들면서 양명학 등과 같은 새로운 학문에 눈을 떴다.

또 『능엄경』과 같은 불서를 탐닉하고 『노자』·『열자』 등의 도가서도 열심히 읽었다. 개방적인 독서는 종법과 예학으로 얽힌 유교 사회에 대한 비판의 힘을 키웠다. 때론 인간의 윤리보다는 감정을 중시하는 양명학을 긍정하고, 노장의 신선 세계를 꿈꾸기도 했다. 그에게 외부에서 강제하는 도덕이나 가치·법은 통하지 않았다. 그는 자신의 길을 만들어갔다.

문집에 실린 「김종직론」은 권위에 도전하는 허균의 비판정신을 잘 보여준다. 당시 김종직은 사림의 영수이자 도학의 최고 권위였다. 그러한 김종직을 허균은 벼슬이나 명예를 탐하는 이중인격자로 몰아붙였다. 「조의제문」을 통해 세조의 왕위 찬탈을 비판하며 관직에 나가지 않겠다던 김종직이 세조의 조정에서 형조판서까지 올랐다는 것이다. 그러니 김종직이 훗날 사화로 부관참시당한 것은 "(그의) 불행이 아니라 하늘이 그의 간사하고 교활한 행위를 주벌한 것"이라는 게 허균의 주장이다.

문묘文廟 배향은 당시 사림의 초미의 관심사였다. 문묘에 배향되는 학자는 그 순간 조선의 최고 지식인으로 떠받들어지기 때문이다. 1610년 김굉필·정여창·조광조·이언적·이황 등 5인이 문묘에 배향되었다. 이에 허균은 「학론學論」이라는 글을 통해 서경덕·이이와 같은 학자가 거론조차 되지 않은 것은 매우 가소로운 일이라며 문묘 배향은 공과 사, 참과 거짓을 정확히 분별한 뒤에 이루어져야 할 것이라고 공격을 가했다.

허균은 성역 없는 비판으로 주류 사회에서 점점 외면당했다. 그는 당시 관료 사회에서 눈엣가시 같은 존재였다. 반대파의 질시와 탄핵으로 파직과 유배가 반복되었다. 1607년 삼척부사 재임 시에는 탄핵을 받아 두 달 만에 파직됐다. 승복을 입고 염주를 걸고 제를 지내는 등 불자를 자처했다는 게 이유였다. 그러나 허균은 굴하지 않았다. 오히려 그는 당당하게 '마이웨이'를 선언했다.

예교로 어찌 자유를 구속하리요	禮教寧拘放
잘 되고 못 되는 건 정에 맡길 뿐	浮沈只任情
그대들은 그대들의 법을 따르라	君須用君法
나는 스스로 나의 삶을 살아가리라	吾自達吾生

–「문파관작聞罷官作」

예교의 규범이 옥죄어 올수록 허균은 자신의 길을 고수했다. 그리고 영혼의 자유를 더욱 갈구했다. 그의 말대로 "권문에 발을 디디면/ 발꿈치가 곧 쑤셔댔고/ 높은 이와 서로 인사할 때는/ 몸이 얼어붙은 듯 뻣뻣해졌다[足躡權門 其跟卒瘃 軒裳拱揖 如柱在軀]"(「대힐자對詰者」).

그는 점점 현달한 사대부들과는 멀어졌고, 서얼 등 소수자들과 어울렸다. 그가 이재영과 같은 서얼의 친구가 된 것은 서얼 출신 스승 이달의 영향도 있었겠지만, 주류 양반 사회에 대한 거부감으로 '세상과 화합하지 못하는[不與世合]' 이단적인 성향이 더 크게 작용했을 것이다.

개혁론을 피력한 사회개혁가

허균이 생전에 편찬한 『성소부부고』는 시詩 · 부賦 · 문文 · 설說의 4부四部로 구성되어 있다. 부는 산문시, 설은 옛글의 전형적인 문체를 갖추지 못한 잡문이나 수필 같은 것으로 이해하면 된다. 『성소부부고』는 모두 26권으로 되어 있는데, 이 가운데 허균의 생각을 가장 잘 담고 있는 글은 11권 문부文部에 실려 있는 '논論'이다. 이 글들은 허균을 개혁가나 혁명가로 이야기하는 데 중요한 근거가 되고 있다.

논 가운데 널리 알려진 글은 「유재론遺才論」과 「호민론豪民論」이다. 유재론은 조선에 인재가 드문 것은 땅이 좁아서가 아니고 서얼 차별로 강호에 묻힌 인재를 발굴하지 못했기 때문이라며 관리등용정책을 비판한 논설이다. 서얼 차별 금지를 선언한 대표적인 글이다.

호민론이란 위정자는 깨어 있는 백성, 즉 호민을 두려워하며 백성을 위한 정치를 해야 한다는 정치 논설이다. 허균은 백성을 항민恒民(항상 순종하는 백성), 원민怨民(원망은 하지만 저항하지 못하는 백성), 호민 등 세 부류로 나눈 뒤 이렇게 적고 있다.

> 호민은 나라의 허술한 틈을 엿보고 일의 형세가 편승할 만한가를 노리다가, 팔을 휘두르며 밭두렁 위에서 한 차례 소리 지르면, 저 '원민'이란 자들은 소리만 듣고도 모여들어 모의하지 않고도 함께 외쳐댄다. 저 '항민'이란 자들도 역시 살아갈 길을 찾느라 호미, 고무래, 창 자루를 들고 따라와서 무도한 놈들을 쳐 죽이지 않을 수 없는 것이다.

호민은 민중을 지도하는 계층이다. 허균은 중국 역사의 농민 지도자들, 예를 들어 진승 · 오광 · 황건적 · 황소 등을 모두 호민으로 보았다. 그렇다고 허균이 「홍길동전」의 주인공이나 활빈당 같은 호민을 갈구한 것은 아니다. 위정자들에게 민심의 무서움을 경고한 것이다.

또 다른 논설 「관론官論」은 업무가 중복되는 관직과 지나치게 많은 관리의 수를 줄여야 한다는 행정제도 개혁론이다. 조선 시대 관직의 중복 업무실태를 조목조목 지적하고, 이를 중국의 제도와 비교하며 관료제도 전반을 구체적으로 비판하고 있다. 허균은 또 「후록론厚祿論」에서는 관직과 관리의 수는 줄이되 현직 관리에게는 녹봉을 충분히 지급해 부정부패를 줄이고 일에 대한 책임성을 높이라고 조언한다.

이 밖에 「정론政論」에서는 정치의 방도와 관직의 제도를 논하고, 「병론兵論」에서는 군사제도를 정비하여 국방을 강화할 것을 제안하고 있다. 허균은 이처럼 나라의 정치 · 행정 전반에 대해 개혁론을 피력했다. 그가 예조좌랑 · 병조정랑 · 사복시정 · 좌승지 · 형조판서 · 공주부사 등 내외직을 두루 역임한데다 사회 비판적인 시선을 견지하고 있었기 때문일 것이다.

외교사신이자 문학비평가

허균은 당대 내로라하는 문장가였다. 그는 문과에 합격하던 26세에 명나라 사신을 맞이하는 접반사에 차출된 이후 외교사신으로 여러 차례 중국을 다녀왔다. 한시를 비롯한 글솜씨가 뛰어나 중국 사신을 대하는 데는 그

만한 이가 없었다. 특히 시를 쓰고 평하기를 즐겨하여 중국과 조선의 한시나 빼어난 문장을 뽑아 여러 종의 선집을 펴냈다. 『고시선』은 당나라 이전의 고대 중국시의 선집이고, 『당절선산唐絶選刪』은 당시의 절구 선집, 『명사가시선』은 이몽양 · 하정명 · 이반룡 · 왕세정 등 명나라 4대 시인의 시를 뽑은 선집, 『구소문략』은 구양수와 소동파의 문장 선집이다.

허균은 우리나라의 시에도 눈을 돌려 한 권의 시 선집과 두 권의 시화집을 펴냈다. 시선집 『국조시산』은 조선 초기부터 중기까지의 한시 800여 수를 뽑은 선집으로 작품마다 간단한 시평을 더했다. 시화집은 『성수시화』와 『학산초담』이라는 이름으로 『성소부부고』에 실려 있는데, 전자는 통일신라부터 조선 중기까지 역대 시인들의 시평을 담고 있으며, 후자는 허균 당대 시인들에 대한 시평집이다.

비평은 문학에 대한 관점이 있어야 가능하다고 한다면, 허균은 자신만의 문학론을 갖고 있었다. 남의 글을 표절하거나 모방하지 않은 독창성이다. 그는 자신만의 개성을 살려 일가를 이뤄야 한다고 생각했다. 그는 「손곡 이달에게 주는 편지[與李蓀谷]」에서 이렇게 말했다.

> 고시가 비록 예스럽긴 하나 이는 그대로 베껴 흡사할 뿐이니, 남의 집 아래에서 집을 짓는 게 어찌 귀한 일이겠습니까. (…) 저는 제 시가 당시나 송시와 비슷해질까 두려울 뿐이니, 남들이 '허균의 시'라고 말하기를 원합니다. 이게 지나친 일일까요?
>
> 古詩雖古 是臨榻逼眞而已 屋下架屋 何足貴乎 (…) 吾則懼其似唐似宋而欲人曰許子之詩也 毋乃濫乎.

허균은 무턱대고 개성적이고 새로운 것을 추구하지 않았다. 그는 "모방하고 따져본 뒤에 변화를 이룬다[擬議以成變化]"는 『주역』의 구절을 인용하며 옛것을 배우며 변화를 추구할 것을 강조했다. 이것은 뒷날 연암 박지원이 말한 '법고창신'이다. 허균은 비록 법고창신이라는 말을 쓰지 않았지만, 생각에서는 연암의 문학론과 일치한다. 허균 문학비평의 힘은 바로 법고창신이라고 할 수 있다.

한 그릇에 담아낼 수 없는 조선의 천재

지금까지 허균을 독서인, 이단의 사상가, 사회개혁가, 문학비평가라는 열쇠말로 비춰봤다. 그러나 이것으로 그의 면모를 밝혔다고 말할 수는 없다. 그는 소설가로서 최초의 한글소설 「홍길동전」 이외에 「남궁선생전」과 같은 한문소설을 짓기도 했다. 미식가로서 전국 각지에서 맛보았던 음식에 대한 이야기를 담은 「도문대작屠門大嚼」을 남겼다. 또 『성옹지소록惺翁識小錄』을 통해 당대의 관리들의 행적과 일화, 관직제도, 교유 인물들에 대한 뒷이야기를 기록한 당대의 증언자이기도 하다.

"군자는 한 그릇에 담아낼 수 없다[君子不器]"는 옛말이 있듯이, 허균이야말로 한 단어로 규정할 수 없는 인물이다. 그가 반역죄로 처형당해 오랫동안 '역사 속의 기피인물'이 되면서 제대로 조명받지 못했기 때문이리라. 다행히 허균은 처형되기 몇 년 전에 자신의 시문을 손수 편집해 『성소부부고』라는 이름으로 남겼다. 성소는 '깨어 있는 곳'이라는 의미의 허균의 당호이고, 부부고는 '장독의 덮개로나 쓰일 책'이라는 뜻이다. 장독 덮개로 버려지지 않고 지금까지 전해지는 것은 천만 다행이다.

그러나 '천의 얼굴을 가진 조선의 천재' 허균의 면모는 아직까지 소상히 밝혀지지 않고 있다. 문집 『성소부부고』는 허균의 맨 얼굴을 확인할 수 있는 1차 사료이다. 문집에 빠져 있는 「홍길동전」·「국조시산」·「을병연행록」 등과 함께 일실된 시선집 등을 보면 허균의 전모가 드러날까? 2018년은 허균 서거 400주년. 이제부터라도 그를 제대로 조명해야 한다.

호락논쟁의 중심에서 새 사상을 배태하다

김원행의 『미호집』

『미호집(渼湖集)』

20권 10책의 활자본이다. 서문과 발문이 없어 간행 연대는 알 수 없다. 시 · 상소문 · 묘지명 · 신도비 · 제문 등 여러 형태의 글이 있으나 가장 많은 것은 편지이다. 권3~12가 모두 편지글로, 문집의 절반이나 된다. 편지는 그의 학문의 핵심인 예론과 성리학론을 보여준다. 「독서차록(讀書箚錄)」·「중용문답(中庸問答)」·「미호경의(渼湖經義)」 등은 『중용』 등 경학을 중심으로 한 깊은 독서 이력을 보여준다. 조선 후기 성리학설사 연구에 좋은 자료다.

김원행(金元行, 1702~1772)

학자 · 문신. 자는 백춘(伯春), 호는 미호(渼湖) · 운루(雲樓). 본관은 안동. 김제겸(金濟謙)의 아들이며 이재(李縡)의 문인이다. 1719년 진사가 되었으나, 1722년 신임사화로 생부 김제겸과 친형인 김성행(金省行) · 김탄행(金坦行) 등이 유배되어 죽임을 당하자, 벼슬할 뜻을 버리고 학문에 전념했다. 내시교관 · 익찬 · 지평 · 서연관 · 공조참의 · 사성 등에 임명됐으나 모두 부임하지 않았다. 호론과 낙론의 논쟁에서 낙론을 지지하며 한원진(韓元震)의 호론에 반대했다. 시호는 문경(文敬)이다.

관학과 사학

조선 시대의 교육은 크게 관학官學과 사학私學으로 나뉜다. 관학 교육기관으로는 서울에 성균관과 사부학당이, 지방에 향교가 있었다. 성균관과 사부학당은 나름 제 기능을 수행했다. 그러나 향교는 조선 중기 이후 사화가 빈번히 발생하고 지방에 우수한 교수진이 파견되는 것을 꺼려하면서 점차 외면을 받았다.

더구나 향교는 평민의 자제도 입학이 가능해 엄격한 신분제를 고집하던 양반사대부들에게서 기피당했다. 이 틈새를 사학 교육기관이 메웠으니, 바로 서원書院이었다. 이렇게 해서 조선 중기 이후에는 서원이 지방 사대부 교육의 한 축을 담당하게 되었다.

서원은 본래 선현을 추모하고 배향하는 공간이었다. 학문이나 충절이 뛰어난 유학자를 제사 지내는 게 서원의 1차 기능이었다. 서원에 향촌의 사림이 모이고, 예학의 구심점이 되면서 자연스레 서원 교육이 이루어졌다. 서원은 흔히 사당을 맨 안쪽에 두고 강당이나 기숙사를 바깥쪽에 배치하는 구조[前堂後祠]인데, 여기에서도 향사享祀(제사)를 교육보다 중시했음을 알 수 있다. 지금도 일부 서원에서는 봄·가을에 향화香火가 피어오른다. 이 때문에 향사에 비해 교육 담지자로서의 서원에 대한 학계의 조명은 비교적 적은 편이다. 향사의 전통은 이어지고 있는 데 반해, 조선 후기 이후 서원 교육의 맥이 끊어진 게 한 이유다.

석실서원을 다시 일으킨 안동김씨 가문의 적자

조선 시대 서원을 얘기할 때 백운동서원(소수서원) · 도산서원 · 병산서원 · 필암서원 등을 꼽는다. 백운동서원은 최초의 서원이고, 도산서원은 영남 사림의 결집소 역할을 하면서 서원 중흥의 계기를 마련했다. 병산서원은 만대루라는 이채로운 건축물로 이름이 있고, 필암서원은 향사와 교육에서 전라도 지역의 대표 서원으로 부를 만하다. 이 서원들은 흥선대원군의 서원 철폐 대상에 포함되지 않아 원형이 잘 보존되어 있다.

1871년 대원군이 서원철폐령을 발표했을 때, 전국에는 수백 개의 서원이 있었다. 대원군은 이 가운데 47개만 남겨둔 채 모조리 없앴다. 철퇴를 맞은 서원 가운데에는 경기도 남양주 한강변의 미호나루에 있는 석실서원도 포함되어 있었다. 오늘날 석실서원은 흔적도 찾을 수 없다. 하드웨어가 사라졌지만 그렇다고 서원의 존재감마저 없는 것은 아니다. 석실서원의 소프트웨어가 전해오고 있기 때문이다.

조선 후기 문인 김원행의 문집 『미호집』에는 김원행의 강학 활동과 석실서원의 강령 · 운영규칙 · 학풍 등이 상세하게 실려 있다. 『미호집』은 석실서원의 타임캡슐이다. 이 책은 조선 시대 서원의 실상과 교육 과정을 살필 수 있는 좋은 자료이다.

석실서원은 김상용 · 김상헌 형제의 충절과 학덕을 추모하기 위해 1656년에 창건되었다. 형 김상용은 병자호란 당시 강화도에서 자결했고, 동생 김상헌은 청나라와 화친을 반대해 심양瀋陽에 인질로 잡혀간 척화파의 핵심인물이다. 김상헌이 생을 마감한 지 4년 뒤에 건립된 석실서원은 7년 뒤인 1663년 현종에게서 '석실사'라는 편액을 하사받고 사액서원으로 승격되었다.

석실서원은 처음 김상용과 김상헌만을 추모하는 사당이었으나 이후 김수항 · 민정중 · 이단상 · 김창협 등의 유학자들이 추가로 배향되면서 노론 이데올로기의 구심점이 되었다. 이후 서원은 학문 연구와 교육 기능이 강화되어 조선 후기 학술을 주도해갔다. 석실서원을 학문과 교육의 터전으로 일군 이는 김창협이었다.

김상헌의 4대손이자 김수항의 아들인 김창협은 1695년 석실서원과 인접한 미호에 거처를 정하고 석실서원에서 교육 활동을 시작했다. 이때 그의 동생 김창흡도 함께했다. 형제의 교육 활동은 송나라 때 정호 · 정이 형제에 비유될 정도로 성대했다고 한다. 하지만 김창협 · 김창흡의 교육은 오래가지 못했다. 1701년 김창협이 아들 김숭겸의 죽음에 충격을 받아 은거에 들어가고, 1722년에는 김창흡마저 사망하면서 석실서원의 교육은 약화되었다.

석실서원의 교육을 중흥시킨 이는 김원행이다. 그는 김상헌의 6대손이자 김수항의 증손이고 김창집의 손자이다. 조선 후기 명가로 꼽히는 안동김씨 가문의 후손으로 태어났지만, 그도 당쟁의 소용돌이에서 벗어나기는 어려웠다.

김원행은 19~20세 때 잇단 정치적 사건(신축환국 · 임인옥사)으로 할아버지(김창집) · 친아버지(김제겸) · 친형(김성행) 등 삼대가 일거에 죽음을 당하면서 과거의 꿈을 접는다. 사림으로 충청도 금산에 은거하던 김원행은 43세가 되던 해, 미호로 거처를 옮긴다. 그러면서 미호 강변에 방치되어 있던 석실서원을 다시 일으킨다.

조선 사학의
틀을 닦은 교육자

김원행에게 안동김씨 선현을 배향한 석실서원을 재건하는 일은 지상 과제였다. 그즈음 조정에서 사헌부 지평 · 집의, 종부시 주부, 장악원정 등의 벼슬을 제수받았으나 모두 거절했다. 관심은 오직 서원을 정상화하고 제자들을 교육하는 일이었다. 교육에 대한 그의 열정은 『미호집』의 「석실서원의 강생에게 알리다[諭石室書院講生]」라는 글에 잘 드러난다.

> 서원은 본래 학문을 익히기 위해 세운 것이니, 선비가 학문을 익히지 않으면 선비라 할 수 없다. 우리 고장에 이 서원이 있는 것은 실로 우리 고장 선비로서는 큰 다행인데도 학문을 익히는 일이 잠잠하여 들리는 것이 없다면 선비의 수치이다. 이제 다행히 유림의 의론으로 인해 강학하는 일을 보게 되었으니 매우 성대한 일이다. 그러나 선비가 학문을 익히는 데 급급한 것은 과연 무엇을 하려고 해서인가? 장차 자신이 본래 가지고 있는 것을 구하여 참으로 자신에게 유익하게 하려고 해서일 뿐이다.

석실서원의 원임院任(서원 운영자)을 자처했던 김원행은 효율적인 운영과 교육을 위해 서원의 규칙을 정리했다. 원장과 훈장의 책임과 역할, 원생 수칙, 강독 교재, 시험 규칙 등을 정했다. 『미호집』에는 「석실서원 학규學規」·「석실서원 강규講規」와 같은 서원의 규칙과 예절을 규정한 기록이 여러 편 보인다. 이를테면 서원에서 암송해야 할 교재는 『소학』-『대학』-『논어』-『맹자』-『중용』-『심경』-『근사록』 등이었다. 또 매달 16일에는 암송대회를 열었다. 주목할 대목은 김원행이 신분이나 지역, 직업에 차별을 두지 않고 학생을 받아들였다는 점이다. 양반과 상민, 한양과 지방의 구분이 뚜렷했던 신분제 사회 조선에서는 이례적인 일이 아닐 수 없다.

당시 경상도 함안에서 온 주필남이라는 유생이 서원에서 공부한 지 반년 만에 병으로 숨진 일이 있었다. 집안이 가난해 시골집으로 운구할 비용마저 마련하지 못했던 모양이다. 이때 김원행은 선비가 죽었는데 장사도 치르지 못하면 유가의 도리가 아니라며 영의정에게 편지(「위석실원유정영상爲石室院儒呈領相」)를 보내 조정의 도움을 요청한다. 또 주필남이 살아 있을 때 그에게 『소학』을 주겠다고 한 약속을 회상하며 아래와 같은 글을 써 책과 함께 보낸다.

> 나는 망자亡者에게 했던 말을 차마 잊을 수가 없어 이 책을 그의 아버지에게 보내며 다음과 같이 부탁을 드린다. 이는 후생들이 강습할 교재인데, 주군에게 다행히 한 점 혈육이 있다 하니 훗날 장성하거든 이 책을 그에게 주면서 나 대신 이렇게 말해달라. "사람이 배우지 않아서는 안 되니, 배우지 않으면 살아도 죽은 것이나 진배없다. 그대의 아비가 천 리 먼 길을 도를 찾으러 왔다가 결국 죽어서 돌아갔다는 연유로 혹시라도 게을리하지 말라. 그대 아비가 이 책을 아끼고 함께 강습하고자 한 마음을 자신의 마음으로 삼아야 비로소 자식으로서 손색이 없을 것이다."
>
> -「주필남에게 준 소학의 뒤에 쓰다[贈周生小學書後跋]」

김원행의 노력으로 석실서원은 서울 근교에서 가장 번성한 교육기관으로 자리 잡았다. 문인들의 기록에 따르면 그는 강의하고 토론하기를 즐겨했다고 한다. 주필남처럼 그의 명성을 듣고 지방에서 올라온 유생들이 줄을 이었다. 충청도 천안에서 올라와 김원행의 수제자가 된 담헌 홍대용, 전라도 고창에서 상경해 가르침을 받은 이재 황윤석은 석실서원을 대표하는 유학자들이다. 김원행은 미호에서 제자들과 함께하며 성리학과 예학을 연구했다. 그의 헌신적인 노력으로 석실서원은 스승과 제자가 어우러지는 학술공동체가 되었다. 서원의 위상도 높아져서, 당시 석실서원은 한양 북부의 도봉서원과 함께 서울 근교의 대표적 서원으로 자리매김됐다.

조선 후기 철학 토론, 호락논쟁의 중심

김원행이 미호로 이사하던 때를 전후해 호락논쟁이 크게 성행했다. 호락논쟁이란 '인물성동이人物性同異'(사람과 동물의 본성은 차이가 있는가), '미발심체未發心體'(마음의 본질이 무엇인가) 등을 놓고 호서(충청도)와 낙양(서울)의 학자 사이에 있었던 학술 논쟁을 말한다.

사단칠정론·예송론과 함께 조선 시대 성리학 3대 논쟁의 하나로 꼽히는 호락논쟁이 꽃을 피운 곳은 석실서원이었다. 석실서원은 서울 중심 노론학자들의 생각을 대표하는 낙론의 근거지였다. 김원행은 인간과 동물의 본성이 같다는 인물성동론을 지지했다. 그는 동료 문인 송명흠宋明欽에게 보낸 편지에서 호론계를 대표하는 윤봉구尹鳳九가 주자의 마음에 대한 해석을 오해하고 있다며, 호론이 "사람들이 선하게 되는 길을 막고 있다"고 비판했다.

> 윤봉구 어른이 기질氣質로 마음을 논한 것은 실로 온당치 않네. 마음에 두 개의 기氣가 있다고 하는 것은 아마도 마음에 선악善惡이 있다는 논의와 같은 말일 듯하네. 마음에 선악이 있다는 것은 주자朱子도 말씀한 적이 있지만, 주자의 설에서

는 기氣가 이미 용사用事한 것을 가지고 말하였지 언제 마음의 본체를 곧장 가리켜 그렇게 말한 적이 있었던가. 대체로 이 설이 통행되면 자못 '사람들이 선하게 되는 길을 막게 될[沮人爲善之路]' 것이니, 작은 근심이 아닐세.

–「회가 송명흠에게 보낸 편지[與宋晦可]」

김원행은 낙론을 대표하는 학자였지만, 논쟁에 적극 개입하는 것은 피했다. 오히려 자기 문인들이 학파의 집단행동에 나서는 것을 만류하기도 했다. 같은 노론끼리의 학술 토론이 또 다른 당색으로 비치는 것을 경계했다. 그는 호락논쟁이 고도의 철학적 논쟁이어서 논리로는 쉽게 해결될 문제가 아니라고 판단했다. 그래서 제자들에게 논쟁에 대하는 자세가 공정해야 하고 실천을 통한 체험이 전제되어야 한다고 강조했다. 제자인 이규위李奎緯에게 보낸 편지를 보자.

인성人性과 물성物性이 같은지 다른지에 대해 변론하는 것은 본디 의리가 지극히 정미한 문제입니다. 만약 지난날 논한 것에 대해 곧바로 믿지 못하신다면 차라리 잠시 제쳐놓고, 우선 양가兩家(낙론과 호론의 두 학파)에서 동의한 인성의 순수하고 지선至善한 곳에 나아가 절실하게 강구하고 진실하게 실천함으로써 내가 하늘에서 받은 것을 환히 비추게 하여 그것이 일상의 행동과 윤리 사이에 드러나게 하며 오래도록 끊어지지 않도록 하십시오. 그렇게 한다면 '성性'이 나에게서 경험으로 알게 될 것이고, 인성과 물성이 같은지 다른지에 대해서도 뒤따라 환히 알 수 있을 것입니다.

–「이규위에게 답하다[答李奎緯]」

『미호집』은 1799년경 총 20권 10책으로 간행되었다. 이 가운데 권 3~12는 편지글로, 『미호집』의 절반을 차지한다. 성리학 예절에 대한 논의, 현실 인식, 일상의 안부가 대부분이지만 호락의 학술 논쟁을 담은 글도 적지 않다. 김원행의 편지는 조선의 생생한 철학 토론이었던 호락논쟁을 증언한다고 해도 과언이 아니다.

김원행은 말년에 괴산 화양서원 뜰에 세운 묘정비와 관련해 곤욕을 치렀다. 묘정비의 비문은 호론계 학자인 윤봉구가 작성했다. 비문을 둘러싸고 당시 화양서원 원장을 겸하고 있던 김원행이 다른 견해를 제기했다. 이에 격분한 호론 유생들이 통문을 돌려 김원행을 원색적으로 비난하면서 학술 논쟁은 정치 사건으로 비화했다.

이 일이 문집에 보이지는 않는다. 그러나 김원행의 『미호집』은 조선 후기 철학 논쟁의 흐름을 볼 수 있는 중요한 텍스트 가운데 하나이다. 김원행은 노론계 문인이었지만 호락논쟁에서 보듯 문학보다는 학술 방면에 더 큰 영향을 끼쳤다. 김원행은 조선 후기 유학사상사에서 빠질 수 없는 인물이다. 그는 김창협과 이재李縡를 잇는 낙론의 대표 학자였다.

카페촌으로 변한 미호

김원행이 호를 취한 '미호'는 석실서원 앞으로 흐르는 한강을 달리 부르는 말이다. 호수처럼 아름답다 하여 붙여진 이름이다. 김원행은 학문을 연구하고 교육하는 가운데 미호의 아름다운 자연을 마주하며 시를 읊고 호연지기를 길렀다. 『미호집』에는 미호 강변에서 김원행이 제자들과 뱃놀이하면서 지은 시가 적지 않다.

김원행이 석실서원을 이끄는 동안 서원에는 유생들의 발걸음이 끊이지 않았다. 많을 때에는 30~40명이 서원에서 기숙하며 학문을 연마했다. 석실서원을 거쳐간 유생은 150여 명을 헤아리는데, 훗날 실학자로 이름을 떨친 담원 홍대용과 이재 황윤석도 그 일원이었다. 석실서원의 자유로운 학풍이 실학사상을 배태했다.

김원행은 미호의 석실서원에서 후학을 지도하다 그곳에서 생을 마쳤다. 그는 서원에서 멀지 않은 석실마을의 안동김씨 선영(남양주시 와부읍 덕소리)에 묻혔다. 사후 33년이 되던 1805년 조정에서는 그에게 문경文敬이라는 시호를 내렸다. 1857년에는 석실서원에도 배향했다. 그러나 불과 10여 년 뒤 석실서원은 서원철폐령이라는 철퇴를 맞고 사라졌다.

오늘날 석실서원이 자리했던 남양주시 수석동 서원말은 카페촌으로 변모했다. 폐허가 된 서원터에는 '석실서원지'라는 표지석만 덩그러니 놓여 있다. 다행히 겸재 정선이 그린 〈미호〉 그림이 《경교명승첩》에 실려 당시의 모습을 전하고 있다. 세월이 흘렀지만 석실서원터에서 바라보는 한강은 '미호'라는 이름에 걸맞게 여전히 아름답다. 그러나 미호의 아름다움이 어찌 풍광에만 있겠는가. 그곳에서 학문을 연마하고 사상을 논했던 서원지기 김원행과 그 제자들의 학예 활동이 그 아름다움에 값할 것이다.

자연과 우주에 대한 새로운 시각의 탐색자

홍대용의 『담헌서』

『담헌서(湛軒書)』

1939년 정인보와 5세손 홍영선이 참여하여 내집 4권, 외집 10권 합 7책으로 간행했다. 박지원의 서문과 원중거의 발문이 있다. 내집 권1에 「심성문」·「사서문변」 등, 권2에 「사론」·「계방일기」 등, 권3~4는 서문·기문 등이 실려 있다. 『담헌서』의 특징은 외집에 있다. 특히 연행기록인 「연기(燕記)」와 「항전척독」은 분량으로나 주제로나 『담헌서』의 얼굴과 같은 글이다. 보유에 들어 있는 「임하경륜」과 「의산문답」은 지구자전설, 화이론 배척 등 홍대용의 사상이 가장 잘 드러난 글이다. 1974~1975년 민족문화추진회에서 국역했다.

홍대용(洪大容, 1731~1783)

실학자. 자는 덕보(德保), 호는 홍지(弘之)·담헌(湛軒)이다. 본관은 남양(南陽)이고, 역(櫟)의 아들이며 김원행의 문인이다. 북학파인 박지원·박제가·이덕무·유득공과 친교를 맺었으며, 유학보다는 군국(軍國)·경제에 대한 학문에 전심했다. 1765년 숙부 홍억의 군관으로 북경에 가 청나라 학자들과 친교를 맺고 서양 문물을 견학했다. 북학파의 선구자로 지전설을 주장했다. 여러 번 과거에 응시했으나 실패하고 음직으로 선공감 감역, 세손익위사 시직, 감찰, 태인현감, 영주군수를 지냈다.

북학파의 종장이자 선구자

박지원의 『열하일기』를 읽어가다 보면 여러 곳에서 담헌 홍대용에 대한 이야기가 나온다. 때로는 담헌의 말을 직접 인용하는가 하면, 담헌과의 추억을 되새긴다. 그런가 하면 담헌이 북경에서 만난 중국인 친구의 행적을 찾기도 한다.

압록강을 건넌 지 나흘째 되던 날, 연암은 중국으로 들어가는 첫 관문이라고 할 책문柵門에 이르러 제대로 된 중국의 민가와 도로를 만난다. 하늘로 솟은 집의 등마루, 정제된 대문과 창문, 벽돌 담장, 길을 누비는 수레와 마차. 그는 불현듯 친구 홍대용이 했던 "그 규모는 크고, 기술은 세밀하다"는 말을 떠올리며 처음 목도한 중국의 문명에 기가 꺾인다.

심양의 골동품 가게 '예속재'에 들러 선비들과 이야기하던 연암은 그 가운데 한 명의 고향이 강남이라는 말을 듣고 "육비 · 엄성 · 반정균을 아느냐?"고 묻는다. 항주 사람인 이들은 담원이 북경에서 만나 평생토록 우정을 나눈 중국인들이다. 이뿐 아니다. 열하의 태학관에서 달을 보면서 서울에서 함께 달구경을 했던 홍대용을 생각하고, 중국 학자들과 우주론을 펼칠 때에는 홍대용의 지전설을 들려준다.

김태준 교수에 따르면 『열하일기』에는 홍대용과 관련된 이야기가 25곳이나 나온다고 한다. 중국 문명, 연행과 관련해 이른바 북학파로 불리는 학자들은 홍대용에게서 가장 많은 영향을 받았던 것으로 보인다. 홍대용이 쓴 연행록 『연기燕記』를 돌려가며 읽고, 청나라를 새롭게 보게 됐으며, 연경(북경)에 갈 꿈을 품게 됐다.

박지원이 『열하일기』를 쓰면서 홍대용의 연행록을 가장 많이 참조했음은 말할 필요가 없다. 박제가는 네 차례나 북경을 방문하며 중국 지식인들과 교유했다. 그는 『북학의北學議』를 통해 청의 문물을 적극 수용하자고 주장했다. 이덕무 · 유득공도 강도는 달랐지만, 중국의 선진 문명을 흠모했다.

홍대용의 연행 경험은 박지원 · 이덕무 · 박제가를 거쳐 추사 김정희에게까지 이어졌다. 모두 중국을 배워야 한다는 북학파들이다. 학계에서는 북학파를 연암학파 또는 담헌학파로 부르고 때로는 절충해 담연학파로 명명하기도 한다. 그러나 조선 후기 북학의 원류를 따져본다면 홍대용이야말로 북학파의 종장宗匠이자 선구자라고 할 수 있다.

연행록, 삶을 바꾼 북경 여행의 기록

홍대용은 충청도 천원군 수산면 장산리 수촌에서 홍력洪櫟의 장남으로 태어났다. 천원군은 지금의 천안이다. 홍대용 집안은 서울에서 대대로 벼슬을 하던 경화세족으로, 서울 남산 아래에 본가가 있었고, 천안에도 농장을 갖춘 별도의 집이 있었다.

홍대용은 자신의 어린 시절을 기록하지 않았다. 다만 12살 때 남양주 석실서원으로 가 스승 김원행에게 배웠다는 사실은 밝히고 있다. 석실서원은 병자호란 때 충절로 이름을 날린 김상용과 김상헌 형제를 배향한 곳이다. 서원 원장은 김상헌의 후손인 김원행이었다. 김원행은 주자학의 공리공론을 비판하며 실용적인 학문을 강조했는데, 홍대용은 스승의 영향을 크게 받은 것으로 보인다.

홍대용은 훗날 중국인 친구 문헌汶軒 등사민鄧師閔에게 보내는 편지에서 "열댓 살 때부터 고학古學에 뜻을 두어 문장이나 짓는 고루한 공부는 하지 않기로 맹세하고 나라를 경륜하는 공부에 뜻을 두었다. 그래서 여러 번 과거에 응시했으나 합격이 되지 않았다"고 쓴 적이 있다. 과거 공부가 인격 수양과 실생활에 도움이 되지 않는다며 크게 힘을 쏟지 않았던 것이다.

홍대용의 젊은 날의 행적은 밝혀진 게 많지 않다. 따로 자신의 삶이나 연보를 기록하지 않았기 때문이다. 특이한 사건은 29세 때 과학 기술에 눈을 뜬 일이다. 당시 홍대용은 나주목사인 부친을 따라 전라도 나주에서 살았는데, 화순 지방의 문인 나경적을 만나 그와 함께 혼천의와 자명종을 만들었다. 그리고 그때 만든 혼천의와 자명종을 천안의 고향집에 설치했다. 이를 계기로 홍대용은 서양의 천문학과 지리 · 수학 · 역법 등에 관심을 갖게 됐고, 청나라에 눈을 떴다. 북경에 가야겠다고 마음먹은 것도 이때였다.

홍대용은 조선을 벗어나 큰 세계를 보고 싶었다. 당시 청나라는 번영을 구가하고 있었다. 오랑캐의 나라가 어떻게 태평을 구가하는가도 궁금했다. 홍대용은 중국 여행에 대비해 중국어도 배웠다. 오랫동안 중국 여행의 꿈을 간직했던 그에게 기회가 왔다. 숙부 홍억洪檍이 1765년 6월 연행사절의 서장관으로 임명된 것이다.

홍대용은 홍억의 수행원 자격으로 연행에 참여했다. 연행 기간은 1765년 11월 2일부터 이듬해 5월 2일까지 6개월이었다. 그의 중국 경험은 이때 한 번이 전부였다. 그러나 그 6개월은 홍대용의 삶을 바꾸었다. 연행을 가지 않았다면 홍대용은 역사에서 기억되지 못했을 것이다.

연행을 다녀온 홍대용은 여러 권의 책을 남겼다. 『연기燕記』는 연행에 대한 기록이다. 그러나 연행록을 날짜별로 쓰는 편년체가 아닌 주제별로 기록하는 기사체紀事體로 정리했다. 새로운 방식이었다. 한문으로 쓴 『연기』와 별개로 한글본인 『을병연행록』도 썼다. 이것은 편년체 방식으로, 한문에 익숙하지 않은 여성들에게 청나라와 서양 문물을 소개하는 게 목적이었다. 홍대용은 여행기와 별개로 중국에서 사귄 지식인들과 나눈 필담 기록과 편지글을 묶어 『항전척독杭傳尺牘』으로 펴냈다.

민족문화추진회에서 번역한 『담헌서』는 모두 4권이다. 이 가운데 『연기』와 『항전척독』이 각각 1권씩으로 『담헌서』의 절반을 차지한다. 여기에 중국 요령성 의무려산을 무대로 쓴 철학 소설 「의산문답」과 중국 지식인들과 주고받은 시를 포함하면 절반을 넘는다. 평생 쓴 저술의 절반 이상이 6개월간 중국에서 했던 경험에서 나왔다. 그만큼 홍대용에게 중국 체험이 큰 영향을 주었다.

국경을 뛰어넘은 우정의 기록

『담헌서』에서 가장 이채로운 글은 『항전척독』이다. 중국인들과 주고받은 시문과 편지를 책으로 펴낸 사람은 우리 역사에서 홍대용이 처음이다. 연행에 출발하기에 앞서 홍대용은 분명한 목표를 가지고 있었다. 물론 중국의 선진 문물을 확인하고 싶은 욕구가 있었을 것이다. 그러나 그보다는 중국의 지식인들과 만나 대화하는 게 더욱 절실했다.

> 을유년 겨울에 나는 숙부를 따라 연경에 갔다. 압록강을 건너면서부터 보이는 것이 새롭지 않은 게 없었지만 내가 원하는 바는 아름다운 학자나 마음 알아주는 사람을 만나서 그와 더불어 실컷 이야기를 하는 것이었다.
>
> –「간정동필담」

홍대용은 여행 내내 중국 사람과 접촉을 시도했으나, 번번이 실패했다. 압록강을 건너 북경에 이르는 동안 그가 만난 사람들은 문장과 학문의 수준이 낮아 대화할 만한 상대가 못 되었다. 그는 '선비'로 불릴 만한 중국 지식인을 찾고 있었던 것이다. 기회는 우연히 찾아왔다. 연행단에 동행한 이기성이 안경을 사러 북경 유리창에 갔다가 중국인에게서 안경을 선물받은 것이다.

사례를 하려 했지만 "안경 하나에 어찌 좀스럽게 굴 수 있겠느냐"며 어떤 대가도 받지 않는다고 했다. 감격한 이기성은 이 이야기를 홍대용에게 들려줬고, 홍대용은 이들이야말로 진정한 선비일 것이라며 그들을 찾아 나섰다. 그리고 기대는 벗어나지 않았다.

이렇게 만난 중국 지식인은 항주 전당錢塘이 고향인 엄성嚴誠과 반정균潘庭均이었다. 엄성은 35세, 반정균은 25세. 당시 홍대용의 나이는 36세였다. 홍대용은 첫 만남에서부터 중국 지식인들에게 푹 빠졌다. 한 번 보고서도 정이 쌓인다는 일견종정一見鍾情이었다. 당시 홍대용이 머문 북경 조선관과 그들의 숙소 사이의 거리는 불과 2킬로미터 남짓이었다. 홍대용은 중국어를 할 수 있었으나 대화에서는 주로 필담을 사용했다. 대화 주제는 경학 · 시문 · 서화 · 역사 · 풍속 · 과학 등에 두루 걸쳐 있었다.

만난 지 20일이 지나자, 엄성과 반정균이 '강남 제일의 인물'이라며 육비陸飛를 홍대용에게 소개했다. 육비가 가세하면서 대화는 내용이 더 깊고 폭이 더 넓어졌다. 대화는 홍대용이 북경을 떠나기까지 1개월간 계속됐다. 홍대용은 이 기간 중 이들과 일곱 번을 만났다. 만나지 못하는 날에는 편지와 시를 주고받았다.

홍대용은 1766년 3월 1일 북경을 떠나 5월 2일 서울에 도착했다. 북경에서 작별할 때, 교분이 두터웠던 엄성은 "이 한 번 이별로 그만이구려! 저승에서 서로 만나도 부끄러움이 없게 살기를 맹세합시다"라고 눈물을 흘렀다. 홍대용은 돌아온 뒤 중국인 친구들과 북경에서 주고받은 편지와 필담을 정리한 뒤, 『간정동회우록』이라고 이름 붙였다.

서울에서도 편지를 통한 대화는 이어졌다. 오가는 데 1년 넘게 시간이 걸렸다. 그 사이 엄성의 사망 소식을 들었다. 홍대용은 제문을 지어 보냈는데, 글이 항주에 도착한 때는 공교롭게도 엄성의 두 번째 기일이었다. 엄성의 죽음으로 홍대용과 중국 친구들의 교류는 끝났다.

홍대용은 『간정동회우록』과 서울에서 보낸 편지들을 합쳐 『항전척독』으로 묶었다. 홍대용의 국경을 초월한 우정은 이후 북학파의 심금을 울렸다. 이덕무는 뒷날 홍대용이 중국 문인들과 주고받은 시문과 필담 기록을 간추려 『천애지기서天涯知己書』를 남겼다.

새로운 세계관에 대한 모색

의무려산은 조선 연행사들이 북경에 갈 때 자주 찾는 곳 가운데 하나이다. 요령성 북진시北鎮市 서쪽 5킬로미터 지점에 있으며 해발 867미터다. 중국 전통의 5악嶽4진鎭 가운데 북쪽 진산鎭山으로, 도교의 성지로 불린다.

홍대용의 연행단은 북경에서 서울로 오던 길에 의무려산에 들렀다. 중국 천하세계관의 한 축을 담당하는 의무려산에서 홍대용은 많은 생각을 했을 것이다. 북경에서 오랑캐 나라의 문명을 목도하고, 명나라 유민들인 항주 출신 중국 친구들과 대화하면서 조선의 소중화의식이 얼마나 허망된 것인가를 깨달았다.

서울로 돌아온 홍대용은 당시 조선의 현실과 사유체계를 총체적으로 돌아보았다. 그리고 지전설 등 그의 자연과학적 지식을 결합시켜 새로운 사상체계를 만들어갔다. 『의산문답』은 바로 북경을 다녀온 홍대용이 평생의 연구 성과를 종합해 묶어낸 사상서라고 할 수 있다.

『의산문답』은 의산, 즉 의무려산을 무대로 해서 허자와 실옹이라는 두 가상인물이 나누는 문답 형식으로 이루어져 있다. 허자는 성리학을 맹목적으로 추종하며 허위의식에 사로잡혀 살아가는 조선의 학자를 대표한다. 반면 실옹은 허구적인 유학에서 벗어나 인간과 세상을 실사구시적으로 파악하려는 인물이다.

허자와 실옹은 인간과 만물은 어떻게 다른가, 중국과 오랑캐는 어떻게 구분되는가, 지구는 어떤 모양인가, 지구는 하늘의 중심인가 등의 문제를 주고받으며 기존의 통념을 하나하나 비판한다. 그러면서 사람과 만물이 똑같다는 '인물균人物均 사상', 지구가 우주의 중심이 아니라는 '무한우주론', 중국이 중심이 아니라 모든 나라가 천하의 중심이라는 '역외춘추론域外春秋論' 등을 들려준다. 사실 실옹이 제시하는 이러한 내용은 바로 홍대용의 생각이다.

홍대용은 성리학 · 천문학, 인류 역사에 대한 지식을 총동원하여 조선 유학자들의 통념과 편견을 깨뜨리고 동아시아와 천하세계에 대한 새로운 시각을 보여주고 싶었던 것이다. 그런 점에서 『의산문답』은 인간과 역사, 자연과 우주에 대한 새로운 패러다임을 제시한 철학서이자 자연과학서라고 할 수 있다.

홍대용은 『연기』와 『항전척독』을 통해 중국 경험을 산문 형태로 남겼다. 그리고 못다한 생각을 전하기 위해 소설 형식의 『의산문답』을 지었다. 홍대용의 중국 여행은 이처럼 연행 기록, 대화록, 소설 등 다양한 방식으로 표출되었다. 박지원에 이르러 중국 여행은 『열하일기』 하나에 통합되었다. 『열하일기』 속의 「호질」·「허생전」은 홍대용의 『의산문답』식 글쓰기 방식을 모방한 것이라고 할 수 있다.

「의산문답」의 저작 연대는 확실하지 않다. 대략 43세 때인 1773년에 지은 것으로 추정된다. 이듬해 홍대용은 세손 시절의 정조 임금을 보위하는 익위사 사직을 제수받으며 관직에 첫 발을 내디딘다. 정조가 즉위해서는 사헌부 감찰과 태인현감, 영천군수 등의 벼슬살이를 한다.

이 기간 중에 동궁의 세자와 주고받은 말을 기록한 『계방일기』, 관리의 경험을 토대로 한 국가경영론 『임하경륜』 등의 저작을 남긴다. 이 책들은 총론격인 「의산문답」을 실제 생활에 적용한 각론이라고 할 수 있는데, 더 이상 확장되지 못한다. 홍대용이 53세 나이에 중풍으로 세상을 떴기 때문이다. 뒷날 홍대용의 생각은 북학파 실학자들에게 계승됐다.

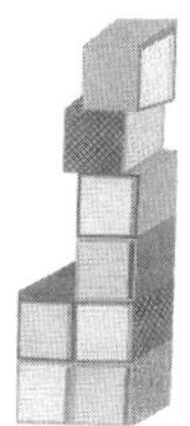

근대적 미의식을 도입한 선구적 시인

박제가의 『정유각집』

『정유각집(貞蕤閣集)』

박제가의 시문집. 국사편찬위원회에서 1961년 시문과 『북학의』를 합쳐 『정유집』이라는 이름의 활자본으로 간행한 게 최초 간본이다. 이어 1986년 여강출판사에서 『정유각집』을 2책으로 펴냈다. 1992년에는 아세아문화사에서 해외에 흩어진 시문을 모아 『초정전서』(전 3책)를 간행했다. 2010년 한양대학교 정민 교수팀이 박제가의 시 1,721수, 산문 123편 등 모든 시문을 처음 번역했다. 이로써 앞서 번역된 『북학의』와 함께 박제가의 사상과 문학을 온전히 살필 수 있게 됐다.

박제가(朴齊家, 1750~1805)

실학자. 자는 차수(次修)·재선(在先)·수기(修其), 호는 초정(楚亭)·정유(貞蕤)·위항도인(葦杭道人)이다. 본관은 밀양이며 박지원 문하에서 실학을 연구했다. 이덕무·유득공·이서구 등과 함께 낸 사가시집 『건연집(巾衍集)』이 청나라에 소개되어 이름을 떨쳤다. 1778년 사은사 채제공의 수행원으로 청나라에 가 이조원·반정균 등 청나라 학자들과 교유하고, 귀국 후 『북학의』를 썼다. 이후에도 두 차례 더 청나라를 다녀왔다. '당벽(唐癖)'으로 불릴 정도로 청나라 문물을 급진적으로 받아들일 것을 주장했다

모방하는 것은 시가 아니다

대학원에서 한문학을 공부하던 시절, 송재소 선생님에게 박제가의 문집을 읽는 수업을 들었다. 한시 전공인 송재소 선생님은 산문보다는 시를 중심으로 문집을 읽어갔는데, 한시가 아름답다고 느낀 것은 그때가 처음이었다. 송재소 선생님의 시를 보는 안목과 빼어난 해석 덕분이기도 하지만, 박제가 시의 참신성에 매료되었기 때문일 것이다. 그때 읽었던 「종이연」이라는 시를 보자.

바람은 휘휘	風吹吹
대추나무 흔들흔들	棗搖搖
나무들로 둘러싸인 겨울의 도성	寒城帶喬木
텅 빈 들판에 하늘마저 적막하다	野曠天寂寥
고개 돌리니 먼 산등성이엔 눈 쌓여 있고	回看山際雪嵯峨
해를 등진 종이연 구름 속에서 나부끼네	鳶尾背日輕雲飄

겨울날 연 날리는 모습을 산뜻하게 그려냈다. 3-5-7언의 형식으로 이루어진 한시만 보아도 연이 날아오르는 모습이 그려진다. 대추나무-도성-산-구름으로 나아가며 원근법의 구도로 시를 풀어내 마치 연을 날리는 풍경화를 보는 것 같다. 고시니, 절구니, 율시니 하는 틀에 박힌 한시가 아니다. 한문으로 썼지만, 200년 전에 이미 자유시를 실험했다. 이처럼 박제가는 고정관념이나 틀에서 벗어난 글쓰기를 강조한다.

박제가의 산문 가운데에 '소전小傳'이 있다. 미니 자서전이라 할 수 있는 이 글은 이렇게 시작된다.

> 조선이 시작된 지 384년, 압록강에서 동쪽으로 1,000여 리 떨어진 곳. 그가 태어난 좌표이다. 가계는 신라에서 나왔고, 할아버지의 관향은 밀양이다. 『대학』에서 뜻을 따와 '제가齊家'라고 이름을 짓고 초나라 굴원의 '이소경'에 의탁해 '초정楚亭'이라는 호를 지었다. 그의 모습을 보면 물소 이마에 칼날 같은 눈썹을 하고, 눈동자는 검고 귀는 하얗다. (…)

모눈종이에 좌표를 찍듯, 출생의 시공간을 설정해 이야기를 전개하는 형식이 인상적이다. 자신의 이야기를 '나'가 아니라 '그'라는 3인칭으로 풀어낸 것도 독특하다. 이러한 개성 있는 글쓰기는 산문이 아니라 운문에서 더욱 도드라진다. '소전'의 끝에 붙인 「찬贊」이라는 운문시를 보자.

> 대저 전傳이란 전한다는 뜻이다.
> 비록 그의 조예를 다 드러내고
> 그 품격을 다 설명할 수는 없다 해도,
> 완연히 특정한 한 사람일 뿐
> 그저 그런 천만 사람이 아님을 알게 된 뒤라야,
> 아득히 먼 천애天涯의 땅에 가거나 오랜 세월이 흘러가도
> 누구나 나의 존재를 만나게 될 것이다.

박제가는 전기란 한 인물의 개성을 드러내는 것이라고 정의한다. 상투적이고 진부한 삶을 나열하는 게 아니라 남다른 이야기를 보여주는 게 전傳의 임무라는 것이다. 천만의 무수한 사람들과 다르게 그려내야 한 인물의 존재가 부각된다. 이처럼 다르게 써야 한다는 박제가의 문학관은 시

론에서 분명히 드러난다. 그는 「시학론詩學論」에서 "모범으로 삼아 배운 시의 수준이 높으면 높을수록 시인의 수준은 도리어 낮아진다"며 두보나 이백 같은 유명한 시인을 모방하지 말라고 충고한다.

『시경』을 읽는 것보다 차라리 무당의 노래에 주목하라는 파격적인 발언도 내놓는다. 박제가의 이러한 시론은 친구 이덕무가 『정유각집』 서문에 쓴 내용과 맥을 같이한다.

> 시대마다 시가 있고, 사람마다 시가 있는 법이다. 그래서 시는 서로 모방할 수가 없다. 서로 모방하며 지은 시는 가짜 시다.
>
> 代各有詩 人各有詩. 詩不可相襲 相襲贋詩也.

서얼들의 시동인 그룹 백탑파

서울 한복판에서 태어난 박제가는 어린 나이에 시와 글씨에 재능을 보여 주목을 받았다. 그러나 박제가에게는 '서얼'이라는 신분의 족쇄가 채워져 있었다. 아무리 재능이 있고, 노력을 한다 해도 양반 사대부처럼 높은 관직에 오를 수 없었다. 그는 나이가 들면서 이러한 차별과 모순에 눈을 뜨게 된다. 주위에는 박제가처럼 사회적 차별을 받으며 현실에 불만을 갖고 있는 서얼들이 적지 않았다. 이들이 서로 의기투합하게 된 것은 자연스러운 일이다.

10대 후반에 들어서면서 박제가는 이덕무 · 유득공 · 서상수 · 백동수 등 서얼들과 어울렸다. 이들의 집은 대부분 탑골(지금의 종로3가 탑골공원) 부근에 있어 수시로 만나 시를 짓고 우정을 나누며 세상을 논했다. 여기에 노론 명문가의 자제였던 홍대용·박지원·이서구와 같은 현실 비판적인 학자들이 가세했다.

탑골에는 하얀 탑(원각사지10층석탑)이 있어 이들은 '백탑파'로 불렸다. 백탑파의 일원이었던 박지원·이덕무·박제가·이희경은 자신들의 시문을 모은 『백탑청연집』을 펴내기도 했다. 이 책은 현재 전하지 않지만 우리나라 최초의 동인시문집이라고 할 수 있다.

그러나 백탑파가 아무리 좋은 시를 써도, 조선 사회를 개혁할 발언을 내놓아도 아무도 눈여겨보지 않았다. 신분제적 유교 질서가 깊게 뿌리내린 데다 당파적 이해에 따라 움직이는 조선 사회에서 이들은 주류로 편입될 수 없었다. 이즈음 박제가 등 백탑파가 눈을 뜬 것은 청나라였다. 마침 청나라 북경에 다녀온 홍대용이 쓴 『연기』와 『간정동회우록』은 박제가에게 청나라에 대한 호기심을 부추겼다. 국내에서 주목받지 못할 바에 차라리 나라 밖에서 인정을 받자, 북쪽 나라에서 배우자는 '북학파'는 이때 싹이 트였다.

박제가·이덕무·유득공·이서구 등은 함께 각자의 대표시들을 모아 선집으로 묶은 뒤 연행 사절의 일원으로 청나라에 가는 유금에게 시집을 부탁했다. 유금 역시 백탑파 동인이었다. 북경에 간 유금은 보따리에 싼 『사가시선四家詩選』을 이조원·반정균 등에게 보여주며 비평을 부탁했다. 반응은 뜨거웠다. 조선의 문사들이 쓴 4인의 시를 본 이조원은 시집을 『한객건연집』('보자기에 싼 조선인들의 문집'이라는 뜻)이라고 명명한 뒤 하나하나 비평문을 써 주었다. 이조원은 박제가의 시를 "온갖 문장의 맛이 갖추어 있어 천하의 기문奇文"이라고 칭찬했다. 반정균도 "초정의 시는 손을 빼는 솜씨가 탄환과 같아 전혀 편벽되거나 껄끄럽지 않다"고 평했다.

청나라를 사모했던 박제가에게 마침내 기회가 왔다. 연행사로 북경에 갈 기회가 주어진 것이다. 그는 생애에 한 번도 아닌 4번이나 북경에 갔다. 규장각 검서관이나 현감 정도의 낮은 벼슬에 있었던 박제가가 4번씩이나 연행 사절에 낀 것은 대단한 행운이었다. 그가 북경에 당도했을 때, 그는 이미 북경의 문인들 사이에서 유명 인사가 되어 있었다. 『한객건연집』의 영향이었다. 과장해서 말하면, 가는 곳마다 그의 시문을 받으려는 사람들이 줄을 이었다.

박제가는 중국에서 만난 사람들과 관련해 '회인시懷人詩'를 남겼는데, 2~3차 연행 때 쓴 회인시의 주인공만 93명이나 됐다. 청나라의 문인 홍양길은 이때의 모습을 『북강시화北江詩話』에 이렇게 적었다.

> 박제가는 사신으로 들어와 중국의 사대부를 사모하여 매번 안면을 트면 문득 시를 한 수씩 짓곤 했다.

북경의 문인들도 시와 그림으로 화답했다. 화가 나빙은 매화도와 박제가의 초상화를 그려 선물로 주었다. 진전이라는 문인은 박제가의 시문집 『정유고략』을 중국에서 출판했다. 박제가는 200여 년 전에 이미 '한류 스타'였다.

하늘과 땅 사이에 가득 찬 게 모두 시

초정 박제가가 앞 세대 문인들과 구분되는 것은 문학을 성리학의 틀에서 해방시켜 고유의 영역을 찾으려 했다는 점이다. 그는 문예 창작을 심성 수양의 방편이나 소일거리로 여기던 성리학적 문학관을 과감히 벗어던졌다. 대신 그는 섬세하고 예민한 감각으로 자연과 인간사를 노래했다. 『정유각집』에 실린 「달여울 잡절[月瀨雜絶]」 연작시 가운데 첫 수는 이러하다.

'붉다'는 하나의 글자를 가지고 毋將一紅字
온갖 꽃 통틀어 말하지 말라 泛稱滿眼華
꽃술엔 많고 적음 차이 있으니 華鬚有多少
세심하게 하나하나 보아야 하리 細心一看過

박제가는 시에서 아름다움을 이야기한다. 꽃을 노래할 때, 아름다운 꽃이라고 범칭하는 것은 그 꽃을 제대로 말하는 게 아니다. 범칭과 통념을 뿌리치고 그 꽃만의 고유성과 차별성을 찾아서 이야기할 때 그 꽃의 아름다움이 전달되는 것이다. 이처럼 대상의 독자성을 찾아내 시인 자신의 눈으로 표현하는 것을 시라고 보았다.

박제가에게는 시의 소재랄 게 따로 없다. "하늘과 땅 사이에 가득 찬 것이 모두 시詩"이기 때문이다. 그는 사계절의 변화, 자연의 형태와 색깔, 울림만 제대로 살펴도 훌륭한 시를 쓸 수 있다고 말한다. 생동감 있고 참신한 글을 쓰는 최고의 방법은 자연을 배우고 본받는 일이다. 「집에 머무르며」라는 시는 자연과 하나가 된 시인의 모습을 보여준다.

하늘빛 때마침 푸르고 넓어 天光正綠闊
오늘 하루 노닐기 꼭 알맞겠네 今日好逍遙
흰구름 보기만 해도 배가 부른데 白雲望可飽
거닐며 읊조리며 노래 부른다 行吟以爲謠

시는 근엄하지도 않고 일상의 모습을 그려내는 것으로 충분하다는 박제가의 생각이 잘 드러나는 작품이다. 그는 "먹고사는 일에 보탬이 되지 않는다고 해서 푸른 산과 흰 구름을 좋아할 줄 모른다면 어찌 사람이겠는가?"라며 실용과 관계없는 아름다움의 소중함을 강조한다. 그에게는 평범

한 일상도 시의 소재이다. 연못·누각·접시꽃·종이연 등 보이는 것은 다 시로 쓸 수 있다. 박제가의 일상시 가운데에는 변소를 소재로 한 「측상厠上」이라는 시도 있다.

박제가는 「백화보서百花譜序」에서 "벽癖(어떤 일에 몰두하는 버릇)이 편벽된 병을 의미하지만 고독하게 새로운 세계를 개척하고, 전문적인 기예를 익히는 자는 오직 벽을 가진 사람만이 가능하다"고 말했다. 이는 박제가가 꽃 백과사전인 『백화보』의 저자에게 바치는 헌사이지만, 자신의 이야기이기도 하다. 그는 시벽詩癖으로 당시 통념과 맞서고자 했다. 두보나 이백을 모방하기보다는 자연에서 배우려 했으며 여행과 같은 생생한 체험을 시에 반영하려 했다.

박제가가 남긴 시는 1,721수이다. 산문 123편에 비하면 10배 이상 많은 분량이다. 젊은 날에 쓴 자연시, 백탑 동인 시절의 교유시, 네 차례 연행 시절에 쓴 연행시, 만년 유배지에서 쓴 시 등 다양하다. 그러나 박제가 시의 작품 세계는 그간 알려지지 않았다. 시문집이 완역되지 않아 소수의 학자들 사이에서만 조명받았을 뿐이다. 그러나 2010년 한양대학교 정민·이승수 교수팀이 『정유각집』(전 3권, 돌베개)을 완역해 소개하면서 그의 시를 누구나 쉽게 접할 수 있게 됐다.

지금까지 박제가는 조선 후기 대표적인 실학자 정도로 알려져왔다. 그리고 그의 저서는 『북학의』만 논의되었을 뿐이다. 그러나 박제가는 사상적으로는 북학파의 핵심 멤버였지만, 문학적으로는 근대적 미의식을 도입한 선구적 시인이었다. 그는 인간의 개성을 존중하며 일상의 구석구석을 시로 승화했다. 그의 시를 읽으면 김영랑·박두진의 작품을 읽는 듯한 감흥을 준다. 그는 조선 시대 최고의 시인이라고 할 수 있다. 이제 박제가에게 북학파 사상가뿐 아니라 시인이라는 칭호를 부여할 때가 되었다.

아름다움에 가려진 치열한 학문의 세계

김정희의 『완당전집』

『완당전집(阮堂全集)』

『담연재시집(覃揅齋詩集)』(1867), 『완당척독(阮堂尺牘)』(1867), 『완당집』(1868)을 합편하여 1934년에 간행했다. 10권 5책이며, 연활자본이다. 남상길의 서문과 민규호의 소전(小傳)이 있다. 편지가 108편, 시 240수를 비롯해 다양한 글이 실려 있다. 특히 문체 가운데 고(攷)·설(說)·변(辨)은 고증학자의 면모를 잘 보여준다. 진흥왕순수비를 고증한 「진흥이비고(眞興二碑攷)」는 우리나라 금석학 최초의 논설이고, '실사구시설'을 실학사상의 지도 이념으로서 그려낸 사상성을 보여주는 논설이다. 난초화나 영정 그림의 제발(題跋)도 있고, 불교 관련 글도 적지 않다.

김정희(金正喜, 1786~1856)

문인·문신·금석학자·서화가. 자는 원춘(元春), 호는 추사(秋史)·완당(阮堂)·예당(禮堂)·시암(詩庵)·과노(果老) 등이다. 본관은 경주이며, 판서 김노경(金魯敬)의 아들로 백부 김노영(金魯永)에게 입양됐다. 문과에 급제해 검열, 규장각 대교, 암행어사, 대사성, 이조참판을 역임했다. 생부를 따라 북경에 가서 완원·옹방강 등과 막역한 사이가 되었다. 제주도에 9년, 북청에 2년간 유배됐다. 실사구시의 학문을 주창했으며 명필로서 추사체라는 새로운 경지를 개척했다. 금석학에도 조예가 깊어 북한산 비봉의 비석이 진흥왕순수비임을 고증했다.

화려한 예술에 가린 추사의 학문

우리 주위에는 제대로 알지 못하면서 누구나 알고 있는 듯이 생각되는 것이 많다. 그것은 실체를 파헤치기 어렵거나 너무 방대한 나머지 한쪽만을 보고 판단하기 때문이다.

"소경 코끼리 만지기." 추사 김정희에 대한 우리의 연구 및 인식 수준을 얘기할 때 들 수 있는 적절한 속담이다. 추사 서법에 빠진 서예 연구가는 추사체만을 말할 수 있을 뿐이다. 전통의 바탕 위에 독창성이 발휘된 파격미의 서체라고. 그러나 이 사람에게 추사의 시세계에 대해 물으면 꿀 먹은 벙어리가 된다. 금석문 연구자에게 추사의 난초화를 보여주면 추사의 서화정신을 제대로 말할 수 있을까. 추사의 실학사상에 주목하는 사람도 추사가 당대에 선승 백파白坡 대사와 주고받은 격렬한 선禪 논쟁에는 말문이 막힐 것이다.

추사에 대한 이러한 인식은 연구자들뿐 아니라 일반인들도 마찬가지일 것이다. 〈세한도〉(국보 180호) 복제화를 걸어놓고 조선조 최고의 문인화라고 칭송하는 사람도 그림 옆에 적힌 제발題跋에는 관심이 없다. 심지어 〈세한도〉의 주인공이 추사의 제자 이상적이라는 사실도 모르는 경우가 허다하다. 북한산 비봉에 오르는 등산객 가운데 추사가 비봉의 비석이 진흥왕순수비(국보 3호)였음을 밝혀낸 고증학자임을 아는 사람은 많지 않다.

충남 예산에 있는 추사의 고택과 묘소를 찾는 사람은 그래도 추사에 대해 할 이야기가 많을 것이다. 추사가 위리안치圍籬安置됐던 제주도 대정의 유배지를 돌아본 이는 〈세한도〉의 선비정신에 한 걸음 다가선 사람이다. 그러나 서울 봉은사, 지리산 천은사, 예산 화암사에 걸린 추사의 편액이나 주련을 알아볼 수 있는 사람은 과연 얼마나 될까.

우리 역사상 추사 김정희만큼 예술적 명성을 드날린 사람도 없다. 추사체, 난초 그림, 〈세한도〉는 모르는 이가 드물 것이다. 그러나 추사의 학문에 대한 이해는 얼마나 될까. 국학자 위당 정인보는 "추사의 문장이 글씨보다 낫다"고 말했다. 추사는 서화가이기에 앞서 문인이었다. 그리고 문인이기에 앞서 학자였다. 추사의 글씨와 그림이 추사 학예의 잎이라면 금석학은 줄기이고 경학은 뿌리이다.

추사 서화와 학문의 뿌리, 고증학

추사의 학문적 뿌리는 중국 연경을 중심으로 융성했던 청나라 고증학이다. 그가 신학문에 눈뜨게 된 것은 24세 되던 해, 아버지 김노경을 따라 연경으로 건너가게 되면서부터다. 조선의 청년 유학자 추사는 그곳에서 청조 고증학의 바탕이 된 경학·금석학·문자학·지리학 등을 두루 접했다. 그는 고증학에 깊은 관심을 보이며 그곳 학자들의 환심을 샀다.

청나라 학자들은 추사의 학문적 열정과 깊이에 감동하면서 그를 극진히 대우했다. 옹방강翁方綱은 추사를 조선에서 가장 뛰어난 유학자라는 뜻의 '해동제일통유海東第一通儒'라고 칭송하며 부자의 관계를 맺었다. 또 완원阮元은 추사의 학문 세계에 감복해 자신의 저서 500권을 기증하는 성의를 보였다. 추사 역시 완원을 존경해 '완당阮堂'을 자신의 호로 삼았다.

추사는 중국의 학자들에게 인정받은 것에 반해 조선에서는 그다지 주목받지 못했다. 34세에 과거 급제하여 규장각 대교, 예조참의, 형조참판까지 오르는 출세의 길을 달렸지만, 당시 권력을 잡고 있던 안동김씨 세력의 무고로 제주도로 귀양을 떠난다. 그의 유배 생활은 9년간 계속된다. 제주에서 추사는 인편을 통해 중국의 석학들은 물론 권돈인 · 조인영 · 신관호 · 초의 선사 등과 서신을 주고받으며 학문과 예술 활동을 이어간다. 〈세한도〉는 이 시기의 대표작이다.

추사는 63세 되던 해 유배에서 풀려난다. 서울이 아닌, 과천에 농막을 지어 살던 추사는 이듬해 예론禮論 사건에 연루되어 다시 함경도 북청에서 2년간 유배 생활을 한다. 이후 71세로 숨을 거둘 때까지 그는 한 유학자에 지나지 않았다.

추사 사후 후손들이 『완당집』 · 『완당척독』 · 『담연재시고』 등을 펴냈지만, 문집 · 시집 · 편지글이 합쳐져 활자화된 것은 1934년이다. 일제강점기인 이때, 조선의 학계에서는 조선학운동이 일어나면서 실학을 주목하게 됐는데, 1934년 『여유당전서』와 함께 합편본 『완당선생전집』이 납활자본으로 선을 보였다. 추사 현손 김익환이 편찬을 주도했는데, 「임꺽정」의 작가 벽초 홍명희가 교열을 봤다. 『완당선생전집』은 추사의 경학 · 사학 · 문자학 · 금석학 · 서화론을 집대성한 책이다. 친구와 제자, 아들에게 쓴 편지도 적지 않아 가족 및 교유관계를 살필 수 있다. '전집'이라고 하지만 문집의 분량이 많지는 않다. 원고가 멸실됐거나 편찬 과정에서 누락된 글이 많았을 것으로 짐작된다.

추사의 학문에 대한 연구들

추사의 문집이 간행되었지만, 그에 대한 학문 연구는 활성화되지 못했다. 대부분 서화나 금석문에 관심을 가질 뿐 학문 세계에는 눈을 돌리지 못했다. 예외적으로 한 일본 학자가 추사의 학문을 깊게 들여다봤으니, 후지쓰카 지카시藤塚隣가 바로 주인공이다. 일제강점기 경성제국대학 교수로 재직한 후지쓰카는 청나라 문화가 어떻게 조선과 일본으로 전파됐는가를 연구하는 과정에서 추사 김정희를 주목하고 연구하기 시작했다.

그의 연구는 1936년 도쿄대학 박사 논문「조선에 있어서의 청조문화의 유입과 김완당」으로 결실을 맺었다. 이 논문은 뒷날『청조문화의 동전東傳 연구』라는 제목으로 출간됐고, 한국에서는『추사 김정희의 또 다른 얼굴』(박희영 옮김, 1994)과『추사 김정희 연구』(윤철규 외 옮김, 2009)라는 이름으로 번역됐다.

후지쓰카의 김정희 연구는『완당선생전집』이 출간되기 훨씬 전에 시작됐다. 그가 참고한 자료는 편찬된 문집이 아니라 고서 시장에서 유통된 서화, 편지, 그림의 제발題跋 등이 대부분이었다. 그는 추사가 남긴 자료를 광범위하게 수집했고, 연구에 활용했다. 그가 〈세한도〉를 구입해 소장하고 있다가 서예가 손재형에게 건넨 일화는 유명하다. 후지쓰카는 추사 연구가이면서 추사 서화 수집가이기도 했다. 그는 명실상부한 추사 전문가로『완당선생전집』이 출간됐을 때 이 책의 편찬상의 오류까지 지적해 연구서에 수록했다. 그가 수집한 추사 관련 자료는 사후에 모두 과천문화원에 기증됐다. 과천 추사박물관은 이를 바탕으로 세워졌다.

추사의 글은 읽기 어려운 것으로 소문이 자자했다. 명성에 비해 번역이 늦어진 데는 글의 난해함이 한몫했을 수 있다. 추사의 문장을 처음 번역해 소개한 사람은 역사학자 최완수였다. 그는 1976년 『추사집』을 펴냈는데, 추사의 그림, 글씨와 관련된 산문을 뽑아 번역한 책이었다. 추사 문집의 완역본은 1996년 민족문화추진회(현 한국고전번역원)에서 『완당전집』(전 3권, 색인 1권)이라는 이름으로 나왔다. 한학자 우전 신호열 선생이 2 · 3권을 번역했지만 1993년 타계하면서 중단됐다가 제자 임정기가 뒤를 이어 마무리지었다.

『완당전집』의 1권에는 편지와 금석학 · 경학 · 불교학 관련 글이 실렸다. 추사의 인간적 면모와 폭넓은 학문 세계를 확인할 수 있다. 2권은 서화론이다. 서예 · 문인화로만 접했던 그의 예술 철학을 확인할 수 있다. 한시 500여 편을 모은 3권에는 문인으로서 추사의 면모가 완연하다. 따라서 『완당전집』은 추사의 예술과 학문을 이해하는 데 필수적인 문헌이다.

추사의 학문 방법론

추사 학문의 뿌리가 고증학과 금석학이라면, 학문 방법론은 실사구시이다. 이 모두는 중국 학자들과의 교류를 통해 형성되었다. 특히 옹방강이 추사에게 끼친 영향은 막대했다. 추사는 북경에서 옹방강을 만나고 돌아온 뒤에도 편지를 통해 학문을 지도받았다. 옹방강이 추사에게 보낸 편지에는 실사구시 정신을 4구 잠언으로 풀어낸 글이 있다. 추사는 이를 붓으로 써 좌우명으로 삼았다.

옛 것을 고찰하여 지금 것을 증명함은 산처럼 높고 바다같이 깊다. 사실을 조사함은 책에 있고, 이치를 궁구함은 마음에 있네. 근원이 하나임을 의심하지 말아야 요체의 나루를 찾을 수 있다. 만권의 책을 꿰뚫는 것도 단지 이 가르침 하나뿐이다.

攷古證今 山海崇深 覈實在書 窮理在心 一源勿貳 要津可尋 貫澈萬卷 只此規箴.

추사는 또 자신의 학문 세계를 「실사구시설」이라는 짧은 논문에 담아냈다. 그는 이 글에서 실사구시야말로 학문을 하는 데 있어 가장 중요한 도리라고 강조했다. 학문이 시대에 따라 훈고학이나 성리학으로 구분되어 불리더라도 실사구시하는 방법론만 갖춘다면 문제될 게 없다는 것이 그의 주장이다. 추사는 성리학이 고원한 것만 추구하다가 핵심을 놓치고 있다고 이렇게 비판한다.

진晉·송宋 이후로 학자들은 고원한 일만을 힘쓴다. 공자를 높여 성현의 도가 이렇게 천근하지 않을 것이라며, 바른 길은 버리고 아주 오묘한 곳에서 찾으려 한다. 그래서 허공을 딛고 용마루 위에 올라가 창문의 빛과 다락의 그림자를 가지고 방 아랫목과 집 안의 물 새는 곳을 찾으려 하지만 끝내 보지 못한다.

그러면서 추사는 "성현의 가르침은 몸소 실천하는 데 있으며 공론空論을 숭상하는 데 있지 않다[夫聖賢之道 在于躬行 不尙空論]"고 결론 짓는다. 중국에서 돌아온 그는 우리나라 옛 비문을 조사하기 시작했다. 청나라에서 배운 고증학을 금석문 연구에 적용해보고자 했다. 1816년 7월, 추사는 친구 김경연과 함께 북한산에 올라 신라 진흥왕순수비를 찾아냈다. 이듬해 4월에는 경주를 답사해 무장사비 파편을 발견했다.

추사는 옛 비석을 확인하는 데 그치지 않고 비석을 분석하고 의미를 부여하는 논문을 썼다. 『완당전집』에 실려 있는 「신라진흥왕릉고新羅眞興王陵攷」와 「진흥이비고眞興二碑攷」이다. 북한산 순수비와 황초령비의 비문을 분석한 「진흥이비고」는 글자 판독은 물론 서체, 비석의 형태를 분석하면서 『삼국사기』와 같은 문헌자료를 대조하는 등 연구의 엄밀성을 보였다. 고증학적 방법론으로 쓴 대표적인 논문이라고 하겠다.

추사는 글씨를 쓰고 그림을 그리는 데 그치지 않았다. 어떻게 쓰고, 그릴 것인가를 궁리하고 또 궁리했다. 『완당전집』에 실린 수많은 서론書論과 화론畵論, 그리고 글씨나 그림의 여백에 쓴 제발이 이를 뒷받침한다. 추사의 서예론 역시 중국의 영향을 많이 받았다. 『완당전집』에는 중국 문인들의 서법에 대해 논평한 글이 여러 편 있다. 타인의 글씨를 엄밀히 분석하면서 자신의 서예론을 만들어갔던 것이다. 추사의 서예 철학에서 눈에 띄는 부분은 자연스러움이다.

> 옛사람이 글씨를 쓴 것은 바로 우연히 쓰고 싶어서 쓴 것이다. 글씨 쓸 만한 때는 이를테면 왕희지가 홍을 타고 갔다가 홍이 다하면 돌아오는 그 기분인 것이다. 그것은 글씨 쓰는 일이 하고 싶은 마음을 따랐기 때문이다. 이때에는 붓놀림의 홍취가 조금도 걸릴 것이 없으며 글씨의 맛도 천마天馬가 공중을 나는 것 같다.
>
> 古人作書 最是偶然. 欲書者書候 如王子猷山陰雪棹 乘興而往 興盡而返 所以作止隨意. 興會無少罣礙 書趣亦如天馬行空.

> 법은 사람마다 전수받을 수 있지만 정신과 홍취는 스스로 이룩하는 것이다. 정신을 담아내지 못하면 서법이 아무리 볼 만해도 오래 완상할 게 못된다. 홍취가 없으면 글자체가 아무리 아름다워도 고작 '글자쟁이'라는 소리 밖에 못 듣는다.
>
> 法可以人人傳 精神興會 則人人所自致. 無精神者 書法雖可觀 不能耐久索翫. 無興會者 字體雖佳 僅稱字匠.

추사는 붓 하나 고르는 데도 까다로웠다. “글씨를 잘 쓰는 이는 붓을 가리지 않는다[善書者不擇筆]”라는 속담은 추사에게 해당되지 않았다. 조선에서 족제비털로 만든 황모필黃毛筆이 최고급 붓으로 여겨졌지만, 추사는 “살짝 거칠고 미끄러운 흠이 있다”며 불만족을 드러냈다.

어떠한 철학과 이론만 가지고서는 한 분야의 대가가 되기 어렵다. 개인의 노력은 기본 중에 기본이다. 추사체의 탄생은 철학의 소산이 아니라, 오랜 연습과 수련에서 나왔다. 추사는 친구 권돈인에게 보낸 편지에서 “70년 동안 벼루 10개나 구멍 냈고, 붓 일천 자루를 몽당붓으로 만들었다[七十年 磨穿十硏 禿盡千毫]”고 토로했다.

민족문화추진회에서 펴낸 국역본 『완당전집』은 모두 3권이다. 이 가운데 1·2권이 산문이다. 산문에서 서화론을 빼면, 대부분 ‘서독書牘’으로 분류되는 편지글이다. 편지라고 해서 안부를 주고받는 일상의 서한으로 보면 곤란하다. 백파 선사에게 보낸 편지는 불꽃 튀는 참선 논쟁이며, 권돈인이나 흥선대원군에게 주는 글은 수준 높은 예술 논문이다. 다산 정약용에게 보낸 편지에서는 장사 지내는 예절에 대한 견해를 밝히고 있다.

슬프도록
아름다운 시

다방면에 재능이 많았던 추사 김정희는 뛰어난 시인이었다. 추사가 타계하고 10여 년이 지나 한시의 초고들을 모아 『담연재시집』이 간행됐다. 문인 신석희는 서문에서 “추사는 본디 시문詩文의 대가였으나 글씨를 잘 쓴다는 명성이 천하에 떨치게 됨으로써 그것이 가려지게 되었다”고 안타까워했다.

세 권으로 된 『완당전집』의 제3권이 시집이다. 일반적으로 문집을 편찬할 때 시를 앞세우는데, 추사의 경우는 뒤에 실었다. 시가 덜 중요하다기보다는 추사 학문의 핵심을 산문으로 본 것 같다. 추사의 한시에는 연경에 다녀오면서 지은 연행시도 있고, 제주의 풍광을 읊은 시도 있다. 만년에 과천에 살면서 읊조린 작품도 있다. 시기별로 수록된 것도 아니요, 주제별로 편집한 것도 아니다. 수록 기준을 파악할 수 없을 정도로 뒤죽박죽이다. 흩어져 있는 시들을 모으다 보니 그랬을 것이라는 짐작을 해본다.

추사의 한시 가운데 사적을 노래한 서사시敍事詩는 고사성어와 같은 용사用事가 많아 이해하기 어렵다. 산해관의 만리장성이 지나가는 각산角山의 정상에 올라 쓴 장시長詩가 대표적이다. 자연의 경치나 일상을 노래한 서정시는 짧고 쉬우면서도 아름답다. 유배지 제주에서 쓴 시들이 그러한데, 그 가운데 「수선화」라는 시를 보자.

한 점의 겨울 마음 송이송이 둥글어라	一點冬心朶朶圓
그윽하고 담담하고 냉철하고 빼어났네	品於幽澹冷雋邊
매화 고상하다지만 섬돌 오를 수준인데	梅高猶未離庭砌
맑은 물의 수선화는 해탈한 신선 같구려	淸水眞看解脫仙

그런가 하면 노년의 과천 생활을 읊은 「과천의 시골집[果寓村舍]」에서는 인생을 관조하는 원숙미가 드러난다.

고을 서쪽 가난한 여인 병을 끼고 사노라니	寒女縣西擁病居
밤을 새는 시내 소리 몹시도 맑고 허허롭네	溪聲徹夜甚淸虛
다리 앞 한길 가의 소와 조랑말 여위었어도	羸牛劣馬橋前路
그림 같이 펼쳐진 푸른 들은 그들 차지라네	畫料蒼茫也屬渠

추사의 많은 한시 가운데 가장 유명한 시는 부인의 죽음을 애도한 시 「도망悼亡」일 것이다. 제주 유배 생활 중에 부인 예안이씨가 세상을 떴다는 소식을 듣고 복받치는 감정을 주체하지 못하고 쓴 시다. 추사의 진솔한 감정이 잘 드러나 추사 사후에도 많은 사람들이 기억했다고 한다. 그런데 어찌된 영문인지, 이 시가 1934년 영생당永生堂에서 나온 『완당선생전집』에는 들어 있지 않았다. 문집을 번역하다 이 사실을 발견한 신호열 선생은 국역 『완당전집』을 내면서 「도망」을 번역해 넣고 원문도 재편집해 수록했다. 자칫 기억 속에서 사라질 뻔한 추사의 명편이 귀 밝은 한 학자의 노력으로 영원히 전해질 수 있게 됐다. 마지막으로 신호열 선생이 옮긴 추사의 「도망」을 읽어본다.

어찌하면 월하노인 시켜 저승에 호소하여	那將月姥訟冥司
내세에는 그대와 나 자리 바꿔 태어날까?	來世夫妻易地爲
나 죽고 그대는 천리 밖에 산다면	我死君生千里外
이 마음 이 슬픔을 그대가 알 터인데	使君知我此心悲

통념을 배격하라, 조선 사상계의 이단아

심대윤의 『심대윤전집』

『심대윤전집(沈大允全集)』

심대윤의 경학과 문학·역사에 관한 저술을 두루 모은 책이다. 1980년대 말 성균관대학교 대동문화연구원이 『한국경학자료집성』을 편찬하면서 심대윤의 경학 저술이 발굴된 이후 그의 저작을 발굴해 모은 것을 영인해 발간했다. 「대학고정」·「시경집전변정」·「서경집전변정」·「춘추사전속전」·「복리전서」 등 경학자료 44권, 「동사」(6권) 「전사」(58권) 등의 역사서, 「백운시초」(3권)와 「한중수필」(2권) 등 문집류로 20여 종 120여 권에 달한다. 이(利)를 긍정하고 만인의 복리를 강조한 실학사상이 잘 드러나 있다.

심대윤(沈大允, 1806~1872)

19세기를 대변하는 실학사상가. 자는 진경(晉卿), 호는 백운(白雲)이다. 소론의 명문가이지만 증조부 심악이 당화로 억울하게 처형을 당한 이후 폐족이 됐다. 평생 경기도 안성에 살면서 생존을 위해 수공업에 종사하고 약국도 경영하면서 학문 연구에 주력했다. 그의 학문은 당시로서는 드물게 인간의 욕망과 이익 추구를 옹호하고 공공성을 강조한 게 특징이다. 그의 사상은 당대에는 주목을 받지 못한 채 사장되었지만, 2005년 『심대윤전집』이 발간되면서 새롭게 주목받는 학자이다.

19세기
한 실학자의 발견

2015년 봄날이었다. 성균관대학교 대동문화연구원의 함영대 책임연구원에게서 전화를 받았다. 백운 심대윤을 조명한 연구서 『19세기 한 실학자의 발견: 사상사의 이단아 백운 심대윤』이 출간돼 언론사에 홍보를 하려 한다며, 조언을 부탁한다고 했다. 전화 너머로 들려오는 함영대 박사의 목소리에는 기대감이 충만해 있었다.

나는 좋은 책을 알리고 싶은 그의 의욕에 십분 공감했다. 심대윤은 '19세기 사상의 이단아'로 끝나지 않고, 21세기 우리의 현실에 많은 시사를 주는 사상가이자 작가이기 때문이다. 나 역시 많은 언론에서 심대윤을 대대적으로 다뤄줬으면 하고 바랐다. 그러면서도 마음 한켠에 심대윤이라는 조선의 낯선 문인을 주목하는 언론이 얼마나 될까 하는 우려도 없지 않았다.

그 후로 3개월이 지났다. 우려는 기우가 아닌 현실이었다. 심대윤을 주목한 일간 언론사는 없었다. 뉴스포털사이트에 검색해보니, 『19세기 한 실학자의 발견』을 소개한 기사는 『교수신문』이 단신으로 보도한 게 유일했다. 한 사람의 생각이나 사상이 시대의 주목을 받기란 이토록 어렵다. 그러나 개성적인 저술, 실천적인 사상은 언젠가는 빛을 보게 된다.

심대윤은 쉽사리 묻히거나 잊힐 학자가 아니다. 심대윤이 세상을 뜬 지 150년이 다 되어가지만, 그에 대한 조명은 이제야 시작되고 있다. 늦었지만, 안타까워할 필요가 없다. 이제부터 시작하면 된다. 지금은 조선의 최고 학자로 떠받들어지고 있는 다산 정약용도 학계와 언론의 조명을 받기 시작한 것은 그의 사후 100년이 다 되어서부터다.

노동하는 양반

주경야독이라는 익숙한 단어는 생업과 독서를 함께 병행한다는 말이지만, 실제 조선의 신분제 사회에서 양반이 생업에 종사했던 일은 매우 드물다. 이황이나 정약용 같은 저명한 학자가 쟁기나 괭이를 잡았다는 기록은 찾아볼 수 없다.

이항복은 『백사집』에서 율곡 이이가 대장간에서 풀무질을 하며 호미를 만들어 파는 일로 생계를 도모했고, 모재 김안국이 벼이삭 하나도 흘리지 말라며 꼼꼼하게 농사를 감독했다는 일화를 전하고 있다.

물론 양반도 폐족이 됐거나 몰락했을 때는 어쩔 수 없이 생업에 뛰어들었을 것이다. 그러나 이를 자랑스럽게 여기며 기록으로 남긴 일은 극히 드물다. 양반이 자신의 노동에 대해 언급하는 일은 거의 없다고 봐야 할 것이다.

이런 조선의 실정에서 생원 시험에 합격해 성균관 유생으로 대과 공부를 하던 잠곡 김육이 10년 동안 가평 잠곡에 내려가 농사를 지으며 숯을 팔아 생계를 유지한 일은 특기할 만하다. 김육은 잠곡에서 들었던 인물·정치 일화를 『잠곡필담』에 담았다. 그러나 실제 농사짓는 이야기는 거의 쓰지 않았다.

심대윤은 양반의 신분으로 현장에 뛰어들어 노동하며 그것을 기록으로 남겼다. 이채로운 일이다. 심대윤의 고조부는 영의정을 역임한 심수현이고, 증조부는 부제학을 지낸 심악이다. 이런 명문 사대부 가문의 후손이 노동에 종사하게 된 것은 그의 대에 이르러 폐족으로 전락했기 때문이다. 심대윤 집안은 심악이 1755년 을해옥사로 반역자라는 죄명을 쓰고 죽임을 당하면서 몰락하기 시작했다. 심대윤 일가가 안성에 자리를 잡은 데에는 이러한 사연이 있다.

중요한 사실은 그가 안성에서 동생들과 함께 목반(밥상)을 만드는 공방을 운영했다는 점이다. 심대윤은 40세에 쓴 「치목반기治木盤記」에서 "재물이 없어 장사를 할 수 없고, 토지가 없어 농사를 지을 수 없어" 목반 만드는 일에 뛰어들었다고 경위를 밝혔다. 그런데 심대윤은 이 일을 부끄러워하지 않고 오히려 일과 공부를 병행할 수 있는 직종이라며 동생들에게 자부심을 가져도 좋다고 격려했다.

> 목반을 만드는 일은 천한 일이긴 하지만 실내에서 작업하기 때문에 남에게 관여되는 바 없으며, 농사일이나 장사치처럼 뙤약볕에서 땀을 흘리거나 장터에서 분주히 이익을 노리는 것과 비교하면 훨씬 낫지 않느냐?

심대윤은 생계를 위해 어쩔 수 없이 선택한 일이었다고 하면서도, 당시 천대받던 공업이나 상업을 높이 평가하고 있다. 그는 "무릇 일이란 크고 작고 간에 스스로 힘을 다하여 그 공으로 먹게 되는 것이 귀함은 마찬가지이다"라며 육체노동에 가치를 부여하고 있다. 더 나아가 심대윤은 "육체는 수고롭지만 마음이 한가롭고 수고로움이 적으니 문득 경사經史를 토론하여 정미한 뜻을 강구할 수 있다"고 하여 목반을 만드는 가운데 틈틈이 독서와 경전 연구에 힘을 쏟았음을 밝히고 있다.

이욕에 대한 긍정

심대윤은 「유하원에게 보낸 편지[與柳君夏元書]」에서 자신이 이미 20대부터 생계를 위해 장사를 했다고 털어놓고 있다. 그는 편지에 "남의 집에 우거하며, 밥을 얻어먹고 단맛 쓴맛을 골고루 맛보며 장사꾼의 무리에 끼어서 이익을 다투게 되었다"라고 썼다.

그의 생활은 서당이나 성균관에서 책을 끼고 과거 준비를 하는 동시대의 양반 자제들과는 달랐다. 그는 낮에는 공방을 운영하고 장사를 하며 생계를 꾸리고 밤에는 경전과 역사서를 읽었다. 전형적인 주경야독, 아니 고통스러운 주경야독이었다.

심대윤의 공부는 넓고 깊었다. 『심대윤전집』에 실린 그의 글은 『백운문초』와 『남정록』과 같은 문집류, 『논어』·『시경집전변정』 등 경학류, 『동사』 등 역사류 등 문사철 전반에 걸쳐 있다. 현재까지 파악된 심대윤의 저술은 모두 120여 권을 헤아린다. 호한한 저작은 동시대의 정약용이나 최한기에 비견된다. 게다가 심대윤의 모든 저작은 간행되지 못하고 필사본으로 전해내려와, 앞으로도 더 발굴될 가능성이 있다.

풍부한 저작 못지않게 주목해야 할 것은 그의 독특한 사상이다. 심대윤의 사유를 한마디로 말한다면 복리福利사상이다. 그에 따르면 인간은 이익을 좇는 동물이다.

> 이익이 선善이고, 선이 이익이다.
>
> 욕심·이익·명예욕이 없으면 사람이 아니다.

심대윤에게 욕망은 인간을 규정하는 기본 조건이다. 욕망은 억제되어서도 터부시되어서도 안 된다. 욕망에 대한 긍정은 "천리를 보존하며 인욕을 막는다[存天理遏人慾]"는 기존 성리학의 세계관과 상충된다. 그러나 개인의 무한 욕망을 긍정하지는 않았다. 그는 욕망을 좇되 "남과 더불어 이로움을 추구할 때[與人同利]" 선이 된다고 했다. 이것이 복리사상의 요체다.

이러한 복리사상은 그의 교육관과 결혼관에도 반영되었다. 심대윤은 교육에서 신분의 귀천을 따지지 말 것을 강조했다. 심지어는 태자를 태학에 입학시켜 일반 학생들과 함께 교육시키자고 주장했다. 행복한 결혼을 위해 신랑 신부에게 3개월간 관찰 기간을 둔 뒤 합방하게 하는 '숙의' 결혼제도를 제안하는가 하면, 부득이한 경우에는 이혼을 인정하자며, 이혼을 법제화할 것을 건의하기도 했다.

심대윤의 복리사상은 성리학에서 타기시해왔던 이욕利欲을 긍정했다는 점에서 영국 철학의 공리주의와 유사한 점이 있다. 그러나 서양의 공리주의가 자본주의의 발전과 함께 경제적 자유주의로 나아간 데 반해 복리사상은 조선 사회에 아무런 영향을 주지 못했다. 아웃사이더 학자의 이단아적인 사상을 누구도 주목하지 않았기 때문이다. 그러나 삶의 체험 현장에서 노동을 통해 형성된 심대윤의 사상은 오늘날에 비추어 봐도 유효한 점이 적지 않다.

다르게 생각하기

심대윤의 다른 삶은 다른 생각을 낳았다. 학계에서는 그를 '조선 사상사의 이단아'로 규정하고 있다. 그의 글은 관습을 거부하고 통념을 배격한다. 그의 사유와 연구는 이론이나 추상의 산물이 아니라 삶의 현장, 노동하는 과정에서 형성되었다고 할 수 있다. 『백운집』에 실린 글을 찬찬히 읽어보면 하나하나가 예사롭지 않다는 것을 발견하게 된다.

심대윤의 독창적인 글쓰기는 기본을 충실히 따르는 데서 나온다. 그는 「양한문 비평 뒤에 쓰다[兩漢文批評後題]」라는 글에서 이렇게 말했다.

> 글이 간결하면서도 뜻이 깊고 단어는 적게 쓰고 담긴 말은 많으며 진술한 바는 요긴하면서도 비유한 바는 분명하고 통달한 것이 잘 짓는 솜씨의 글이다.

심대윤은 이와 함께 쓰지 않아야 할 말 12가지를 열거하고 있다. 그것은 진부한 말[陳言], 거친 말[荒言], 중첩되는 말[複言], 두서가 없는 말[亂言], 이해되지 않는 말[隱言], 법도에 얽매여 자유롭지 못한 말[劣言], 비루하고 속된 말[俗言], 유약한 말[穉言], 자질구레한 말[瑣言], 시의에 맞지 않은 말[浪言], 이치에 맞지 않은 말[妄言], 줏대가 없는 말[湯言]이다.

이 가운데 진부한 말을 쓰지 않겠다는 다짐은 그의 독창적 글쓰기로 연결되어 나타난다. 그는 누구나 굳게 믿는 상식이나 개념을 의심하고 전복시킨다. 『백운집』에 실려 있는 「변학辯學」·「붕당론」·「선악일본론善惡一本論」·「안빈론安貧論」 등의 논변문은 대부분 기본 통설에 대한 반박으로 채워져 있다. 예컨대 안빈은 흔히 가난을 편하게 여긴다로 해석되지만, 그는 여기에 그치지 않고 부귀를 잘 구하기 위한 방편이라고 해석한다. 왜 그러한가? 군자란 가난 속에서 자신의 역량이 갖춰지기를 힘쓰는 사람이어서 가난을 견딘다는 것 자체가 부귀로 나아가는 길이라는 의미다.

평생을 가난 속에서 살았던 심대윤은 체계적으로 공부한 것도 아니요, 뚜렷한 스승을 만나지도 못했다. 그러나 글은 평범하지 않다. 사상은 통념을 거부한다. 그의 독창적인 사상과 논리는 어디에서 유래한 것일까. 심대윤의 저작을 발굴해 『심대윤전집』을 편찬하고, 문집 『백운집』 번역을 이끌었던 임형택 교수는 3가지로 요약했다.

첫째는 남다른 인생 체험이다. 심대윤은 "우환 속에서 태어나 곤궁한 가운데서 자랐기 때문에 자못 세상사에 생각이 깊었으므로, 일찍부터 고심적려苦心積慮하여 사물의 실정에 대한 견해가 있었다"고 밝혔다. 천시받던 상업과 공업에 종사했던 체험적 식견이 학문적인 논리에 녹아들었다는 것이다.

둘째는 심대윤이 처한 19세기 조선의 사상적 위기가 그를 각성시켰다는 것이다. 심대윤의 경학사상은 밀려드는 천주학에 대한 학문적 대응이었고, 그의 복리사상은 정신적 · 물질적으로 피폐해진 민중을 위무하는 행복 철학이었다.

셋째는 심대윤의 사상이 양명학에서 연원한다는 점이다. 심대윤의 증조 심악과 백증조 심육은 모두 양명학자 정제두의 문인이었다. 이러한 흐름이 가학으로 전승되었을 것이라는 게 임형택 교수의 진단이다. 임형택 교수는 심대윤의 학문이 조선 양명학의 계보에 뿌리가 있다며, 심대윤을 양명학 좌파로 분류했다.

심대윤은 1995년 『한국경학자료집성』에 그의 경학 저술이 실리면서 학계에 알려졌다. 이후 2005년 『심대윤전집』(3책)이 편찬되고, 2015년에 문집 번역본 『백운 심대윤의 백운집』이 나오면서 본격 조명받고 있다. 그간 박사학위 논문을 비롯해 연구 성과가 차곡차곡 축적되고 있다.

그러나 생애와 학문적 사승관계 등 규명되지 않은 부분도 적지 않다. 학계는 일단 실학자로 분류하고 있으나 그의 학문적 좌표를 어디에 설정해야 할지도 의견이 분분하다. 심대윤을 학문적 · 대중적으로 알리는 데 있어 번역은 특히 중요하다. 『백운집』 출간에 이어 『심대윤 전집』에 포함된 경학 자료, 역사 저술 등의 후속 번역 작업이 계속되기를 기대한다.

4부

부조리한 세상에 당당히 저항한 문장가들

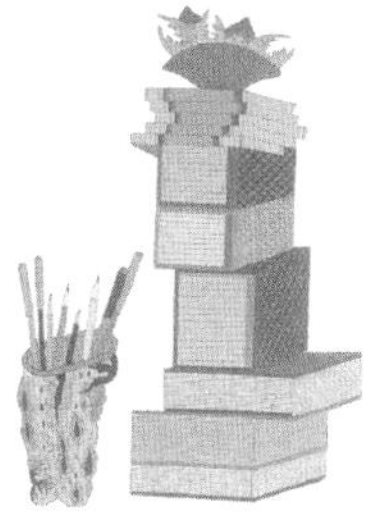

『육선생유고(六先生遺稿)』

3권 3책의 목판본으로, 박팽년의 7대손 박숭고(朴崇古)가 사육신의 유문을 모아 편집하고, 충청도관찰사 이경억이 1658년에 간행했다. 『박선생유고』는 박팽년의 문집으로 시 29수, 「팔가시선서」 등 서문 25편, 「비해당기」 등 기문 6편 등이 실려 있다. 『성선생유고』는 성삼문의 문집으로, 신익성과 윤유후의 발문이 있다. 시 93수와 「매죽헌부」 등 산문이 묶였다. 이개의 문집인 『이선생유고』는 이개의 문집으로, 시 23수와 산문 4편이 있다. 하위지의 유고집 『하선생유고』는 시 8수와 산문 2편이, 유성원의 『유선생유고』는 산문 3편과 「송별」이라는 시 1수, 유응부의 『유선생유고』는 시 1수가 전부다. 사육신의 유일한 시문집이다.

박팽년(朴彭年, 1417~1456)

자는 인수(仁叟), 호는 취금헌(醉琴軒), 본관은 순천이다. 집현전 학사였고 시호는 충정(忠正)이다.

성삼문(成三問, 1418~1456)

자는 근보(謹甫), 호는 매죽헌(梅竹軒), 본관은 창녕이다. 집현전 학사였으며 시호는 문충(文忠)이다.

이개(李塏, 1417~1456)

자는 청보(淸甫)·사고(士高), 호는 백옥헌(白玉軒)이고, 본관은 한산이다. 집현전 학사였고 시호는 충간(忠簡)이다.

하위지(河緯地, 1412~1456)

자는 천장(天章)·중장(仲章), 호는 단계(丹溪)·적촌(赤村)이고 본관은 진주다. 집현전 학사였고 시호는 충렬(忠烈)이다.

유성원(柳誠源, ?~1456)

자는 태초(太初), 호는 낭간(琅玕), 본관은 문화(文化)다. 집현전 학사였고 시호는 절의(節義)다.

유응부(兪應孚, ?~1456)

무신으로, 자는 신지(信之), 호는 벽량(碧梁), 본관은 기계(杞溪)다. 시호는 충목(忠穆)이다.

남효온의 「육신전」

1453년 10월, 수양대군은 단종을 보필하는 황보인 · 김종서 등을 제거하고 조정의 실권을 잡았다. 이른바 계유정난이다. 그러나 왕위에 오르기까지 2년의 시간이 걸렸다. 1455년 6월, 수양대군의 추종 세력인 정인지 · 신숙주 등은 수양대군을 왕으로 추대하고 단종을 왕위에서 물러나게 했다.

집현전 학사 출신인 성삼문 · 박팽년 · 하위지 · 이개 · 유성원 등은 수양대군의 쿠데타를 받아들일 수 없었다. 세종 · 문종을 받들었던 이들에게 수양대군의 쿠데타는 선왕들에 대한 도전이었다. 이들은 병자년인 1456년 6월 초하루 명나라 사신을 초대한 연회를 기회로 단종 복위에 나서기로 했다. 거사에는 무관인 유응부 · 성승 · 박쟁도 동참했다. 그러나 모의에 참여했던 김질이 배반하면서 거사 계획은 실패로 끝이 났다. 단종 복위를 도모했던 문신과 무신들은 참혹한 죽임을 당했다.

단종 복위운동, 곧 병자사화는 세조 때는 물론이거니와 이후에도 줄곧 금기사항이었다. 입에서 입으로 조심스레 전해오던 병자년의 참화를 증언한 이는 추강 남효온(1454~1492)이었다. 그는 「육신전」을 통해 단종 복위 거사를 주도한 6명의 신하의 충절을 기리고, 세조의 포악상을 고발했다.

남효온은 「육신전」에서 온갖 고문을 감수하면서 절의를 지킨 신하들의 충정을 사실적으로 그려냈다. 단종의 왕위 찬탈에 앞장선 불의한 신하들과 단종 복위운동을 밀고한 배신자들의 행적을 「육신전」안에 배치하여 충절과 불의, 충신과 역적을 대비시켰다. 「육신전」의 여섯 신하는 훗날 사육신으로 불리는 박팽년 · 성삼문 · 이개 · 하위지 · 유성원 · 유응부이다. 그리고 사육신은 '역사 속에서 절의를 지킨 신하'의 아이콘이 되었다. 「육신전」은 남효온의 문집 『추강집』에 실려 전한다.

단종 복위운동이 일어났을 때, 남효온은 세 살에 불과했다. 이 때문에 「육신전」의 신뢰성에 의문을 제기하는 사람도 있다. 그러나 남효온은 당시 의금부 관리였던 장인 윤훈에게서 복위 거사에 대한 이야기를 들었을 뿐 아니라 김시습·권절과 같은 선배들에게서 사육신 비화를 전해 들었을 가능성이 높다. 이 때문에 남효온은 직접 목격하지 못했을지라도 사육신의 진실을 담아낼 수 있었다. 남효온은 「육신전」 말미에 이렇게 썼다.

> 누군들 신하가 되지 않겠는가마는 육신六臣의 신하 노릇은 지극하다. 누군들 죽음이 있지 않겠는가마는 육신의 죽음은 참으로 장대하다. 살아서는 임금을 사랑하여 신하 된 도리를 다하였고, 죽어서는 임금에게 충성하여 신하 된 절개를 세웠다. 그들의 분노는 태양을 꿰뚫었고 의기는 추상보다 늠름했다. 이로써 백세 뒤에 신하들은 한 마음으로 임금 섬기는 의리를 알아 절의를 천금처럼 여기고 목숨을 터럭처럼 여김으로써 인仁을 이루고 의義를 취하게 하였다. 군자가 말한다. "은나라의 삼인三仁(미자·기자·비간)과 동방의 육신은 행적은 달랐으나 도리는 마찬가지이다."

단종 복위 거사에 참여한 사람은 사육신 말고도 여러 명이 더 있었다. 이 때문에 뒷날 사육신이 누구인가를 놓고 논란이 일기도 했다. 여섯 명의 신하와 마찬가지로 절조를 지키며 죽어간 사람들이 많았기 때문이다. 여기에서 남효온이 왜 6명의 신하만을 입전했는가 하는 의문이 제기된다. 이에 대해서는 『신오대사新五代史』에 실린 「당육신전唐六臣傳」의 영향일 것이라는 해석이 많다. 「당육신전」에는 당나라 애제 때 백마白馬의 화禍에서 숨진 수백 명 가운데 6명만이 올라 있다. 남효온은 단종 복위운동으로 희생된 신하들을 생각하면서 백마의 화를 떠올렸고, 「당육신전」처럼 여섯 신하를 기록으로 남겼을 가능성이 높다.

「육신전」에서 『육선생유고』로

단종 복위운동의 핵심 세력은 집현전 학사들이다. 박팽년 · 성삼문 · 이개 · 하위지 · 유성원은 학술과 문장에서 뛰어난 엘리트 학자들이었다. 참화를 입을 당시의 나이는 박팽년 · 이개 · 하위지가 39세, 성삼문이 38세, 유성원은 30세였다. 집현전 학사는 아니었지만, 무관 유응부 역시 30대였다.

사육신은 모두 40세 전에 참화를 당했다. 젊은 나이에 세상을 떴으니, 남아 있는 시문이 많지 않다. 그러나 당시 집현전 학사는 당대 최고의 문인 그룹이었다. 사육신보다 한 세대 뒤에 활동했던 성현成俔은 『용재총화慵齋叢話』에서 이들의 문장을 이렇게 평했다.

> 성삼문은 문장이 큰 물결 같아 호방하고 거침이 없으나 시는 부족했다. 하위지는 대책문과 상소문에 뛰어났으나 시를 알지 못했다. 유성원은 타고난 재주로 숙성했지만 본 것이 넓지 않았다. 이개는 맑고 빼어난 재주가 우뚝하게 피어났고 시 또한 빼어났다. 그러나 동료들은 다 박팽년을 추대하여 시문 모두에서 크게 이루었다고 하면서 그의 경술經術과 문장, 필법이 좋다고 말했다. 그러나 모두들 죽음을 당하여 그 저술한 바가 세상에 드러나지 못했다.

사육신이 쓴 시문의 일부는 성종 때 편찬된 『동문선』에 전한다. 우리나라 대표 문선에 실릴 정도로 작품성이 뛰어나다는 뜻이다. 남효온의 「육신전」에도 한두 편씩 실려 있다. 다행히 박팽년과 성삼문의 유고는 집안에서 문중 문고로 간행됐다. 이처럼 흩어진 사육신의 시문을 한데 모은 것은 200년의 세월이 흐른 뒤였다.

박팽년의 7대손인 박숭고朴崇古는 박팽년의 『평양일고平陽逸稿』와 성삼문의 『성선생유고』에 하위지 등 4명의 유고를 수습했다. 또 사적을 뒤져 사육신의 언행과 자취를 모았다. 박숭고는 하위지 등의 시문은 조흡趙潝의 기록에서 구했다고 밝혔다. 이렇게 모은 유고는 1658년 『육선생유고』라는 이름으로 간행됐다.

문집의 부록에는 『용재총화』·『패관잡기』와 남효온의 「육신전」에서 뽑은 사육신의 행적, 그리고 신흠과 김상헌이 쓴 발문이 실렸다. 신흠은 발문에서 "사육신의 참화가 있은 지 100여 년이 지난 지금도 사람들이 감히 입을 열어 그 일을 논하지 못하는데 유일하게 처사 남효온이 초라한 몇 치의 붓으로 끊어지려는 의기를 겨우 부지했다"라고 썼다.

김상헌은 이어 "박팽년에게 박숭고라는 후손이 있어 흩어진 선조의 글을 모으면서 함께 다섯 신하의 원고도 구하여 합쳐서 한 책으로 만들었다"고 했다. 「육신전」이 『육선생유고』로 이어졌다는 사실을 밝힌 것이다.

사육신과
안평대군의 교유

「육신전」은 사육신의 충의를 기록한 전기이다. 세조의 불의에 맞서는 집현전 학사들의 충분을 드러내기 위해 남효온은 사육신의 죽음을 부각해 묘사하고 있다. 특히 혹독한 고문 장면이나 사육신의 굽히지 않는 기개에 대한 기록은 소름끼칠 정도로 사실적이다. 먼저 박팽년에 대한 심문 장면을 보자.

> 임금(세조)이 그의 재주를 아끼어 몰래 타이르기를 "네가 나에게 귀순하여 처음의 계획을 숨기면 살려주겠다"라 하니 팽년이 웃으며 대답을 하지 않고 임금을 일컬어 반드시 '나으리'라고 하였다. 임금이 그의 입을 틀어막게 하고 이르기를 "네가 이미 나에게 신하라 칭했으니 지금 비록 신하라 칭하지 않는다 해도 아무런 이익이 없다"라 하자, 답하기를 "나는 상왕上王(단종)의 신하인데 어찌 나으리의 신하가 되겠소. 일찍이 충청감사가 되어 일 년 동안 장계狀啓에 신하라 칭한 적이 없었소"라 했다. 사람을 시켜 그 장계의 조목을 조사했더니 과연 신臣 자字가 하나도 없었다.

유응부에 대한 기록에서는 무인의 기개가 넘친다. 자백을 받아내기 위해 고문을 가하는 세조와 이에 맞서는 유응부의 기싸움은 소름이 돋을 정도로 섬뜩하다.

> 임금(세조)이 더욱 노하여 불에 달군 쇠를 배 아래에 놓아두기를 명령했다. 기름과 불이 함께 지글거렸으나 낯빛이 변하지 않았다. 유응부가 천천히 쇠가 식기를 기다렸다 쇠를 집어 땅에 던지며 말하기를 "이 쇠가 식었으니 다시 달구어 오라" 하고, 끝내 죄상을 인정하지 않고 죽었다.

「육신전」이 여섯 신하의 최후에 초점을 맞췄다면, 『육선생유고』는 여섯 선비의 삶에 대한 기록이다. 집현전 학사들과 주고받은 한시, 문집에 쓴 서문과 발문이 주를 이룬다. 여섯 신하의 글 가운데 박팽년과 성삼문의 글이 가장 많은 양을 차지한다. 문집이 남아 있었기 때문이다.

박팽년과 성삼문은 집현전 학사들 가운데서도 특별히 가까웠다. 「육신전」에는 수양대군이 왕위에 올랐을 때, 박팽년이 경회루 연못에 빠져 죽으려 했으나 성삼문의 만류로 생각을 바꿨다는 내용이 보인다. 뒷날 단종 복위 거사도 두 사람이 주도했다.

성삼문은 훈민정음 창제에 주도적인 역할을 했다. 명나라 학자 황찬에게 음운학을 배우기 위해 중국을 10회 이상 왕래했다고 한다. 『육선생유고』에는 박팽년이 명나라로 가는 성삼문에게 준 한시 「연경으로 가는 성 어사를 전송하다[送成御史赴京]」가 보인다. 여기서 성 어사는 성삼문을 말한다.

젊은 날 중국에 유학하다니	少年游上國
천지사방이 일가를 이뤘구려	六合一家時
압록강 물결 맑고도 고요하며	鴨水波瀾靜
연산에 뜬 해와 달은 밝으리	燕山日月熙
천리마 탄 위엄 경외스럽고	乘驄威可畏
말 달리는 기분 끝이 없겠네	鞭馹興無涯
중국 풍광은 원래 좋은 곳이니	景物從來勝
금주머니 담긴 시는 얼마런가	囊中幾首詩

박팽년은 아버지 박중림을 비롯해 아우 인년引年·기년耆年·대년大年 등 5부자가 모두 집현전 학사 출신이다. 아우들에게 준 이별 시가 문집에 남아 있는 것으로 보아 우애가 돈독했던 것 같다. 다음은 「아우 인년·기년·대년과 이별하면서 주다[與弟引年耆年大年別]」라는 시다.

우리 집안 쌓아온 덕 누구도 따를 이 없건만	吾宗積德世無倫
이른 나이에 얻은 허명 부끄럽구나	愧我虛名早歲新
수업할 당시에는 아우 셋이 있었지	鍊業當時有三弟
언제나 입신하여 어버이 위로할까	立身何日慰雙親

팽년 · 인년 · 기년 · 대년 등 형제들의 이름은 모두 오래 장수하라는 뜻이다. 아버지 박중림이 지어준 듯하다. 그런데 이름에 담은 소망과 달리 사육신 참화 때 박팽년뿐 아니라 아버지와 세 아우가 모두 참형을 당했다.

성현은 성삼문의 시가 좀 떨어진다고 평했지만, 『육선생유고』에 실린 100여 수의 시는 그의 시재詩才가 만만치 않음을 보여준다. 그중에는 비해당匪懈堂의 풍광을 48수의 시로 읊은 「비해당사십팔영匪懈堂四十八詠」도 들어 있다. 비해당은 인왕산 자락에 있던 안평대군의 거처이다. 안평대군은 비해당의 경치를 48수의 시로 노래하고 교유하는 사람들에게 차운해 시를 짓게 했다. 이때 참여한 최항 · 신숙주 · 서거정 등 당대 최고 문인의 대열에 성삼문도 당당히 이름을 올렸던 것이다.

『육선생유고』에는 「비해당 사십팔영」처럼 안평대군을 기리며 쓴 시문이 적지 않다. 박팽년의 「몽유도원도의 서문」 · 「비해당기」 · 「비해당에게 답한 편지」와 성삼문의 시 「비해당의 몽유도원도 뒤에 쓰다」 · 「무계수창시에 차운하다」, 이개의 산문 「무계정사기」 등이다. 안평대군과 집현전 학사들의 교유가 그만큼 깊었다는 의미다. 안평대군은 사육신에 앞서 희생됐다. 수양대군에게 반역죄로 몰려 강화도로 유배됐다가 사사됐다.

『육선생유고』가 여섯 사람의 문집이라고 하지만 박팽년과 성삼문의 글이 대부분이다. 4명의 시문은 그들의 참화로 거의 멸실되었기 때문이다. 유성원과 유응부의 글은 특히 적어 사육신 문집이라고 이름 붙이기가 무색하다. 유성원은 시 2수, 산문 2편이고 유응부는 절구시 하나뿐이다.

유성원은 30이라는 젊은 나이에 희생됐고, 유응부는 무관이어서 써놓은 시문이 적었기 때문으로 추정된다. 글의 편수는 적지만, 그들의 시 속에 담긴 기상은 수백 편의 한시를 모은 것보다 낫다. 차례로 유성원과 유응부의 시를 감상해보자.

장백산은 바다를 끌어당겨 마천령에 이르고
흑룡강은 땅을 가로질러 두만강에 닿았더라
여기는 이후가 말을 달리는 곳
오랑캐 스스로 항복하는 것을 실컷 보리라

白山控海磨天嶺
黑水橫坤豆滿江
此是李侯飛騎處
剩看胡虜自來降

- 유성원의 「송별送別」

장군이 부절을 쥐고 변방 오랑캐 진압하니
북쪽 변방에 전쟁 사라져 사졸들 졸고 있네
준마 오천 마리는 버드나무 아래에서 울고
좋은 매 삼백 마리는 누대 앞에 앉았더라

將軍持節鎭夷邊
紫塞無塵士卒眠
駿馬五千嘶柳下
良鷹三百坐樓前

- 유응부의 「절구絶句」

부조리한 세상에 저항하는 방외인의 방랑

김시습의 『매월당집』

『매월당집(梅月堂集)』

매월당집은 조선 중종 이후 꾸준히 간행됐다. 금속활자본·목판본 등 여러 판본이 나왔다. 가장 최근 간행된 것은 1927년 간행된 신활자본이다. 김시습의 시문이 조선 시대 내내 읽혔다는 증거다. 『매월당집』은 모두 23권으로 이 중 15권이 시이다. 시 가운데 가장 유명한 것은 사유록(四遊錄), 즉 「유관서록」·「유관동록」·「유호남록」·「유금오록」과 같은 기행시이다. 산문은 유가사상을 펼치거나 현실을 비판한 논설이 많다. 1973년 성균관대학교 대동문화연구원이 김시습의 흩어진 원고를 모아 『매월당전집』을 영인해 간행했다. 국역본은 1979년 세종대왕기념사업회에서 냈다.

김시습(金時習, 1435~1493)

학자·문인. 자는 열경(悅卿), 호는 매월당(梅月堂)·청한자(淸寒子)·동봉(東峰)·벽산청은(碧山淸隱)·췌세옹(贅世翁)이며, 본관은 강릉이다. 어려서부터 신동으로 이름이 났다. 1455년 삼각산 중흥사에서 공부하다가 수양대군이 왕위에 올랐다는 소식을 듣고 중이 되어 이름을 설잠(雪岑)이라 했다. 1481년 환속했다. 생육신의 한 사람으로 『매월당집』 이외에 『금오신화』·『십현담요해』가 있다. 시호는 청간(淸簡)이다.

혼란스러운 사회,
정치의 소용돌이 속에서

1455년, 21세의 청년 김시습은 북한산 중흥사에 머무르고 있었다. 어머니의 삼년상을 마치고, 결혼까지 한 만큼 과거 공부에 몰두하고 싶었다. 어릴 때 시를 잘 지어 '5세 동자'라는 별명까지 얻었지만, 과거는 녹록하지 않았다. 그는 과거시험에서 이미 한 번의 패배를 맛보았다. 공부에 몰두하기란 쉽지 않았다.

계속해서 들려오는 정치의 소용돌이는 그를 괴롭혔다. 이태 전 수양대군은 계유정난을 통해 정권을 장악했다. 그리고 산사에 들어온 지 얼마 되지 않아 수양대군이 조카 단종의 왕위를 찬탈했다는 소식이 전해졌다. 청천벽력의 소식을 들었을 때, 김시습은 아무 일도 하지 않고 방안에 틀어박혔다. 그리고 사흘이 되던 날, 그는 큰 소리로 울부짖으며 책을 모두 불사르고 절을 뛰쳐나갔다. 방랑의 시작이었다.

이듬해 김시습은 사육신의 죽음을 지켜보았다. 훗날 이긍익은 『연려실기술』에서 매월당이 사육신의 시신을 노량의 남쪽(지금의 서울 노량진)에 묻었다고 적었다. 이후 김시습은 승려 차림으로 길을 떠났다. 행색은 방랑자였지만, 나름 목표가 없지는 않았다. 찬탈·죽임·아부·변절로 얼룩진 인간 세상에서 벗어나 국토의 산하를 주유하고 싶었다. 그는 "지금부터 나는 명승을 찾아 만리강호에 마음껏 달리고 싶다[從今我欲尋形勝 萬里江湖任意馳]"고 말했다.

길 위의 삶

1458년 여름, 유람을 시작했다. 첫 행선지는 관서 지방이었다. 개성에서는 고려의 옛 성에 오르고 궁궐도 돌아보았다. 또 인근의 안화사 · 왕륜사 · 연복사 · 광명사 · 불은사 · 영통사 등의 사찰을 두루 둘러보았다. 평양에 이르러서는 기자묘 · 기자릉 · 단군묘 등 사적도 참배했다. 여행길에서 박연폭포 · 부벽루 · 능라도와 같은 명승지 유람도 빠뜨리지 않았다.

그의 발걸음은 순안 · 영유 · 희천 · 안시성 · 살수 · 천마산 · 성거산 · 대성산 · 묘향산 등 관서의 농촌과 산중에까지 닿았다. 고을의 선비 · 수령들을 만나서는 유학을 이야기하고, 사찰의 스님들과는 불교 철학을 논했다. 관서 여행이 끝난 그해 가을 김시습은 여행길에 썼던 한시를 모아 『유관서록遊關西錄』으로 엮었다.

관서를 유람한 이듬해인 1459년, 그는 관동으로 향했다. 포천을 거쳐 금강산, 철원 일대를 여행한 뒤 오대산 · 강릉 · 동해 · 평창 일대를 1년 넘게 유람했다. 이때 쓴 시는 『유관동록遊關東錄』으로 엮어 펴냈다. 다음 여행지는 호남이었다. 청주 · 은진을 거쳐 전주 · 변산 · 영광 · 나주 · 남원 등 전라도 일대를 두루 섭렵했다. 이때 쓴 여행시들은 『유호남록遊湖南錄』으로 묶였다.

1462년 호남 유람을 마쳤을 때, 김시습은 정착하기로 결심했다. 그가 거처로 삼은 곳은 경주 금오산 중턱에 위치한 용장사로, 그곳에 금오산실을 짓고 정주를 꿈꾸었다. 그는 이곳에 머물며 경주 시내를 활보하고 남산(금오산) 일대를 소요했다. 그가 경주에서 머문 시기는 1465년경부터 1471년까지 대략 7년이다. 그는 이 무렵 최초의 한문소설 「금오신화」를 썼다. 또 경주에 머물던 시절 쓴 시만 모아 『유금오록』이라는 이름으로 묶었다.

경주는 당시 하나의 작은 부府에 불과했지만 김시습은 『유금오록』을 관서 · 관동 · 호남 등 도道 단위 여행기에 견주었다. 방랑 이후 최초로 정주했던 경주에 대한 애착이 그만큼 강했다. 서울에서 나고 자란 그에게 경주는 제2의 고향과 같은 곳이었다. 그는 "금오에 와서 살게 된 이래로 멀리 여행하는 것을 좋아하지 않았다"라고 고백할 정도였다.

그의 호 매월당은 '금오산의 매화와 달[金鰲梅月]'이라는 뜻에서 취했다. 그러나 그가 그토록 사랑했던 경주조차도 그의 방랑벽癖을 잠재우지는 못했다. 그는 다시 길을 나섰고, 잠시 경기도 수락산에 은거한 시기를 제외한다면 평생을 길에서 보냈다. 그는 인생 후반에 서울 · 오대산 · 강릉 · 양양 · 설악산 등을 떠돌다가 1493년 59세 때 부여 무량사에서 숨을 거두었다.

길 위의 노래

방랑 인생 김시습의 시와 산문은 대부분 길 위에서 지어졌다. 특히 2,000여 수가 넘는 한시는 모두가 '길 위의 노래'라고 해도 과언은 아니다. 선조 때 간행된 『매월당집』은 모두 21권으로, 이 중 시집(15권)이 산문(6권)보다 3배 가까이 많다.

앞서 살펴본 것처럼 김시습은 생전에 쓴 한시를 유람한 권역별로 나누어 『유관서록』 · 『유관동록』 · 『유호남록』 · 『유금오록』 등 4권의 책으로 편찬했다. 이 시들은 다시 간행본 『매월당집』에 모두 포함되었다. 『매월당집』이 선조의 왕명으로 정식 출간된 뒤 4개의 유록遊錄만을 모은 책 『매월당시사유록梅月堂詩四遊錄』(이하 『사유록』)이 다시 목판으로 간행되었다.

『사유록』은 김시습 여행시의 정수이다. 『사유록』의 편자 기자헌은 「사유록 후서後序」에서 김시습의 시에서 유록만을 뽑은 것은 그의 유람한 바를 알도록 하기 위함이라며 『사유록』을 매월당 기행시의 결정판으로 보았다.

> 우리나라는 국토가 좁은 편인데도 명산이 참으로 많은데 두루 여행한 사람은 찾아볼 수 없다. 김시습은 세상을 등지고 떠나 방외方外로 노닐어 온 나라의 명승지를 직접 답사하여 끝까지 유람했다.

그렇다면 김시습은 국토를 유람하며 무엇을 찾았는가. 첫째는 일체의 속박에서 벗어난 자유이다. 그는 자신의 유람을 '탕유宕遊'라고 불렀다. 세상의 번뇌 · 속박 · 예절 · 계층 등 모든 것에서 해방된 자유 여행이다. 수양대군의 왕위 찬탈 과정을 지켜본 김시습에게 인간 세상의 추잡함은 견디기 힘든 일이었다.

그에게 여행의 일차적 목적은 "바닷가에서 한가로이 놀고 농촌을 자유로이 다니며 매화를 찾고 대나무밭을 물어 시를 읊고 술에 취하며 즐기는 일"이었을 것이다. 춘천을 유람할 때 쓴 「소양정에 올라[登昭陽亭]」라는 시는 그의 자유로운 정신을 잘 보여준다.

나는 새 밖으로 하늘이 끝나려 하고	鳥外天將盡
시름의 끄트머리에도 한은 그치지 않네	愁邊恨不休
산줄기 북쪽으로부터 내려오고	山多從北轉
강줄기 서쪽을 향해 흐른다	江自向西流
저 멀리 모래톱에 기러기 내려앉고	雁下沙汀遠
그윽한 언덕으로 배는 돌아온다	舟回古岸幽
어느 때나 옥죄는 세상 던져버리고	何時抛世網
흥이 나서 이곳에 다시 놀러 올거나	乘興此重遊

둘째는 국토와 자연생태에 대한 관심이다. 김시습은 발길이 닿은 국토와 산하를 허투루 지나치지 않았다. 그에게는 돌 하나 나무 한 그루, 새나 짐승 하나하나가 모두 시상을 불러일으켰다. 김시습은 "어떤 때에는 시냇가의 돌에 의지하고, 어떤 때에는 높은 봉우리에 올라가기도 한다. 소나무가 하늘로 치솟고 버섯 따위가 피어 즐비한데 허다한 조수들의 기묘함, 온갖 초목들의 아름다움을 보노라면 이 모두 나로 하여금 흔연히 시를 읊조리게 한다"(「탕유관서록후지」)고 털어놓았다. 특히 명승지와 고적을 만날 때에는 자기도 모르게 탄성을 지른다. 황해도 개성을 찾을 때 들른 박연폭포의 웅장한 자태 앞에서도 그랬다. 다음은 「박연폭포[瓢淵]」의 일부다.

푸른 벼랑 만길 어찌 저리 웅장한가
위로 천 척 깊은 못이 있어
깃든 용 잠깨어 노여움 풀지 않고
천만 섬 옥구슬 뿜어내니
흰 구슬 푸른 벼랑에 흩어지누나
(…)

김시습은 고독한 여행자였다. 그래서일까. 그가 국토산하에 보이는 애정은 따뜻하고, 자연은 더욱 정겹게 다가온다. 기자헌의 말처럼 "명산대천은 김시습의 발자취를 따라 두루 드러나고 기암괴석에 빼어난 물은 그의 감상을 거쳐 빛이 났다"(「사유록후지」)고 할 수 있다.

셋째는 역사미美의 발견이다. 김시습은 역사 유적에 대한 관심을 놓치지 않았다. 개성에 도착해서는 폐허가 된 옛 왕조의 무상함을 떠올리며 「송도松都」라는 시를 읊었다.

고려 500년 공업功業이 이미 거짓이라
지는 해에 비춘 방초芳草에 나의 수심 깊어만 가네
폐허의 빈 집 꽃밭에는 주인 보이지 않고
퇴락한 집의 처마에는 참새 걸릴 듯
(…)

호남 여행에서는 백제와 후백제 등을 떠올리며 「백제의 옛일을 읊다」라는 제목으로 연작시를 짓기도 했다. 경주에 머무를 때 쓴 『유금오록』은 신라의 역사와 사적을 주제로 했다. 시의 소재는 포석정 · 첨성대 · 안압지 · 불국사 · 황룡사 · 분황사 · 김유신묘 · 오릉 · 월성 등 신라의 주요 사적이 망라되어 있다.

미당 서정주는 삼국유사의 소재를 영사시詠史詩로 써 시집 『학이 울고 간 날들의 시』를 펴낸 바 있지만, 신라 역사를 시로 쓴 것은 김시습이 처음이 아닌가 싶다. 『유금오록』에 실린 「포석정」이라는 시는 다음과 같다.

추풍에 낙엽지고 풀은 말라 흩어지니	秋風葉落草離披
일찍이 신라왕 잔치하던 때인가	曾是羅王宴樂時
고울부에 적이 침입할 줄 어찌 알며	高鬱安知豺虎入
공산에서 육룡이 패퇴할 줄 누가 알았으리오	公山誰識六龍疲
들꽃 다 피니 나무가 상심하고	野花開盡傷心樹
산새 울음 많아지니 나뭇가지에 한이 맺히네	山鳥啼多惹恨枝
바위틈 시냇물 흐느끼듯 흐르니	石罅小溪鳴咽咽
천고의 소리는 사람의 근심을 대신하네	聲聲千古替人愁

모든 시는
시인의 울음

『매월당집』에 실린 시들이 여행지의 풍광이나 감회를 읊은 데 그쳤다면, 김시습의 시문이 오늘에까지 읽히지 않았을 것이다. 그의 시들이 울림을 주는 것은 여행길에서 시대와의 불화를 얘기하고 민중의 고달픈 삶을 노래했기 때문이다.

당나라 문인 한유韓愈는 시인은 "평상심을 잃으면 울게 된다[不平則鳴]"고 말했다. 그에 따르면 모든 시는 시인의 울음이다. 김시습에게 시는 통곡이고 눈물이다. 선조의 명으로 『매월당집』 편찬 작업에 참여한 이산해는 「매월당집서」에서 이 점을 지적하고 있다.

> 그(김시습)가 한 일을 찾아보면 시를 쓰고서 통곡하고, 고개에 올라서면 반드시 울고 갈림길을 당하면 반드시 울었으니, 그 평생에 가졌던 깊은 뜻의 소재는 비록 쉽게 들여다볼 수 없으나 대체의 요지는 다 그 평정심을 얻지 못해서가 아니었던가.

김시습이 살던 세상은 모순으로 가득 차 있었다. 이를 바라보는 시인은 불편하고, 그것을 시로 토해낼 수밖에 없었다. 산촌이든 농촌이든 삶의 고통이 지천으로 널려 있었다. "내게 좋은 밭 수십 두락 있었건만/ 지난해 벌써 힘센 자들에게 빼앗겼다"거나 "관가에 세금 바치고 남는 비용 없거늘/ 빚 대신 소 뺏어가니 어이 견디랴?"는 농부들의 말은 모두가 시 구절이다. 김시습은 백성의 고통만을 전달하지 않았다. 그들의 건강한 삶과 농촌 공동체의 활력도 함께 들려주었다.

냇물 다리 위로 해 떨어지니 소들이 돌아오고
가을 언덕에 바람 높아 벼 냄새 향기롭네
아이놈 술 사오기 기다렸다가
밥 짓고 사람들 불러 함께 마시네

-「시골풍경[田家卽事]」

김시습은 시인이다. 한때 천재라고 불리며 사람들의 추앙을 받았지만, 부조리한 세상과 화합하지 않은 그는 체제 밖 '방외인'의 길을 선택했다. 김시습은 자화상에 덧붙인 시에서 "네 몸은 지극히 작고/ 네 말은 지극히 어리석네/ 네가 죽어 버려질 곳은/ 저 개울창이리라[爾形至眇 爾言大侗 宜爾置之 丘壑之中]"며 자신에 대한 환멸과 회한을 노래했다. 그러나 그의 저항의 몸짓과 자유의 정신은 시가 되어 수백 년 동안 울려 퍼졌다.

시인 김시습을 주목하다 보니 그의 사상과 철학을 다루지 못했다. 그러나 율곡 이이가 말했듯이 그는 "마음은 유학자이면서 행적은 스님[心儒跡佛]"인 경계의 사상가였다. 『매월당집』에 실린 산문들은 유가에서 말하는 정치와 국가 경영론을 이야기한 글로 채워져 있나. 예를 들면 군지의 처신을 논한 「고금제왕국가흥망론」·「나라 살림을 넉넉하게 하는 법[生財說]」·「인민을 사랑해야 하는 이치[愛民義]」 등을 꼽을 수 있다. 「십현담요해」와 같은 불교 철학을 논한 논문들이 빠진 것은 문집 편찬을 유학자들이 주도했기 때문일 것이다.

『매월당집』은 김시습의 사후 90년이 되던 1583년 선조의 명으로 목판으로 간행되었고, 1927년에는 후손 김봉기가 신활자로 펴내기도 했다. 우리말 번역본은 1980년 세종대왕기념사업회에서 나온 『국역 매월당집』(전 5권)이 유일하다. 「금오신화」를 비롯해 김시습의 시와 산문을 모두 옮긴 완역본이지만, 절판되어 시중에서 쉽게 구할 수 없는 게 아쉽다.

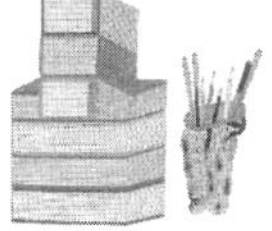

치열한 글쓰기로 세상에 승부를 걸다

최립의 『간이집』

『간이집(簡易集)』

9권 9책의 목판본이다. 1631년에 교서관에서 간행했다. 문장가로 명성이 높았던 점을 기리기 위해 일반 문집 편차와 다르게 산문을 앞에 두고, 시를 뒤로 배치했다. 권1~5는 산문으로 표전 등 외교문서와 공문서를 수록했다. 권6~8은 시를 형식에 관계없이 시기별로 모았다. 권9는 말년에 지은 산문을 실었다. 중국과 왕래한 외교문서인 「정축서(丁丑書)」·「신사서(辛巳書)」 등은 임진왜란을 전후한 국제관계를 이해하는 데 좋은 자료이다.

최립(崔岦, 1539~1612)

문신·문인. 자는 입지(立之), 호는 간이(簡易)·동고(東皐)이다. 본관은 통천(通川)으로, 율곡 이이의 문인이다. 빈한한 가문 출신이나 문과에 장원급제하고, 전주부윤·강릉부사·형조참판을 지냈다. 주청사로 여러 차례 명나라에 가 그곳 학자들에게서 명문장가라는 칭찬을 받았다. 임진왜란 때는 외교문서 작성의 1인자로 활약했다. 시와 문장, 글씨에 뛰어나 차천로·한호와 함께 송도삼절(松都三絶)로 불렸다. 글씨는 송설체로 일가를 이루었으며, 문장은 의고문체에 뛰어났다.

문집에 눈 뜨게 한 글 「표설」

간이 최립의 『간이집』 소개는 「표설豹說」(이상현 옮김)로 시작하려 한다. 표범의 이야기를 쓴 이 글은 『간이집』에 실린 1,000편이 넘는 시문 가운데 하나다.

단양丹陽 고을의 아전 한 사람이 공문公文을 전달하기 위해 별을 머리에 이고 충주忠州로 달려오다가, 장회원長會院에 이르러서 호랑이 새끼 세 마리가 길가에 있는 것을 보고는 손에 든 지팡이를 가지고 때려서 모두 죽여버렸다. 그러자 얼마 뒤에 어미 호랑이가 사납게 소리를 지르면서 달려들었다. 아전은 얼떨결에 높은 나무 위로 기어 올라가서 피했는데, 호랑이가 어떻게 할 수 없다는 듯이 바라보더니 그냥 놔두고서 어디론가 사라졌다.

이에 아전이 허리띠를 풀어서 자기 몸을 나무에다 묶어놓고는 한참 동안을 참고 기다렸더니, 호랑이가 표범 한 마리를 이끌고서 다시 찾아오는 것이었다. 이는 표범이 몸집이 작은 데다 날렵해서 나무를 잘 타기 때문이었으니, 사납기 그지없는 호랑이로서도 다른 짐승의 도움이 필요했던가 보다.

아전은 지금의 상황에서 표범이 자기에게 가까이 다가오는 것이 무엇보다도 걱정이었다. 그래서 잠방이를 벗어서 두 다리에 겹으로 포개 다리를 가지런히 하나로 접은 뒤에, 표범의 머리통에 잠방이를 깊숙하게 덮어씌워 아래로 밀어서 떨어뜨렸다.

그러자 호랑이가 뭔가 덮어쓰고 땅에 떨어진 것이 사람인 줄로만 무턱대고 믿고는 마음 내키는 대로 갈기갈기 찢어서 죽여버리고 말았다. 뒤에 자세히 보니 사람은 여전히 꼼짝을 하지 않은 채 그대로 있고 그 대신 표범이 죽어버렸는지라,

나무 주위를 하염없이 서성거리다가 다시 크게 포효咆哮를 하고는 산골짜기로 들어가버렸다.

그때쯤 하늘도 밝아왔으므로 아전이 나무 위에서 내려와 네 마리 맹수의 가죽을 벗겨가지고 충주에 도착했는데, 순백巡伯이 게으름을 부리다 늦게 왔다고 힐책을 하며 죄를 주려고 하자, 아전이 그렇게 된 연유를 아뢰면서 가죽을 증거물로 제시하여 처벌을 면했다고 한다.

예로부터 "호랑이 굴속으로 들어가 찾지 않으면 어떻게 호랑이 새끼를 얻겠는가"라는 말이 전해온다. 그런데 지금의 경우는 그렇게 하지 않고서도 호랑이 새끼를 얻었으니, 얼마나 큰 행운인가. 그런데 저 표범으로 말하면, 자기 재주를 믿고 까불다가 호랑이에게 부림을 받아 결국에는 죽임을 당하고 말았으니, 이는 스스로 재앙을 부른 것이라고 하겠다.

많은 문장 가운데 「표설」을, 그것도 전문을 다 싣는 데는 까닭이 있다. 문집에 눈을 뜨게 한 글이기 때문이다. IMF 외환위기가 한창이던 1998년, 나는 신문사를 그만두고 잠시 고전번역기관인 민족문화추진회(현 한국고전번역원)에 몸을 담았다. 그곳에서 『승정원일기』와 조선 시대 문집의 국역 원고를 교정하는 일을 했는데, 그때 처음 받은 문집 교정지가 바로 『간이집』이었다. 국역 원고를 원문과 대조하며 문장을 다듬고 비문非文을 고치는 교정 작업은 까다롭고 지루하기조차 하다. 이런 속에서 마주친 게 바로 「표설」이었다.

「표설」은 '설說'이라는 이야기체 글이 말하듯, 일단 재미 있다. 공문서를 전달하려고 길을 가던 아전이 호랑이 새끼를 잡아 죽이고, 쫓아오는 어미 호랑이를 피해 나무에 올랐다가 기지를 발휘해 표범 가죽까지 얻었다는 일화는 한 편의 동화를 연상시킨다. 흥미로운 사실은 이 이야기가 꾸며낸 게 아니라 실화일 가능성이 매우 높은 기사記事라는 점이다. 하급 관리의 공문서

수발 임무, 순백의 질책 등의 구체적인 상황과 '단양' · '충주' · '장회원'(지금의 장호원) 등의 실제 지명이 이를 뒷받침한다.

최립은 표범 이야기를 통해 자기 재주만 믿다가는 오히려 재앙을 받게 된다는 메시지를 전하고 싶었는지 모른다. 그런데 나는 이것보다는 이 글을 통해 소소하지만 흥미로운 사실을 알게 되었다. 400년 전까지만 해도 한반도에는 호랑이뿐 아니라 표범이 서식하고 있었으며, 호랑이는 나무에 오르지 못하지만, 표범은 자유롭게 나무를 탄다는 정보를 새롭게 얻었다. 뭐니뭐니 해도 가장 큰 수확은 옛 문집에 흥미로운 얘깃거리가 있을 것이라는 기대를 갖게 되었다는 점이다. 이후 내가 지속적으로 문집을 읽게 된 것은 바로 「표설」 덕분이다.

외교문서의 대가

『간이집』을 읽는다. 교정을 보기 위해 읽었던 20년 전과는 다르다. 그때는 나무 한 그루 한 그루를 보았다면, 이제는 최립이라는 문학의 숲을 조망할 수 있다. 최립은 조선 중기를 대표하는 문장가이다. 그는 23세의 젊은 나이에 문과에 장원 급제할 정도로 일찍부터 문학으로 이름나 있었다. 그러나 신분적 한계로 고관이나 요직으로는 진출하지 못하고 옹진 · 재령 · 성천 · 진주 · 장단 등 지방 수령으로 전전했다.

그러나 다행스럽게도 조정에서 그의 문장을 알아보고 외교문서를 전담하는 승문원承文院의 관리로 발탁했다. 최립은 임진왜란을 전후로 명나라에 원병을 청하고 전황을 알리는 외교문서나 조정의 공식문서 작성을 전담하다시피 했다. 또 명나라 사행길에도 3번이나 참여해 적잖은 시문을 남겼다. 최립의 명성은 중국에까지 알려져 명대의 산문 선집 『명문기상明文奇賞』에 그의 글이 실릴 정도였다고 한다.

이런 연유로 최립은 조선 시대 내내 외교문서 또는 정부 공식문서 작성의 최고 권위자로 알려졌다. 『간이집』이 시를 앞세워 문집을 편찬하는 당시 관행을 깨고 산문을 앞 쪽에 편집하고, 산문 중에서도 주문奏文이나 표전表箋과 같은 외교문서를 맨 처음에 배치한 것은 '산문의 대가'임을 드러내 보인 것이라 할 수 있다.

그러나 고문에 능통한 사람이 아니라면 최립의 문장 수준을 판단하기 쉽지 않을 것이다. 하물며 한문이 아닌 국역본으로 『간이집』을 읽는 현대인들은 말할 필요도 없다. 김창협이 쓴 『농암잡지』의 비평문을 통해 최립의 뛰어남을 간접적으로 확인하는 수밖에 없다.

> 『간이집』 가운데 중국에 올린 주문奏文은 매우 좋다. 이러한 글은 무엇보다 상투를 그대로 답습하기가 쉽고 그것을 피하려면 또 사정이 두루 상세히 언급되지 못하는 문제가 있게 되는데, 간이의 주문들은 실정을 진술한 것이 간절하고 곡진한데다 문장 구사도 고아古雅하고 간결하여 한마디도 쓸데없이 들어가거나 천박하고 속된 말이 없다. 이를 보면 그가 재주가 높고 공부가 깊다는 것을 알 수 있으니, 중국 사람들이 탄복하여 몹시 칭찬한 것도 당연하다.
>
> 簡易集中. 中朝奏文最好. 此等文字. 最易循襲常套. 欲免此則又患事情不周匝詳盡. 而簡易諸奏文. 敷陳情實. 旣懇切委曲. 行文又古雅簡鍊. 無一語冗率膚俗. 觀此. 可見其才高功深. 宜乎中朝人之歎賞也.

문학과 예술을 넘나든
조선 최고의 인문학자

『간이집』에는 화첩 · 서첩 · 병풍 등 서화에 대한 기록이 많다. 족히 수십 편은 되는 것 같다. 대부분 서화가나 작품 소장자의 청탁으로 쓴 글들이다. 오늘날 작가들이 서화집을 내거나 전시회를 열 때 이름난 평론가를 찾아가 서문을 부탁하는 것과 같은 이치다.

눈에 띄는 것은 당대 최고의 서예가 석봉 한호(1543~1605)에게 준 「한경홍의 서첩에 쓴 글[韓景洪書帖序]」이다(경홍은 한호의 자). 최립은 이 글에서 당시의 습속이 작품을 직접 보지 않고 소문으로 글씨를 판단하는 경향이 있다며, 이 때문에 지위와 명망이 낮은 한호가 오랫동안 제대로 평가받지 못했다고 아쉬워한다. 그러면서 한호의 글씨는 문장가의 명문장도 상대할 수 없을 정도로 뛰어나다고 치켜세운다.

> 그러고 보면 서예 분야에서 일가一家를 이루는 것이 회화繪畫와는 비교가 되지 않을 정도로 더더욱 어렵다는 것을 또한 알 수가 있다고 하겠다. 더구나 큰 쇠북에 입혀져서 그 서체書體의 형태를 영원히 간직하고, 거대한 빗돌에 새겨져서 썩지 않고 길이 후세에 드리워지는 것을 보면, 그 효용의 측면에서도 문장으로 쓰인 작품과 더불어 위대하고 아름다운 면을 공유한다고 할 것이니, 어찌 단지 서화書畫라는 말로 병칭竝稱되기만 해서야 될 일이겠는가. 하지만 지금 이 시대의 문장 가운데 과연 경홍의 글씨와 어깨를 나란히 할 만한 문장의 작품이 있는지도 또 알 수 없는 일이다.
>
> 用是知書之難爲. 非畫比也. 況被之鴻鐘. 以載烈象容. 勒之豐碑. 而弗朽是垂. 其施用. 乃與文章之作. 竝其偉美. 顧奚以書畫云哉. 然今時文章. 果有足與景洪書相待者乎. 是未可知也.

최립은 이 외에도 한호가 대궐에서 과일을 하사받은 일을 축하하는 글을 쓰고, 석봉과 여러 편의 한시를 주고받았다. 최립이 한호에게 지어준 시문 가운데 일부는 지금도 한호의 글씨로 남아 전하니, 「희증동행한정랑경홍戱贈同行韓正郎景洪」(국립중앙박물관 소장)이나 「유금강산기遊金剛山記」 등의 작품이다. 두 사람은 문장과 글씨에서 협업을 하기도 했는데, 행주산성의 권율장군대첩비가 대표적이다. 권율장군대첩비의 비문은 『간이집』에 「권權 원수元帥의 행주비幸州碑」라는 이름으로 실려 있다.

최립과 한호는 모두 개성 사람이다. 그리고 한호는 최립의 할아버지의 외손자 항렬이다. 지연·혈연으로 끈끈하게 얽힌 사이다. 게다가 두 사람은 1577년과 1593년 두 차례나 북경 사행길에 동행한 인연이 있다. 당시 최립의 문장과 한호의 글씨는 차천로의 시와 함께 송도삼절로 알려졌다.

최립은 조선 중기를 대표하는 화가 탄은 이정(1541~1626)의 난초·대나무·매화 그림첩인 《삼청첩三淸帖》에 서문을 쓰기도 했다. 간송미술관에 소장되어 있는 《삼청첩》은 2018년 국가문화재 보물로 지정되었다. 「산수를 그린 병풍에 쓴 글[山水屛序]」은 『간이집』의 산문 중에서 명문으로 알려져 있다. 궁중화원 이홍효가 백사 이항복의 부탁으로 그린 산수병풍에 서문으로 썼다는 이 글은 시적인 산수화 예찬으로 서두를 시작한 다음, 화가와 소장자의 신분을 초월한 서화 사랑, 그리고 자신의 감상평으로 채워져 있다. 최립을 높이 평가했던 영조 때 문인 안석경은 이 글의 작법을 자세히 분석한 기록을 남겼다고 한다.

최립이 서화에 대해 많은 글을 남긴 것은 문장가로서 이름이 있기 때문이지만, 뛰어난 서화 감식가라는 점도 작용했던 것 같다. 최립은 문학과 예술을 넘나든 조선 최고의 인문학자였던 것이다. 당시 이홍주라는 사람은 소장한 그림이 안견의 작품인지 궁금해 최립에게 감정을 의뢰했다. 그림을 본 최립은 안견의 진품이라고 확인해준 뒤 감정평에 이렇게 썼다.

내가 그림에 대해 잘 알지는 못하지만, 안견이 지금으로부터 멀리 떨어진 시대의 화가가 아니라서, 그의 진적眞迹에 대해서는 꽤나 많이 눈으로 보아왔다. 안견의 그림이 얼마나 오묘한 경지를 보여주고 있는지에 대해서야 나 같은 사람이 어떻게 알 수 있겠는가마는, 그의 그림 속에 나오는 나무 하나 바위 하나마다 다른 사람의 수법과는 유다르게 표현되어 있다는 것 정도는 충분히 짐작할 수 있었는데, 그런 나의 눈으로 볼 때 이 그림이 안견의 작품이라는 것은 의심할 여지가 없이 분명하였다.

–「이소윤이 소장한 고화에 쓰다[李少尹所有古畫識]」

벼슬 대신
문장으로 기록되다

최립은 임진왜란을 전후한 시기에 가장 유명한 문장가였다. 조선 중기 이후 문장론을 펴는 사람들은 반드시 최립을 언급할 정도였다. 계곡 장유는 『간이집』 서문에서 최립을 선조 때의 최고 문장가로 꼽으면서 "그의 작품이 한 편씩 나올 때마다 사람들 모두가 돌려가며 외웠다"고 적었다. 최립의 산문은 『동인팔가선』·『사군자문초』·『대동문수』 같은 조선의 문장 선집에 어김없이 소개됐다.

400년이 지난 지금, 한글 세대가 최립의 한문 산문을 논평하기는 쉽지 않다. 다만 『간이집』에서 확인할 수 있는 것은 최립의 글쓰기에 대한 자세, 그리고 부단한 노력이다. 최립은 독서와 글쓰기에서 속도보다는 깊이가 중요하다고 강조한다. 그는 「박 수재와 헤어지며 남겨준 글[留別朴秀才序]」에서 이렇게 말한다.

글을 읽는 것과 문장을 짓는 것 역시 타고난 기운과 관련되는 점이 있다. 기운이 강성한 자는 늘상 많은 분량을 목표로 하면서 속히 이루려고 하는 경향이 있는데, 기운이 허약한 자는 이와 정반대되는 현상을 보이고 있다. 하지만 글을 읽을 때에는 대충 건성으로 보아 넘기지 않는 것이 중요하고, 문장을 지을 때에도 겉치레로만 빠지지 않는 것이 중요하다.

若夫讀書爲文. 亦繫乎氣. 强者常務多而矜速 弱者則易是. 然讀書貴不汎 而爲文貴不浮.

또 오준吳竣이라는 젊은 학자가 문장의 도道에 대해 묻자, 한유의 글을 인용하며 "우리가 기르지 않을 수 없는 것이 있으니, 그 근원과 단절되지 않도록 하면서 우리 몸을 마칠 때까지 노력해야 한다[不可以不養也 無絶其源 終吾身而已矣]"고 충고한다. 끊임없이 정진하여 문장의 도를 성취해야 한다는 말은 또한 최립 자신에게 한 다짐이기도 하다.

최립은 74세에 생을 마쳤다. 그러나 당대에 문장으로 이름이 드날렸던 그에게는 말년까지 글 청탁이 이어졌고, 그 역시 힘을 다하여 붓을 들었다. 죽기 얼마 전에 쓴 것으로 보이는 「절필문絶筆文」에는 병마에 붓을 꺾을 수밖에 없는 안타까움이 배어난다.

남에게 부탁받은 글이 또 한두 개 정도가 아니라서 억지로라도 지어보려고 하지만, 아무리 애를 쓰면서 생각을 떠올리고 글로 엮어보려 해도 단 몇 줄을 써 내려가기 어려운 실정이다. 그래서 한번은 시험 삼아 산방山房으로 들어가서 정신을 집중하고 글을 써보려고도 하였지만, 이는 그야말로 '마음을 괴롭히면서 날로 졸렬해지기만 할 따름'이라는 말과 흡사한 것으로서, 다른 병 하나만 더 보태는 꼴이 될 뿐이었다.

지난 정미년(1607) 봄에도 감기에 걸려 앓은 적이 있었지만, 그때에는 그래도 일단 병이 낫고 나서 얼마 뒤에 다시 붓을 잡으면 이따금씩 볼 만한 문자가 나오곤

하였다. 그런데 지금은 이와 같은 꼴이 되고 말았으니, 이는 어쩌면 조물자造物者가 "이제 살 만큼 살아서 나이도 이미 많이 먹었으니 붓을 영영 잡지 못하게 한들 무슨 여한이 있겠냐"라고 생각해서 이렇게 해준 것인지도 모르겠다.

就又以受人屬託文字非一二. 欲勉强以爲. 則運意連辭. 卽數行難成. 嘗試山房去. 專一爲之. 正如所謂心勞日拙. 適添一恙耳. 去丁未春. 亦嘗感疾而旣愈. 則非久復治筆硯. 往往有可觀文字. 而今如此. 或造物者以年齡已高. 足以遂廢無悔故也.

최립은 조선 시대에 차별받았던 개성 출신이다. 신분도 낮았다. 기록에는 천인·중인·서얼 등이 보이는데, 학계는 서얼이었을 가능성을 높게 보고 있다. 약관의 나이에 문과 장원을 하고서도 높은 지역·신분의 벽을 뚫지 못했다. 최립은 대신 치열한 글쓰기로 승부를 걸었다. 역사는 벼슬 대신 문장으로 그를 기록했다. 이것이 글로 역사에 남는다는 '입언立言'이다. 최립의 이름을 풀면 '우뚝 서다[崔岦]'이고, 자는 '세우다[立之]'라는 뜻이다.

허례허식을 신랄하게 비판한 합리적 생각의 실천가

양득중의 『덕촌집』

『덕촌집(德村集)』

10권 5책의 활자본으로, 그의 아들 양순해(梁舜諧)가 편집한 것을 1806년 양득중의 외증손 윤인기(尹仁基)가 간행했다. 윤인기가 쓴 발문이 있고 서문은 없다. 연보·상소문, 경연의 대화록인 등대연화, 잡저·통문·시·제문·축문·편지 등이 수록되어 있다. 상소문과 등대연화는 왕에게 올린 정책 건의사항을 담고 있으며 편지에는 예악사상과 인물성동이론 등 성리학 철학이 드러나 있다. 잡저 중 「명대의변(明大義辨)」은 북벌론으로 정치적 영향력을 유지하려는 송시열 계열을 비판하는 소론의 입장을 대변하고 있다.

양득중(梁得中, 1665~1742)

문신·학자. 자는 택부(擇夫), 호는 덕촌(德村), 본관은 능주(綾州)이다. 전라도 영암 출신으로 17세에 박태초(朴泰初)의 문인이 되고 1694년 효릉참봉이 되었다. 이어 사재감 주부, 공조좌랑 등에 임명되었으나 병으로 부임하지 않았다. 1703년 충청도 공주의 덕촌으로 이사하여 윤증(尹拯)의 문인이 되었다. 1722년 세자익위사 익찬, 장령을 거쳐 동부승지에 올랐다. 기회가 있을 때마다 영조에게 실사구시의 실학을 정치에 반영하도록 건의했다.

실사구시의 실천가

덕촌 양득중은 역사적으로 유명한 인물이 아니다. 학계의 덕촌에 대한 연구 실적은 거의 없다시피 하다. 남긴 저서는 문집 『덕촌집』이 유일하다. 한국 유학사에서 그는 명재 윤증의 수제자로 언급될 뿐이다. 그것은 덕촌의 삶이 서울보다는 대부분 전라도와 충청도에서 이루어졌기 때문일 것이다. 그의 학문이 제자들에게 이어지지 않았던 탓도 있다.

덕촌 양득중이 한국사상사, 특히 실학과 관련하여 새롭게 조명받고 있다. 반계 유형원의 정신을 계승한 실학사상가라는 평가와 함께 호남 실학의 선구자로 부상하고 있다. '실사구시의 실천가'(박석무)라는 평가도 나오고 있다. 2015년에는 전남대학교 호남학연구원과 조선대학교 고전연구원이 공동으로 완역본 『덕촌집』(전 2권, 경인문화사)을 출간했다. 이를 계기로 양득중에 대한 연구가 본격화하고 있다.

소론의 거두 명재 윤증의 수제자

양득중은 전라도 영암에서 태어났다. 『덕촌집』 연보에는 그가 7살 때 썼다는 「월출산」이라는 글이 한 편 실려 있다.

달은 동쪽에서 뜨는데, 산은 서쪽에 있네. 어찌하여 월출산이라 하는가. 산의 서쪽 사람들이 '월출산'이라고 말하는 것이다.

月出於東 山在於西 何以謂之月出山 山西之人 謂之月出山.

평범한 이야기이지만, 어린 아이가 쉽게 할 수 있는 말은 아니다. 양득중은 일찍부터 영광에 유배를 간 문인 이세필이나 전라도 관찰사 신익상 등에게 총명한 인물로 알려졌다. 유명세가 서울에까지 소문이 나면서 과거를 보지 않고서도 박세채 · 남구만 등의 추천을 받아 벼슬길에 나아갔다. 33세 때인 1697년 효릉참봉이 되었으며 사재감 주부, 공조좌랑 등에 임명되었으나 병으로 부임하지 않았다.

1706년 회인현감에 임명되었고, 그 뒤 세자익위사 익위, 김제군수, 사헌부 지평 · 장령 · 집의 등을 거쳐 동부승지 겸 경연참찬관으로 승진했다. 은일隱逸로 당상관 승지에 오른 것은 드문 일이다. 수많은 관직이 내려왔지만 실제 직무를 수행한 기간은 길지 않았던 것 같다. 『덕촌집』에 실려 있는 「장령을 사양하는 소」 · 「승지를 사양하는 소」 등 여러 편의 사직 상소가 이를 방증한다. 문집에서 그의 관리 생활을 엿볼 수 있는 글은 찾아보기 어렵다.

양득중은 아무래도 관리보다는 학자가 체질이었던 것 같다. 그는 15세 때 「이기론理氣論」을 지을 정도로 학문적으로 뛰어났다. 그가 논산의 대학자 명재 윤증(1629~1714)을 만난 것은 행운이었다. 30대 초반부터 편지를 주고받으며 사승의 관계를 이어온 양득중은 41세 때 스승이 사는 논산과 가까운 공주의 덕촌으로 이사를 했다. 이후 양득중은 윤증의 사상적 · 학문적인 후계자뿐 아니라, 소론 당색의 이데올로그로서 자리를 확고히 하게 된다.

『덕촌집』에는 「대의를 밝힌 것에 대한 분변[明大義辨]」이라는 글이 있다. 노론의 영수 우암 송시열(1607~1689)의 북벌론에 대한 비판이다. 송시열이 주자의 글을 모방해 '북벌'의 대의를 천명하고 있으나 북벌론은 허구일 뿐 아니라 주자의 글을 제대로 읽지 못한 데에서 나왔다는 논지를 강하게 펼치고 있다.

글에 송시열에 대한 존경심은 어디에도 없다. 송시열은 단지 '회천懷川(송시열이 살았던 충남 회덕을 가리킴)'으로 지칭될 뿐이다. 글은 양득중의 말년인 1740년에 쓰였다. 그러나 내용이 너무 신랄해 송시열의 라이벌이었던 윤증이 환생해 쓴 게 아닌가 하는 착각이 들 정도다. 논쟁적인 글로 국립중앙도서관본 등 『덕촌집』의 일부 판본에는 이 글이 빠져 있다.

『반계수록』의 가치를 알리다

양득중의 사상사적 기여는 실학자 반계 유형원(1622~1673)과 그의 대표 저서 『반계수록』을 세상에 알린 점이다. 이 역시 스승 윤증의 영향이다. 뒷날 '실학의 비조'로 불린 유형원이 실학자로 자리매김된 것은 사후 한참이 지난 뒤였다. 양반 사족 출신으로 서울에서 태어난 유형원은 과거를 포기한 채 학문으로 세상을 개혁하겠다는 결심으로 전라도 부안의 우반동 계곡으로 들어갔다. 그리고 17년간 연구와 저술에 몰두했다.

그 결과물이 조선 실학의 선구적 저작이 된 『반계수록』이다. 그러나 3년 뒤 유형원이 세상을 뜨자 책도 묻힐 운명에 처했다. 독학으로 저술 활동을 해온 반계에게는 그의 학업을 계승 · 전수할 변변한 제자가 없었던 것이다. 1741년 덕촌은 「조정의 부름을 사양하면서 올리는 상소[又辭疏]」에서 토지 · 군사 · 부역제도의 개혁을 주장하며 조정에 『반계수록』의 존재를 처음으로 알렸다.

> 근세에 호남 유생 유형원은 법제를 강구해 찬란하게 갖추어놓았습니다. 토지제도에서 시작해 교육 문제, 관리 등용 문제, 관직제도, 봉급제도, 군사제도에 이르기까지 세세한 것을 모두 거론해 털끝 하나까지도 빠뜨리지 않았습니다. 책을 이미 완성하고 이름붙이기를 '수록'이라 하였는데 모두 13권입니다.

그러면서 양득중은 시급한 토지제도의 개혁을 위해 『반계수록』을 참고할 뿐 아니라 경연의 교재로 채택할 것을 권유했다. 당시 임금을 가르치는 경연의 교재는 『주자어류』나 『대학연의』와 같은 중국 책이 대부분을 차지하고 있었으며 조선의 서적으로는 『성학집요』 정도가 경연에서 읽힐 정도였다. 그러나 양득중은 『주자어류』는 선비가 시간이 날 때 읽을 만한 책이지 제왕학의 교재는 못 된다며 임금이라면 모름지기 이 책 대신에 『반계수록』을 먼저 읽어야 할 것이라고 주장했다.

『반계수록』이 경연의 교재로 채택되었다는 기록은 없다. 채택되지 못했을 것이다. 그러나 양득중의 노력으로 『반계수록』은 조선의 선비들에게 알려졌고, 마침내 1770년 대구에서 간행되었다. 이후 성호 이익, 다산 정약용 등 실학자들에게 필독서가 되었다. 청장관 이덕무는 『반계수록』을 이이의 『성학집요』, 허준의 『동의보감』과 함께 '조선의 3대 양서'로 꼽았고, 정조는 수원 화성을 건설하면서 이 책을 참조했다.

양득중이 『반계수록』을 접한 것은 논산의 스승인 명재 윤증의 아래에서 공부할 때였다. 전북 부안에서 탈고된 책이 그곳에서 멀지 않은 논산의 윤증의 손에 들어갔던 것이다. 양득중은 『덕촌집』에서 윤증의 말을 인용해 "이 책은 옛 성왕이 남긴 법도에 따라 편찬하여 그 본뜻을 잃지 않았으며, 왕정을 행하고자 한다면 오직 이것을 적용해야 한다"고 말했다. 윤중이 『반계수록』의 가치를 처음으로 알아본 학자였다면, 양득중은 그 가치를 널리 알린 사람이었다. 간행된 『반계수록』의 맨 끝에 윤증의 발문이 붙어 있는 것은 이 때문이다.

실사구시,
삶의 철학에서
국정 지침으로

양득중의 삶의 철학은 허위와 가식을 배제하고 일상 생활에서 진리를 찾는 것으로 요약된다. 그는 현실과 동떨어진 성리학의 공리공론이나 허례허식에서 벗어나 실질적이고 합리적으로 생각하고 실천할 것을 강조한다. 이를 한마디로 말하면 사실에 근거하여 진리를 찾아가는 태도, 즉 '실사구시'다.

양득중은 장례에서의 허례와 허위의식을 예로 들며 실사구시해야 한다고 강조한다. 조선 시대에 장례 때는 상주가 조문객과 마주보고 통곡을 하는 의례가 있었다. 이를 상향이곡相向而哭이라 한다. 이는 당연히 해야 하는 의례로 간주되었다. 그러나 양득중은 이에 반기를 들며 맹목적인 통곡은 중단되어야 한다고 말한다.

그에 따르면, 이 의식은 원래 공자가 죽은 뒤 제자들이 뿔뿔이 흩어졌다 3년이 지나 만났을 때 의지할 스승이 없음을 알고 서로 마주보고 통곡한 데서 유래했다. '상향이곡'은 그리움에 복받쳐 하는 통곡이니만큼 조문객을 맞을 때마다 형식적으로 하는 곡은 예가 아니다. 양득중은 장례 때에는 아침과 저녁, 3년상 중에는 초하루와 보름날에만 곡을 해도 된다고 말한다(「마주보고 통곡하는 관습에 대한 이야기[相向而哭說]」).

실사구시의 정신은 이처럼 멀리 있지 않다. 양득중은 실사구시야말로 개인뿐 아니라 국가 통치에서도 절실하게 필요하다며 상소문을 올릴 때마다 힘주어 강조했다. 그는 영조의 신임을 받아 자주 경연에 참여했다. 영조가 세제 시절, 스승으로 모시면서 깊은 인상을 받았기 때문이다.

그는 경연에서 탕평책과 부역의 개선책 등을 건의했는데, 그 실천 방법 역시 실사구시였다. 양득중이 경연에 참여해 영조와 나눈 이야기를 기록한 「등대연화」(『덕촌집』 권3)는 한국 문헌 가운데 실사구시의 용례가 들어 있는 최초의 글이다.

> 근대의 허위 풍조는 위로 고위 관리에서 아래로 사림에 이르기까지 헛된 이름만 드날리고 턱없이 높은 것만 내걸고 있어, 자기의 분수에서 '실사구시'의 의미를 전혀 유의하지 않고 있습니다. (…) 이 네 글자는 한나라 하간헌왕의 덕행을 형용한 것이지만, 소홀히 넘길 말이 아닙니다. 요즘 세상의 허위의 풍조는 전혀 '실사구시'의 의미가 있음을 알지 못하고 공연히 텅 빈 지경으로 치닫고 있습니다.

양득중이 실사구시를 국정의 운영 지침으로 삼자며 절박성을 피력하자, 영조는 이 말이 좋다며 네 글자를 써서 벽에 걸어두었다고 한다. 오늘날 실사구시는 조선 후기 실학자의 슬로건처럼 인식되고 있다. 연천 홍석주, 추사 김정희 등이 「실사구시설」을 써 이들이 조선 시대 실사구시의 원조처럼 알려져왔지만, 이보다 150년 앞서 양득중이 실사구시적인 정책을 건의했다는 사실을 기억해야 한다.

마지막으로 『덕촌집』 번역본의 문제를 짚고 넘어가야겠다. 나는 2013년 몇 명의 지인과 한문 읽기 모임을 꾸려 『덕촌집』 읽기를 시도했다. 그러나 1년쯤 읽다가 접었다. 글이 까다로워 읽기가 쉽지 않은 데다 도중에 번역 작업을 하고 있다는 소식을 들었기 때문이다. 다들 힘들여 읽느니 나중에 번역본을 보는 게 낫다고 판단했다. 그 뒤 번역본 출간 소식을 듣고 한달음에 입수했다.

그러나 번역본도 읽어내기가 만만치 않았다. 직역투의 문장은 쉽사리 들어오지 않아 여러 차례 원문을 대조하며 읽어야 했다. 나의 부족한 한문 실력으로 볼 때도 오역이 눈에 띄었다. 예컨대 '似涉輕率'은 '경솔히 물을 건너듯 하다'(번역본 1권 224쪽)보다는 '경솔한 듯하다'가 원문의 뜻에 가깝고, '명대의변'의 첫구절의 '明大義大旨'는 '대의를 밝힌 큰 뜻'(번역본 1권 415쪽)이 아닌 '대의를 밝힌 대략적인 뜻'으로 해석해야 된다. 또 연보에 나와 있는 『유씨수록』은 '유형원의 『수록』' 또는 '『반계수록』'이라고 써야 정확하다.

번역은 독자들이 쉽게 텍스트를 읽어갈 수 있도록 도와주는 작업이다. 그런데 번역본을 읽고도 이해가 되지 않는다면 문제가 있다. 40여 년 전 민간기구인 민족문화추진회에서 펴낸 고전 국역본은 직역투의 문장이 많긴 했지만, 오역은 거의 없었다. 그런데 더구나 국가 번역기관인 한국고전번역원에서 펴낸 책이 오역으로 쉽고 정확하게 읽히지 않는다면 이건 작은 일이 아니다.

고독한 지식인의 고뇌, 차라리 벙어리로 살리라

윤기의 『무명자집』

『무명자집(無名子集)』

20권 20책의 필사본으로, 서문과 발문이 없어 편자 및 편년을 알 수 없다. 성균관대학교 도서관에서 소장하고 있으며, 1977년 성균관대학교 대동문화연구원에서 영인해 간행했다. 시는 6권에 3,277수, 산문은 14권에 걸쳐 설(說)·기(記)·제(題)·서(序)·명(銘)·논(論)·책(策) 등 다양한 글이 실려 있다. 시 가운데 「영사(詠史)」 400수, 「영동사(詠東史)」 600수, 「반중잡영(泮中雜詠)」 220수 등이 있으며, 장편 연작시가 돋보인다. 특히 「반중잡영」은 성균관의 역사·인물을 이해하는 데 유용하다. 산문에는 「군사부론(君師父論)」·「협리한담(峽裏閑談)」·「정중한담(井中閑談)」 등 정치·역사·시국에 대한 글이 많다.

윤기(尹愭, 1741~1826)

문신·학자. 자는 경부(敬夫), 호는 무명자(無名子)이며, 본관은 파평이다. 20세에 성호 이익의 제자가 되어 경서와 시문을 질정받았다. 33세에 생원시에 합격하여 근 20년을 성균관 유생으로 지냈고, 이때 성균관의 모습을 그린 「반중잡영(泮中雜詠)」 220수를 지었다. 52세에 문과에 급제해 승문원 정자를 시작으로 종부시 주부, 예조·병조·이조 낭관, 남포현감, 황산찰방, 호조참의를 역임했다. 『정조실록』 편찬에도 참여했다.

이름 없는 사람

문집의 이름을 짓는 가장 흔한 방법은 저자의 호 밑에 집集, 또는 문집文集을 붙이는 일이다. 『무명자집』도 마찬가지다. '무명자'라는 호를 쓴 사람의 문집이라는 뜻이다. 무명자 윤기는 조선 정조와 순조 연간에 살았던 사람이다. 그는 왜 '이름이 없는 사람'이라는 뜻의 호를 썼을까.

그는 무명의 삶을 살았다. 86세라는 오랜 삶을 누렸지만, 크게 이름을 떨치지 못했다. 51세라는 늦은 나이에 과거에 급제했다. 만년에 급제해서인지, 벼슬은 성균관 전적, 종부시 주부, 현감, 찰방, 실록 편수관 등 낮은 자리를 전전했다. 생전에 큰 공을 세운 것도 아니요, 큰 사건에 연루된 적이 없어 역사서에도 비중 있게 언급되지 않는다. 그는 호에 걸맞게 무명의 삶을 살았다고 해도 과언이 아니다.

그런데 윤기는 '무명'을 사회적 관계 속에서 해석했다. 그는 「가족이 지켜야 할 일[家禁]」이라는 글에서 자신의 호를 이렇게 설명했다.

> 내가 평소 언행에 신중하지 못하여 남들에게 신뢰를 받지 못했으니, 참으로 무명씨無名氏이다.

그는 다른 사람들과의 관계에서 고립되어 홀로 살아갔다. 사회적 관계가 제대로 형성되지 못했던 것이다. 그는 양반 사대부이되, 당색을 좇아 행동하지 않았다. 그는 당쟁의 사회를 살았지만, 고독한 지식인이었다. 그는 그의 글 「벙어리가 되기로 맹세하다[誓瘖]」에서 자신을 이렇게 표현하기도 했다.

무명자는 세상의 모든 일에 대해 어두워 아는 지식이 없고, 도모하는 일도 없으니 천하에서 쓸모없는 사람이다.

세상에 대한 관찰과 기록

『무명자집』을 접하면, 먼저 그 양의 방대함에 놀라게 된다. 2013년 성균관대학교 대동문화연구원에서 완역 출간한 『무명자집』은 모두 16권이다. 여기에는 2,000여 편의 시와 수백 편의 산문이 실려 있다. 이는 윤기의 후손에게 전해내려온 19책의 『무명자집』을 번역한 것이다. 최근 10년 사이에 번역된 개인 문집 가운데 가장 거질일 것이다. 본래는 27책에 달했다고 하니, 무명자가 생전에 쓴 글의 양이 어마어마했다는 것을 알 수 있다.

문집은 개인의 기록물이다. 자연히 음풍농월의 시가 많고, 산문에서는 서간문 · 기문 · 묘지문 · 제문 · 행장 등 특정 사안과 인물에 포폄이 많은 것은 그 때문이다. 그러나 『무명자집』은 개인의 문집이지만, 내용은 결코 사적이지 않다. 그것은 무명자가 제3자의 시각에서 세상을 관찰하고 기록했기 때문이다. 이런 점에서 『무명자집』은 역사의 기록이자 시대의 증언이라고 할 수 있다.

『무명자집』에는 무명자가 쓴 글이 시기 순으로 실려 있다. 무명자의 문제의식은 19세에 쓴 최초의 산문 「관시설觀市說」과 86세에 쓴 마지막 작품 「서측자설抒厠者說」만 읽어도 단박에 알 수 있다. 「관시설」은 시장에서 목격한 소동을 기록한 내용으로, 정확한 진상을 모르고 분위기에 휩쓸려 행동하는 세태를 비판하고 있다. 「서측자설」은 '똥 푸는 자[抒厠者]'와 '무덤 도굴하는 자' 사이의 대화를 통해 이익을 위해서라면 물불을 가리지 않는 세태를 풍자하고 있다. 3개월째 병상에 누워 있던 무명자는 이 글을 쓴 뒤 11일 만에 세상을 떠났다. 그는 마지막까지 세상에 대한 비판의 화살을 놓지 않은 글쟁이였다.

『무명자집』은 곧 18~19세기를 살아간 한 지식인의 사회평론집이라고 할 수 있다. 문집에는 1765년 3월 영조가 공자의 사당에 참배할 때 유생들 사이에 일어난 소동을 기록한 「알성례 중에 일어난 소동[記驚]」, 이순신의 공적을 적극적으로 평가한 「임진년의 일을 논하다[論壬辰事]」, 인조 때 영의정을 지낸 추탄 오윤겸의 음험한 마음 씀을 폭로한 「오추탄의 사적을 읽고[讀吳楸灘事]」 등 사건과 사실을 정확히 기록하고자 하는 사론史論 성격의 글이 적지 않다. 또 당시에 사회 문제로 대두됐던 과거제, 담배, 음주 문화 등에 대한 논설 글을 많이 남겼다.

성균관과 과거제도에 대한 상세한 보고서

무명자 윤기의 생애 가운데 특기할 만한 점은 성균관 생활이다. 무명자는 34세에 생원진사시에 합격하면서 성균관에 들어갔다. 대개 20대 초반에 성균관에 입학하는 것에 비춰볼 때 상당히 늦은 나이다. 그는 이곳에서 유생으로 오래도록 공부한 끝에 51세가 되어서야 문과에 급제했다. 17년 동안 문과시험을 보았으니 가장 오랫동안 성균관 생활을 체험한 셈이다. 번번이 낙방의 고배를 마셔야 했던 과거 시험 재수생으로서 고뇌도 적지 않았을 것이다.

그렇지만 의외의 성과도 있었다. 긴 세월을 성균관에서 생활하면서 그곳의 제도와 풍습을 소상히 파악할 수 있었다. 그는 성균관의 이야기를 「반중잡영泮中雜詠」이라는 시로 옮겼다. 「반중잡영」은 단순히 성균관을 노래한 시가 아니다. 시는 성균관의 모습과 운영 상황, 유생들의 생활상을 자세히 소개하고 있다. 각 시에는 별도의 주석을 붙여 독자의 이해를 도왔다. 이를테면 동재와 서재에 대해 읊은 시의 아래에는 이런 주석이 달려 있다.

> 동재와 서재의 상재와 하재가 통틀어 28개의 방이다. 맨 아래의 동재 · 서재 각 두 칸이 하재인데, 하재에는 동재와 서재에 각기 10인씩 거주한다.

시의 전문은 이러하다.

명륜당 아래의 동재와 서재는	明倫堂下東西齋
28개 방의 창문 서로 마주보게 배치됐네	廿八房窓互對排
진사와 생원은 윗방에 거처하고	進士生員居上舍
하재생 20명은 따로 함께 거처하네	下齋二十自相偕

「반중잡영」은 220수로 된 연작 장편시이다. 시에는 성균관의 위치와 반촌의 풍습, 기숙사 규칙, 식당 이용 방법, 식사 메뉴, 성균관 시험의 종류와 절차 등이 상세하게 담겨 있다. 또 유생들이 자신들의 뜻을 관철시키기 위해 사용했던 권리투쟁인 '권당捲堂(식사거부)'도 구체적으로 묘사돼 있다. 이 때문에 이 장편시는 일찍부터 학계의 주목을 받아왔다.

「반중잡영」이 『무명자집』의 존재를 알렸다고 해도 과언이 아니다. 무명자가 성균관을 기록한 데에는 변질되어가는 성균관의 위상을 바로잡고자 하는 뜻이 담겨 있다. 그는 「반중잡영」 서문에서 "예전에 융성했던 성균관의 제도와 풍습이 이제 수습할 수 없게 되었다"라며 "후인들에게 눈앞의 일을 가지고 본래 모습을 되짚어보는 자료로 삼고자 한다"고 밝혔다.

무명자가 보기에 가장 먼저 개혁되어야 할 것은 과거제였다. 수십 차례 낙방한 경험을 맛보았던 '늦깎이 과거 급제자'인 그는 누구보다도 과거제의 실상과 폐해를 잘 알고 있었다. 『무명자집』은 '과거제 백서'라고 불러도 좋을 정도로 과거의 실상을 신랄하게 파헤치고 있다. 문집에 실려 있는 과거제 관련 조목은 「과거제도에 대하여[論科擧]」·「과설 12조목[科說十二]」·「후과설 3조목[後科說三]」·「과설 6조목[科說六]」·「과거에 대하여[科說]」 등 수십 조항에 달한다.

글은 저자가 목도한 과거 시험의 문제점을 열거하고 대책을 제시하는 내용으로 채워져 있다. 이 가운데 답안지 작성 과정에서 일어나는 각종 부정행위, 시험관의 뇌물 수수, 당색에 따른 합격자 안배 등 과거의 비리가 눈앞에 펼쳐 보이듯 생생하게 묘사되어 있다. 그는 조선의 과거제도는 이미 공정한 인재 선발 기능을 상실했다고 진단한다. 그러면서 과거제를 폐지하고 이조·병조·관찰사가 직접 인재를 천거해 선발하는 추천제를 대안으로 내세운다.

과거제를 연구하는 역사학자들 사이에서 최근 『무명자집』을 인용하는 사례가 늘고 있다고 한다. 『무명자집』은 개인 문집 차원을 넘어 조선 후기 과거제의 실상을 알려는 이들에게는 필독 텍스트가 되고 있다.

사유와 성찰이 빛나는 전방위 글쓰기

무명자는 글쓰기의 폭이 넓다. 역사 기록도 있고, 철학적 논변도 있다. 사회를 논평하는 논설문도 있고, 주변의 이야기를 채록한 잡문도 있다. 시·편지글·행장·상소문·책문 등 전통 양식의 글이 포함된 것은 물론이다. 『무명자집』이 돋보이는 것은 글이 단순한 사실·논평에 그치지 않고 깊은 사유와 성찰을 담아내고 있다는 점이다. 돈·문방사우·독서·교육·소일거리 등 일상의 소재를 다루지만, 그의 글에는 깊은 아우라가 있다.

나는 유익하면서도 울림이 있는 글로 「독서의 순서[讀書次第]」·「어린 자식을 가르치는 방법[教小兒]」·「소일에 대하여[消日說]」·「돈에 대하여錢說」를 꼽고 싶다. 이 가운데 공자와 맹자를 인용하며 풀어낸 「어린 자식을 가르치는 방법」은 '기다림의 미학'을 일깨워주는 교육론으로 오늘날 자녀 교육에 적용해도 손색이 없다. 「소일에 대하여」는 노령화 시대를 맞아 노년을 어떻게 살아야 하느냐는 문제에 대해 좋은 시사점을 준다. 「돈에 대하여」에는 '동취銅臭(구리내의 뜻으로 돈 냄새)'·'아도물阿堵物(돈의 별칭)'등 돈에 얽힌 흥미 있는 고사가 실려 있다.

무명자의 글쓰기의 힘은 어디에서 나올까. 그것은 세상에 대한 깊은 애정과 자신에 대한 끊임없는 성찰일 것이다. 조선의 많은 지식인들이 그랬듯이 무명자 역시 성현들의 말을 경구로 삼아 자신을 돌아보았다. 그가 스스로를 경계하기 위해 벽에 써 붙였다는 '서벽자경書壁自警'이 이를 보여준다. 그 가운데에는 "다른 사람에게 의견을 구하여 확실히 안 뒤에 행동하고, 증거를 댈 수 있는 경우에만 말한다[參知而後動 可驗而後言]"는 구절도 있다. 그는 당대를 기록한 기자였다. 그러면서도 유가의 덕목을 생활화했기에 행동은 항상 겸손했다. 무명자는 벽에 자신의 좌우명도 걸었다.

> 남보다 한 발짝 물러서고, 남보다 한 번 더 머리를 숙이고, 만 길 높이 우뚝 선 벼랑처럼 고결하게 살자.
>
> 退人一步 低人一頭 壁立萬仞.

무명자는 이름 없는 고독한 지식인이었다. 그러나 그는 글쓰기를 통해 세상을 기록하고 해석하며 사회적 관계를 만들어갔다. 무명자를 역사에 기억하게 한 것은 '입언立言(문장으로 후대에 이름을 남김)'이었다.

5부

격변기의 혼란 속에서 살아간 인재들

새로운 나라를 꿈꾼 조선 왕조의 설계자

정도전의 『삼봉집』

『삼봉집(三峯集)』

고려 말에 초간본이 나온 것으로 추측되나 현전하는 것은 1791년에 간행한 목판본이다. 14권 7책으로, 권1~4에는 조선 개국 이전 불우한 시절에 지은 작품이 실려 있다. 권5~6에는 「불씨잡변」·「심기리편」·「심문천답」, 권 7~8에는 병서인 「진법(陣法)」이, 권9~12에는 재상제도의 변천 과정과 수령의 직책 등을 논한 「경제문감」이, 권13~14에는 「조선경국전」이 실려 있다. 조선왕조의 건국 이념, 여말선초의 사회제도를 이해하는 데 귀중한 자료이다.

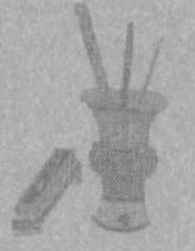

정도전(鄭道傳, 1342~1398)

문신·학자. 자는 종지(宗之), 호는 삼봉(三峰)이며 본관은 봉화(奉化)이다. 운경(云敬)의 아들이고, 이색(李穡)의 문인이다. 1362년 공민왕 때 문과에 급제해 성균관 제조를 지냈다. 이성계를 만나 혁명을 모의하고 조선의 일등 개국공신이 되었다. 정총(鄭摠)과 『고려사』를 편찬했으며 척불숭유를 조선의 국시로 삼았다. 서울 도성 축조, 경복궁 건설, 법제 정비 등을 통해 새로운 나라 조선의 밑그림을 설계했다. 그러나 왕권을 차지하려던 이성계의 아들 이방원에게 살해당하고 말았다.

역경 속에서 키운 웅지

신숙주는 1465년 두 번째로 간행된 『삼봉집』의 서문에서 이렇게 말했다.

> 일찍이 보건대, 옛날 영웅·호걸로 세상에 공을 세운 자는 그 끝을 보전하지 못하는 일이 많다. 어떤 자는 가득하면 줄어들고 차면 이지러지는 이치로써 화를 스스로 불러들이기도 했고, 어떤 자는 운수소관으로 스스로 벗어나지 못하기도 했다.

신숙주는 이성계를 도와 조선 왕조를 개창하고서도 말년에 역적이라는 누명을 쓰고 이방원에게 희생된 정도전이 가장 마음에 걸렸던 모양이다. 그러면서 옛날 영웅호걸들에 빗대고, 운수소관이라며 그를 위로했다. 그러나 정도전의 불운과 역경은 말년에만 있었던 것이 아니다.

34세 되던 1375년, 성균 사예로 있던 정도전은 전라도 나주 회진현으로 유배되었다. 공민왕이 시해당하고 우왕이 들어선 후 친원·반명정책에 반대하면서 이인임 일파의 견제를 받아 관직에서 쫓겨난 것이다. 그는 유배지 회진에서 2년을 보냈다.

개경에서 예문관·성균관 등 주로 문한文翰의 직책을 담당하며 내로라하는 당대의 학자들과 교유했던 그에게 궁벽한 시골 생활은 견디기 쉽지 않았다. 정도전은 당시의 생활을 「소재동기消災洞記」에 담았다.

> 나는 소재동 황연의 집에 세 들어 살았다. 그 동리는 바로 나주에 속한 부곡部曲인 거평居平 땅으로, 소재사라는 절이 있어 소재동이라 불렀다. 동리는 주위가 모

두 산인데 그 북동쪽에는 중첩된 봉우리와 고개들이 서로 잇달았으며, 서남쪽에는 여러 봉우리가 낮고 작아서 멀리 바라볼 만하다. 또 그 남쪽은 들판이 평평하고 숲속에 연기가 피어오르는 초가 10여 호가 있으니, 여기가 바로 회진현이다.

정도전은 농부 황연의 집에 세 들어 지내다가 마을에 초가집을 짓고 살았다. 그는 유배 기간 마을의 하층민들과 어울려 지냈다. 같이 술을 마시고 음식을 나누며 백성들의 삶을 체득했다. 『삼봉집』에는 유배 생활을 보여주는 시와 산문이 적지 않다. 자신의 힘든 처지를 쓴 문장도 있지만, 어려움 속에서 건강하게 살아가는 하층민의 생활을 담은 글도 적지 않다. 그는 유배를 통해 민중의 건강한 힘을 발견했다. 정도전의 개혁 의지는 유배지에서 싹이 텄다고 볼 수 있다.

유배에서 풀려난 뒤에는 야인 생활로 들어섰다. 주로 삼각산 아래 집에서 제자들과 글공부를 하면서 보냈다. 생활 형편이 좋지 못해 여러 번 이사를 해야 했다. 「집을 옮기다[移家]」는 당시 실의에 빠진 처지를 노래한 시이다.

오 년에 세 번이나 이사했는데	五年三卜宅
금년에 또 집을 옮겨야 되다니	今歲又移居
들은 넓고 초가는 자그마하고	野濶團茅小
산은 기다란데 고목은 성글구나	山長古木疎
농부와는 이름을 물어보지만	耕人相問姓
옛 친구는 편지조차 끊어버리네	故友絶來書
천지가 능히 나를 용납해주니	天地能容我
표표히 가는 대로 맡겨들 두자	飄飄任所如

정도전은 30~40대의 약 10년을 유배와 야인의 생활로 보냈다. 한참 일을 할 나이였지만, 그에게는 벼슬이 주어지지 않았다. 그러나 잃어버린 10년이 아니었다. 마음은 내내 중앙으로 향하고 있었다. 암중에서 끊임없이 무언가를 모색했다.

새로운 왕조, 조선을 열다

1383년 9월, 정도전은 동북면 도지휘사 이성계를 찾아 함주咸州의 군영을 찾았다. 고난과 시련의 10년을 보내면서 돌파구를 마련하고 싶었을 것이다. 당시 정도전은 42세, 이성계는 49세였다. 역사학자 한영우 교수는 "정도전이 이성계의 막하로 들어간 것은 역성혁명에 필요한 군사력을 얻기 위해서였을 것"이라고 분석했다. 두 사람의 만남은 조선 왕조의 건국으로 이어졌다. 이성계를 만나고 난 뒤, 정도전은 서장관으로 명나라에 다녀왔다. 명나라에서 돌아오던 당일, 성균관 좨주가 되었고 곧이어 남양부사로 부임했다. 그의 승진에는 이성계의 도움이 컸다.

1388년 이성계가 위화도에서 회군하여 정권을 잡자, 정도전은 왕의 측근 관료인 밀직부사로 있으면서 전제 개혁을 이끌었다. 1392년 7월, 정도전은 조준·남은 등 50여 명의 신하들과 함께 이성계를 새 왕으로 추대했다. 역성혁명이 성공한 뒤 고려 대신 조선이라는 새 국호를 사용했다. 이성계는 이름을 단旦으로 바꾸었다. 자도 중결仲潔에서 군진君晉으로 바꾸었다. 일련의 변화를 조종한 이는 정도전이었다. 『삼봉집』에는 이해 10월 이성계의 자를 바꾼 것을 축하하는 「임금의 표덕을 지어 올리며[撰進御諱表德

說]」가 실려 있다.

> 신이 삼가 살피건대, 일日자 밑에 일一을 더함은 (태조의 이름 '旦') 해가 돋는 처음을 뜻하며, 진晉(태조의 자 '군진'의 '晉') 자는 밝게 떠오르는 것을 뜻합니다. 하늘에 해가 떠올라 그 광명이 넓게 비쳐서 어두컴컴한 기운이 흩어지고 삼라만상이 뚜렷해짐은, 곧 임금의 다스림이 맑고 밝아서 온갖 사악한 것은 다 없어지고 모든 법이 모두 새로워지는 것을 말합니다.

신왕조 개창의 일등공신은 정도전이었다. 그는 개국 일등공신으로 봉해졌으며, 조정의 중요 관직은 그가 독차지했다. 그의 권한은 왕에 버금갔다. 정도전은 자신의 권한을 바탕으로 조선의 정치·경제·문화 등 모든 분야를 새롭게 만들어갔다. 그는 새 왕조의 총괄 설계자이자 기초자였다. 조선 왕조 통치의 토대를 마련하기 위해 『조선경국전』과 『경제문감』을 저술했다. 군사제도와 병법을 개혁하고 진법을 새롭게 만들어 군사들을 훈련시켰다.

사상적으로는 성리학을 체계화해 조선의 통치 이념으로 삼았다. 정도전의 성리학에 관한 저술로는 「심문心問」·「천답天答」·「심기리心氣理」 등이 『삼봉집』에 실려 있다. 정도전의 성리학 탐구는 학문이나 사상 자체의 수용이라기보다는 국가 통치 철학, 곧 이데올로기로 받아들였다고 보는 게 마땅할 듯하다. 마찬가지로 그의 사상적 주저로 꼽히는 「불씨잡변」도 불교 자체를 비판했다기보다는 불교 비판을 통해 구체제인 고려 왕조를 부정하려고 했던 측면이 더 강하다고 볼 수 있다.

정도전은 한양으로 수도를 옮기고 경복궁을 짓는 일을 지휘했다. 그는 궁궐 이름은 물론 궐내 전각의 이름을 하나하나 지으면서 그 의미를 기록으로 남겼다. 그는 「경복궁景福宮」이라는 글에서 "궁궐이란 임금이 정사를 다스리는 곳이요, 사방이 우러러보는 곳이요, 신민들이 다 나아가는 곳이므로, 제도를 장엄하게 해서 위엄을 보이고 이름을 아름답게 지어 보고 듣는 자를 감동하게 해야 한다"면서 "군자께서 만년 장수하시고 큰 복[景福] 받으시기를"이라는 『시경』 구절을 취하여 새 궁전의 이름을 경복궁으로 했으면 좋겠다고 밝혔다. 그의 바람대로 경복궁은 조선의 정궁이 되었다. 정도전은 조선이라는 나라를 설계한 그랜드마스터였다. 또 소소한 일까지 직접 챙기며 놓치지 않은 주도면밀한 국정 기획자였다.

호 '삼봉'에 대하여

많은 이들은 정도전의 호 '삼봉'이 단양팔경의 하나인 도담삼봉에서 유래한 것으로 알고 있다. 『한국민족문화대백과사전』의 '정도전' 항목을 보면 "선향은 경상북도 영주이며, 출생지는 충청도 단양 삼봉三峰이다"라고 되어 있다. 그리고 호 '삼봉'을 도담삼봉에서 취했다고 썼다. 글쓴이는 정도전 연구의 권위자인 한영우 교수인데, 그는 학계에 정도전을 본격 소개한 『정도전 사상의 연구』(서울대출판부, 1973)에서도 '도담삼봉설'을 제기했다. 그는 이 책에서 정도전 출생과 관련한 전설을 소개하면서, "아이를 길에서 얻었다 해서 이름을 도전道傳이라 하고, 부모가 인연을 맺은 곳이 삼봉이므로 호를 삼봉三峰이라고 지었다"라고 썼다. 한영우 교수는 민족문화추진회(한국고전번역원 전신)가 펴낸 국역본 『삼봉집』의 해제에서도 같은 주장을 폈다. 이후 도담삼봉설은 학계뿐 아니라 일반인들 사이에서도 통념이 되었다. 과연 그럴까?

정도전은 삼봉이라는 호에 대해 기록을 남기지 않았다. 『삼봉집』에서 '삼봉'의 유래를 밝힌 문장은 찾아볼 수 없다. 다만 '삼봉'의 지명이나 위치를 가늠해볼 수 있는 시를 여러 편 남겼다. 첫 번째는 「삼봉에 올라」라는 시이다.

홀로 있다가 먼 그리움 일어나	端居興遠思
삼봉 마루에 올라	陟彼三峰頭
서북쪽으로 송악산 바라보니	松山西北望
검은 구름 높게 떠 있다	峨峨玄雲浮
그 아래 벗님 있어	故人在其下
밤낮으로 어울려 놀았지	日夕相追遊
(…)	

정도전이 개경의 옛 친구를 추억하는 이 시에 인용한 삼봉은 '서북쪽으로 송악산 바라보이는' 곳이다. 개경에서 멀지 않은 곳에 있다는 의미이다. 또 이 시에는 "공(정도전)이 부모상을 당해 경상도 영주에 살면서 3년 복제를 마치고 1369년에 삼봉의 옛집으로 돌아왔다"는 주석이 있어 삼봉이 영주에서는 멀리 떨어진 곳임을 추론케 한다.

「삼봉으로 돌아올 적에 약재 김구용이 전송해 보현원까지 오다[還三峰若齋金九容送至普賢院]」라는 시에도 삼봉이 보인다. 이 시를 지을 무렵, 정도전은 장기간 집을 떠나 있었는데, 오랜 방랑을 끝내고 삼봉의 옛집에 돌아올 때 친구 김구용이 보현원普賢院까지 전송한 일을 읊은 시다. 보현원은 『신증동국여지승람』에 경기도 장단에서 남쪽으로 25리 떨어진 곳에 있다고 설명되어 있다. 현재의 파주 임진강변쯤으로 추정되는데, 역사적으로는 고려 의종 때 국왕의 보현원 행차를 틈타 정중부 등이 무신란을 일으킨 곳으로 널리 알려져 있다. 여기에서 삼봉은 파주 인근의 지명임을 알 수 있다.

이 밖에도 앞서 인용한 『삼봉집』에 수록된 「집을 옮기다[移家]」라는 시를 보면 "오 년에 세 번이나 집을 옮겼다"는 구절이 보이는데, 이곳에도 '삼봉'이 등장한다. 이 시에는 특이하게도 다음과 같은 문집 편찬자의 주석이 붙어 있다.

> 공이 삼봉재三峰齋에서 글을 강론하자 사방의 학자들이 많이 따랐다. 이때에 향인으로 재상宰相이 된 자가 미워하여 재옥齋屋을 철거하자, 공은 제생諸生들을 데리고 부평부사富平府使 정의鄭義에게 가서 의지하여 부府의 남촌에 살았는데, 전임 재상 왕모王某가 그 땅을 자기 별장으로 만들려고 또 재옥을 철거하여 공은 또 김포로 거처를 옮겼다. 임술년(1382).

삼봉재에 살던 정도전이 한 권력자가 집을 철거하자 부평으로 이사갔다가 그곳에서도 여의치 않자 다시 김포로 옮겼다는 내용이다. 문제는 삼봉재의 위치를 단양으로 보느냐 삼각산으로 보느냐인데, 임시 거처를 찾아 전전했던 당시 상황을 미루어본다면 부평이나 김포 인근인 삼각산이 옳을 듯하다.

종합하면, '삼봉'은 개경을 조망할 수 있는 높은 산이며, 파주 임진강에서도 멀지 않은 곳이다. 또 삼봉을 중심으로 오 년 동안 세 번의 이사를 했는데, 그가 머물렀던 곳은 삼봉 · 부평 · 김포로 한강 주변 지역들이다. 이렇게 본다면 '삼봉'은 삼각산, 즉 오늘의 북한산을 지칭한다고 해야 할 것이다.

북한산은 백운대 · 인수봉 · 만경대의 세 봉우리로 이뤄졌다 해서 예부터 삼각산으로 불렸다. '삼봉'으로 약칭되기도 했는데, 이 같은 사례는 목은 이색의 글에서도 확인된다. 정도전의 스승으로 학문과 사상에 가장 큰 영향을 끼친 이색은 17세 되던 해 삼각산에서 학업을 연마한 적이 있다. 이런 인연 때문인지, 그의 문집 『목은집』에는 「삼각산三角山을 바라보며」라는 시가 실려 있다. 이 시에는 "삼봉이 태초 때부터 깎여 나왔는데[三峰削出太初時]"라는 구절이 보인다. 삼각산과 삼봉이 함께 쓰였다는 증거다.

정도전의 문집에 나타난 '삼봉'은 단양의 도담삼봉이 아닌 삼각산임을 분명히 보여준다. 당연히 『삼봉집』에 도담삼봉이나 단양이라는 지명은 보이지 않는다. 이는 정도전의 호 '삼봉'이 도담삼봉과는 거리가 있음을 말해준다.

이 때문인지 처음 '도담삼봉설'을 제기했던 한영우 교수는 나중에 자신의 견해를 수정했다. 한영우 교수는 『왕조의 설계자 정도전』(1999)에서 정도전 출생과 호에 관련한 전설이 사실과 다른 것 같다고 밝혔다. 그러면서 "삼봉이라는 호는 단양의 삼봉에서 차명한 것일 수도 있지만, 그의 옛집인 개경 부근의 삼각산에서 차명했을 가능성도 있다"고 한 발짝 물러났다.

한영우 교수는 기록이 아닌 단양에서 전해오는 이야기를 바탕으로 정도전의 출생지와 '삼봉'이라는 호의 유래를 도담삼봉으로 파악했다. 그러나 문집을 살펴보면 그러한 주장이 근거가 없음이 드러난다. 전설은 전설일 뿐이다. 정도전의 호 '삼봉'은 삼각산(북한산)으로 보는 게 옳다. 정도전은 자신의 옛집이 있던 북한산에서 호를 취했고, '삼봉재'에서 학문을 연마하고 이성계를 도와 조선을 건국했다.

오랫동안 삼각산 아래에 살았던 정도전은 삼각산과 한강의 지리를 훤히 꿰뚫었을 것이다. 조선이 개국한 지 3년도 되지 않아 개경에서 삼각산 아래의 한양으로 천도한 것은 결코 우연이 아니다. 그러고 보니 삼각산을 지칭하는 '삼봉'이라는 호는 조선을 열고 삼각산 아래에 수도를 정한 '조선 왕조의 설계자' 정도전의 이미지와도 잘 어울린다.

절의를 버린 것인가, 공훈을 좇은 것인가

권근의 『양촌집』

『양촌집(陽村集)』

40권 10책으로, 아들 권제(權蹄)가 세종 때 처음 간행한 이후 여러 차례 중간됐다. 시 980수, 산문 305편이 수록됐다. 시와 산문에는 정치·외교·사회·문화 등 당시의 현실이 잘 드러나 있다. 조선 최초의 문형으로 활약하며 표전·상소문·차자 등 관각체의 작품들을 많이 남긴 게 특징이다. 「응제시」·「동국사략론」·「동현사략」 등 조선 전기 사학사 연구에 도움이 되는 작품이 적지 않다. 의학·지리학·인쇄술·문화재에 관한 글도 눈에 띈다. 민족문화추진회에서 1985년에 번역했다.

권근(權近, 1352~1409)

문신·학자. 초명은 권진(權晋), 자는 가원(可遠)·사숙(思叔), 호는 양촌(陽村)·소오자(小烏子)이며 본관은 안동(安東)이다. 고려 공민왕 때 문과에 급제해 춘추관 검열, 성균관 직강, 예문관 응교 등을 역임했다. 조선 개국 후 새 왕조의 창업을 칭송하는 노래를 지어 올렸다. 이후 예문관 대학사, 중추원사, 정당문학, 참찬문하부사, 대사헌, 찬성사 등을 지냈다. 경서의 구결을 정리하는 등 유생 교육에 힘썼으며, 하륜 등과 『동국사략』을 편찬하는 등 학술·문학·사상 분야에서 업적을 남겼다.

변절과 어용의 길

양촌 권근은 여말선초의 문인이자 학자이며, 관리이자 정치가이다. 문과에 급제하여 타계할 때까지 40년 가까이 관직에 있었다. 절반은 고려에서, 나머지 절반은 조선에서 벼슬을 했다. 권근은 고려의 신하일까, 조선의 신하일까.

권근은 공민왕 시절, 18세 어린 나이로 문과에 급제했다. 벼슬살이는 우왕·창왕·공양왕으로 이어지는 고려 왕조 끝자락에서 이루어졌다. 이색의 제자였던 권근은 동문수학한 박상충·정몽주·정도전과 함께 성리학을 수용하며 친명 외교를 주장했다.

그러나 명나라를 치겠다는 이성계가 위화도에서 회군했을 때는 패가 갈렸다. 권근은 이성계에 반기를 들고 고려 왕조를 지키겠다는 구파 그룹에 섰다. 그러나 고려 왕조는 이미 돌이킬 수 없는 상태였다. 조준·정도전·남은 등 개혁파 관료들이 이성계를 추대했을 때, 권근은 유배에서 풀려나 충주에 머무르고 있었다. 고려가 망할 때까지 그는 반이성계 그룹의 중심에 있었다.

조선을 개창하자 권근은 마음을 바꿨다. 이성계가 새 조정에 참여하기를 권유했을 때, 그는 조금도 주저하지 않았다. 이때 쓴 시가 조선의 개국을 칭송하는 「계룡일송鷄龍一頌」이다. 『양촌집』에는 「민간의 노래를 바치다[進風謠]」라는 이름으로 실려 있다.

> 아득한 바다의 나라
> 동방에 자리 잡혀
> 성현이 탄생하니

거룩할사 그 공덕
때 맞춰 혁명하여
문화 정치 높았어라
백성은 전쟁 없고
세상은 화평하네
신하는 정책 아뢰고
선비는 충성을 다해
왕자가 일어나면
반드시 도읍 옮겨
오래도록 터 잡는데
처음 할 일 이거라고
정승 와서 살펴보니
계룡산에 터가 있네

권근은 이 시에 붙인 서문에서 "한갓 아첨하는 것이 아니라 감히 잠경箴警(훈계하고 깨우쳐줌)의 뜻을 붙여 신의 애달픈 충정을 펴본다"고 밝혔다. 그러나 내용을 보면 아첨의 시가 아니라고 부인하기 어렵다. 불과 몇 해 전까지만 해도 명나라에 가서 이성계의 세력을 억제해달라고 부탁하던 사람이 쓴 시라고는 믿어지지 않는다.

태조 2년에 쓴 「환왕 정릉 신도비명[有明朝鮮國桓王定陵神道碑銘]」에서는 한 발짝 더 나아갔다. 환왕은 태조의 부친인 환조 이자춘을 말한다. 그러나 권근은 이자춘보다는 이성계의 이야기로 비문의 대부분을 채웠다. 권근은 첫머리에서 500년마다 왕도정치를 할 지도자가 나온다는 맹자의 500년 주기설을 꺼내든다. 고려 500년의 국운이 쇠해 요승 신돈의 아들 우가 왕위를 참칭하자 이성계가 왕씨의 후예를 공양왕으로 세워 정통을 바로잡았다. 그러나 공양왕이 소인배들의 말을 믿고 이성계를 모함하고 화를 입히려 하자 여러 관리들이 천명과 민심을 받들어 이성계를 보위에 앉혔다.

비석의 내용은 이성계의 역성혁명을 합리화하는 글로, 앞서 조선 개국에 극력 반대한 논리는 전혀 보이지 않는다. 위화도 회군을 "정의를 지켜 군사를 되돌렸다"고 하고, "정몽주는 남몰래 대간臺諫으로 있는 그의 무리를 사주하여 전하(이성계를 지칭)를 모함하였다"고 말한 대목에서는 격세지감이 느껴질 정도다.

그러면서 이성계의 개국을 "위로는 하늘과 아래로는 백성의 도움을 얻었으니 참으로 500년 만에 한 번씩 나오는 왕자王者(왕도정치를 할 만한 사람)의 운수를 받았다"고 칭송했다. 조선의 개국을 노래한 「용비어천가」는 세종 때 만들어졌지만, 권근이 쓴 환왕의 신도비명은 용비어천가의 원조라고 할 만하다. 고려의 충신이 조선에서 어용 시인으로 변절했다고 하면 지나친 말일까.

권근의 변절은 뒷날 오래도록 입방아에 올랐다. 문인들은 이러한 권근의 행동을 "문장으로 아첨하고[諛文], 붓을 꺾어 글을 썼다[曲筆]"고 비판했다. 상촌 신흠은 "공(권근)은 고려말의 이름 난 선비로서 당시 귀양 생활에 만족하였더라면 그의 문장이 어찌 목은 이색 등 여러 분들보다 못했겠는가. 그런데 계룡일송鷄龍一頌으로 갑자기 개국의 총신寵臣이 되었으니 애달프다!"라고 안타까워했다.

조선 문단의 틀을 짠
최초의 문형

권근은 뛰어난 문장가였다. 조선 개국 직후 명나라는 조선 국왕이 보낸 외교문서에 트집을 잡고 문서를 작성한 정도전을 들여보내라고 요구했다. 이른바 '표전表箋' 문제이다. 요동정벌 계획을 세우는 등 명나라의 심기를 거슬렀던 조선의 기를 꺾어보자는 심산이었다.

정도전이 미적대고 있을 때, 권근이 자원해 명나라로 갔다. 권근은 명에 머무르면서 황제의 덕을 찬양하는 응제시應製詩 24편을 지어 바쳤다. 사대주의적 요소가 물씬 나는 시편들이지만, 응제시 덕분에 명과 조선 사이의 외교 문제는 술술 풀려나갔다.

이를 계기로 권근의 명성이 명나라에까지 알려졌다. 명나라 황제에게 바친 권근의 응제시는 훗날 고전문학과 역사 연구자들의 주목을 받았다. 연작시 가운데 단군설화를 노래한 시가 한 편 들어 있기 때문이다. 「상고 시대 개벽한 동이의 왕[始古開闢東夷主]」이라는 시다.

전설을 듣자니 아득한 옛날	聞說鴻荒日
단군님이 나무 밑에 내려왔다네	檀君降樹邊
임금 되어 동쪽 나라 다스렸는데	位臨東國土
저 중국 요 임금과 때가 같다오	時在帝堯天
이어간 세대 얼마인지 모르지만	傳世不知幾
해로 따지니 천 년이 넘었다네	歷年曾過千
그 뒷날 기자의 대에 와서도	後來箕子代
똑같은 조선이라 이름하였네	同是號朝鮮

권근은 조선의 신하가 되어 개국의 송가頌歌를 짓고, 표전으로 불거진 외교 문제도 해결했지만 바로 기용되지 못했다. 정도전 등 개국 공신파가 조정의 실권을 장악하고 있었기 때문이다. 권근이 중용된 것은 1398년 정도전과 남은 등 개국공신 세력이 제거된 1차 왕자의 난이 계기가 됐다. 이후 그는 정당문학, 참찬문하부사, 사헌부 대사헌, 예문관 대제학 겸 성균관 대사성, 의정부 찬성사 등 중앙의 요직에 오르며 승승장구했다.

다른 관직도 중요하지만 권근에게 예문관 대제학, 즉 문형文衡의 자리는 각별하다. 조선 왕조 최초의 문형인데다, 관인층의 문학을 지도하는 위치이기 때문이다. 권근은 문형으로 있으면서 조선 관각문학의 틀을 만들었다. 그는 지방 관리로 나간 적이 없이 오직 중앙에서만 일했다. 그리고 조정의 문서 작성과 서적 편찬을 두루 관장했다.

『양촌집』에는 사대표전류 · 본조전문류 등 중국 황제나 조선의 국왕에게 올리는 글이 꽤 실려 있다. 사대표전으로는 철령 이북의 땅을 돌려달라는 표문과 시호諡號를 내려준 데 대한 감사의 글, 중국 황제의 장수를 기원하는 글 등 다양하게 실려 있다. 권근이 명나라로 보내는 외교문서를 사실상 전담했음을 보여주는 사례들이다.

본조전문은 조선 왕의 생일을 축하하는 글, 종묘대제 때의 제문, 팔관회 축하 전문 등 왕실의 행사 때 올리는 문장들이다. 태조 이성계의 건원릉에 들어간 지석문도 권근의 작품이다. 수륙재 · 팔관회 등 법회 때 쓴 글과 도교 의식인 초례醮禮 때 쓴 청사문靑詞文도 있다.

유교 · 불교 · 도교를 막론하고 국가 중요 종교 행사에 쓰이는 문장을 직접 찬술했거나 관장했다는 얘기다. 태종이 "양촌은 국가의 보배요, 유림의 스승이었다"고 회고한 말은 결코 과장이 아니었다. 훗날 정조는 조선 시대 관각체 문장은 권근의 문장에서부터 시작되었다고 말했다. 조선 문학사에서 그의 위상은 크다.

조선 관학계의 실권자로서 권근은 교육제도, 국가 편찬 사업을 통해 새 왕조의 문물제도를 정비했다. 경서의 구결을 만들고, 역사서 『동국사략』을 편찬했다. 동아시아 최초의 세계지도 〈역대제왕혼일강리도〉와 〈천문도〉를 제작했다. 〈역대제왕혼일강리도〉의 여백에 쓴 권근의 발문에는 조선을 세계 제국의 반열에 올려놓겠다는 기상이 드러난다.

> 이제 특별히 우리나라 지도를 더 넓히고 일본日本 지도까지 붙여 새 지도를 만드니, 조리가 있고 볼 만하여 참으로 문밖을 나가지 않고도 천하를 알 수 있다. 지도를 보고 지역의 멀고 가까움을 아는 것도 또한 나라를 다스리는 데에 도움이 될 것이다.
>
> 方特增廣本國地圖 而附以日本 勒成新圖 井然可觀 誠可以不出戶而知天下也. 夫觀圖籍而知地域之遐邇 亦爲治之一助也.

정도전과 같고도 다른 길

권근은 정도전보다 10살 아래이다. 왕조 교체기를 같이 겪었던 두 사람의 일생은 유사한 점이 많다. 두 사람은 나란히 이색 문하에서 동문수학한 성리학자였다. 학문과 문장도 뛰어났다. 각각 58세와 57세의 수명을 누린 점도 비슷하다.

그러나 두 사람은 정치적 성향에서 차이를 보였다. 특히 조선 조정에서 수행한 역할이 달랐다. 정도전은 이성계와 함께 역성혁명을 주도한 개국공신으로 왕조를 디자인한 설계자였다. 반면 개국 사업에 뒤늦게 참여한 권근은 도면에 따라 일을 집행한 현장 책임자이자 감독자였다고 할 수 있다. 정도전이 태조 이성계를 도와 왕조의 기틀을 세운 창업공신이었다면, 권근은 태종을 보필한 수성의 신하였다.

노선은 달랐지만, 권근은 정도전을 내심 추종했다. 권근은 「삼봉집 서문」에서 "선생(정도전)은 절의가 매우 높고 학술이 가장 정밀하였다"고 평가했다. 그러면서 정도전의 저술 가운데 『학자지남도學者指南圖』는 일목요연할 뿐 아니라 앞선 학자들이 밝히지 못한 점을 다 말했다고 치켜세웠다. 『학자지남도』는 현재 전해오진 않는다.

권근의 학문적 업적으로는 『입학도설入學圖說』과 『오경천견록』을 꼽는다. 『입학도설』은 『대학』과 『중용』을 배우려는 초학자들을 돕기 위해 쓴 성리학 입문서이다. 송나라 주렴계의 『태극도설』을 본뜨고 주자 사서의 주석을 참고해 이기설 · 심성론 등을 그림으로 풀어냈다. 책의 제목이나 내용으로 봐서 정도전의 『학자지남도』의 내용을 확장시킨 것으로 추정된다. 이 책은 뒷날 이황 · 장현광 등에게 큰 영향을 끼쳤다. 『오경천견록』은 『시경』 · 『서경』 · 『역경』 · 『예기』 · 『춘추』 등 유가의 5경에 자신의 견해를 붙인 주석서이다.

권근은 정도전의 문학과 학술을 존경했다. 삼봉의 뒤를 이어 조선의 기틀을 마련하는 데도 크게 기여했다. 정도전이 요동 정벌, 한양 천도 등 정치 · 외교 · 국방 분야에서 적극적이었다면, 권근은 문물제도를 정비하며 교육 · 학술 등 내치에 힘을 쏟았다.

권근은 정도전과 함께 조선 초기의 문장가이자 경세사상가로 큰 자취를 남겼다. 그러나 권근에 대한 역사적 평가는 왕조의 설계자 정도전에 미치지 못한다. 두 왕조를 섬겼다는 변절의 이미지가 그의 발목을 잡았다. 조선 유학자 사이에서는 권근이 문학과 학문을 발전시켰다는 공로를 들어 그를 공자의 문묘에 배향해야 한다고 주장했지만, 그는 끝내 문묘에 들지 못했다.

생각은 달라도 나라 위하는 마음은 같거니

김상헌의 『청음집』과 최명길의 『지천집』

『청음집(淸陰集)』

40권 16책으로 시는 김육 · 이경여 · 최명길 등 당대의 유수한 문인들과 주고받은 차운시가 많다. 특히 심양에 구금돼 있으면서 쓴 「설교집(雪窖集)」 · 「설교후집」 · 「설교별집」이 눈에 띈다. 산문은 상소문과 묘지명 등 묘도문자가 많다. 북경을 다녀올 때 지은 「조천록」, 청평산에 유람할 때 지은 「청평록」은 널리 알려진 작품이다.

『지천집(遲川集)』

19권 8책으로, 박세당이 서문을 썼다. 권1~6에 시, 권7~14에 소차와 같은 상소문, 권15~17에 계사(啓辭)와 잡저, 권18~19에 행장 · 묘지명 등이 실렸다. 시는 자연에 대한 찬미와 교우들과의 우의를 읊은 것이 많다. 상소문은 대동법 · 호패법 등 제도의 시행과 병자호란 때의 건의문이 대부분이다.

김상헌(金尙憲, 1570~1652)

문신. 자는 숙도(叔度), 호는 청음(淸陰) · 석실산인(石室山人) · 서간노인(西磵老人)이며 본관은 안동이다. 척화파의 영수로서 병자호란 때 심양으로 압송되어 6년 뒤에 귀국했다. 예조판서를 지냈고 좌의정을 지냈다. 시호는 문정(文正)이다.

최명길(崔鳴吉, 1586~1647)

문신. 자는 자겸(子謙), 호는 지천(遲川) · 창랑(滄浪)이며 본관은 전주(全州)다. 이항복의 문인이다. 문과에 급제해 벼슬은 영의정을 지냈다. 병자호란 때 주화론을 주장하고 항복문서를 기초했다. 시호는 문충(文忠)이다.

남한산성에서 있었던 일

1636년 국호를 '청清'으로 바꾼 후금은 그해 12월 1일 조선을 침략했다. 병자호란이다. 청 태종이 몸소 12만 대군을 지휘했다. 12월 8일 청군은 압록강을 건넜다. 이 소식을 전하는 의주부윤 임경업의 장계는 12일 조정에 도달했다. 청군의 진격은 파죽지세였다. 13일에는 평양에 도착했고, 14일에는 개성을 통과했다. 당황한 조정은 강화도로 들어가 항거하려고 계획했다. 그러나 청나라 군사들은 이미 한양에 임박해 있었다. 강화도 계획이 수포로 돌아가자 인조는 이조판서 최명길을 홍제원에 있는 청군 진영으로 보내 진격의 시간을 지연시켰다. 최명길의 시간 벌기 작전으로 인조는 소현세자와 관리들을 이끌고 남한산성으로 들어갈 수 있었다.

12월 15일 남한산성 행궁行宮에 조정이 마련되었다. 그러나 갑자기 만들어진 전시 정부가 산중에서 한겨울을 보내기란 쉽지 않았다. 게다가 산성은 청군에게 포위됐다. 맞서 싸울 조선 군대는 1만 남짓에 불과했다. 국가 존망이 걸린 절체절명의 상황이었다. 조정은 싸움보다는 강화를 염두에 두고 있었다. 지천 최명길은 청과 화친을 해야 한다는 주화파를 이끌었다. 최명길의 강화정책은 척화파의 강한 반발을 불렀다. 선봉에 선 이는 청음 김상헌이었다. 서로 다른 길을 생각하고 있던 김상헌과 최명길이 부딪칠 것은 뻔한 일이었다.

최명길: 청나라가 군대를 이끌고 멀리까지 온 것은 반드시 우리나라를 항복시켜서 형제관계를 군신관계로 바꾸려는 의도에서입니다. 지금 만약 군신관계를 칭하지 않는다면 우리나라는 반드시 멸망하고 말 것입니다.

김상헌: 군신관계를 맺고 나면 저들은 반드시 들어주기 어려운 요구조건을 들고 나와 갖가지로 우리를 핍박할 것입니다. 결단코 군신관계를 칭해서는 안 됩니다. 그리고 전쟁은 강약만 가지고 성패를 논할 수 없습니다. 삼군의 군사가 한마음으로 일제히 분발한다면 저 오랑캐들을 무찌를 수 있습니다.

화친과 척화의 대립이 팽팽했지만, 인조는 화친을 결정했다. 화친이라지만 결국 청군에 대한 항복이었다. 최명길이 항복 문서의 초안을 작성했다. 그 문서를 집어든 김상헌은 "신의 죄는 머리카락을 뽑아도 이루 다 셀 수 없는 것입니다[臣罪擢髮難數]"와 같은 구절을 보고는 격분을 못 이겨 초안을 찢어버렸다. 그리고는 최명길에게 말했다. "공은 여러 대에 걸친 명문가의 자손으로서 어찌 차마 이런 짓을 한단 말입니까?"

최명길이 찢어진 항서를 주우면서 말했다. "대감의 말씀이 옳긴 합니다만, 이는 부득이한 상황에서 나온 것입니다. 나라에는 마땅히 항복하는 국서를 찢는 사람이 있어야 합니다. 그러나 이를 주워 수습하는 사람도 있어야 하는 법입니다."

두 사람의 대립은 서로 다른 정치 노선과 사상에서 비롯한다. 최명길은 인조반정에 적극 참여하여 공을 세운 공서파功西派 소속이었다. 김상헌은 당색에서는 최명길과 같은 서인이기는 해도 인조반정에 참여하지 않고 정계에 진출한 청서파淸西派에 속했다. 당시 조정은 공서파가 주도했다. 정치사상의 측면에서 김상헌은 정통 주자학을 공부한 원칙론자였다. 그는 명분과 의리를 존중했다. 당연히 그에게 명나라는 여전히 떠받들어야 할 황제국이었고, 후금은 가까이 할 수 없는 오랑캐에 지나지 않았다.

반면 최명길은 주자학과 함께 현실을 중시하는 양명학을 받아들였다. 그는 명분 못지않게 실리를 따졌다. 그가 보기에 세력을 키워가는 후금은 무시해도 좋을 오랑캐가 아니라 동북아시아의 신흥 강국이었다. 조선은 정묘호란 때와 마찬가지로 병자호란에서도 후금의 침략에서 벗어나는 게 급선무였다. 화친은 어쩔 수 없는 선택이었다. 남한산성에서 두 사람이 격돌한 것은 당연한 수순이었다.

김상헌의 길

김상헌은 1608년, 39세에 문과에 급제했다. 늦은 나이였다. 급제한 이듬해 광해군이 집권하면서 그의 벼슬길은 순탄치 않았다. 집권층인 대북파와 당색이 다른 김상헌은 광해군 집권 내내 한직을 맴돌았다. 그가 받은 벼슬이란 광주목사, 연안 도호부사 등 외직이 대부분이었다. 게다가 파직 또는 삭관되는 일이 잦아 관직에 있는 날은 그리 많지 않았다. 인조반정을 계기로 중앙 관직으로 나갈 수 있었다. 병조참판 · 대사간 · 대사헌 등에 제수되었다. 한때는 정승 후보에 오르기도 했다. 그러나 그는 생애 동안 조정에서 정치력을 발휘하지 못했다.

인조는 개인적으로 김상헌의 학식과 인품을 신뢰하고 그를 곁에 두고 싶었다. 병자호란이 나던 1636년에만 김상헌에게 공조판서 · 대제학 · 이조판서 등을 잇달아 제수한 것은 그 때문이다. 그러나 김상헌은 번번이 사양했다. 그는 조정에서 설 자리가 없다는 사실을 너무도 잘 알고 있었다. 인조가 백관을 대동하고 남한산성에 들어갈 때 김상헌은 벼슬을 내어놓고 양주 석실(지금의 남양주 덕소)의 시골집에 내려가 있었다.

인조의 남한산성 피란 소식을 접한 김상헌은 곧바로 남한산성으로 향했다. 그리고 12월 18일 임금을 면대하고, 곧이어 예조판서에 제수되었다. 당시 최명길은 이조판서였다. 똑같이 판서직을 맡고 있었지만, 두 사람의 무게는 달랐다. 결론은 항복이었다. 인조는 삼전도로 가서 청 태종 앞에서 삼배구고두三拜九叩頭를 행하고 치욕적인 '성하城下의 맹약'을 맺었다.

『청음집』은 조정의 의견이 항복으로 모아진 뒤 김상헌이 "엿새 동안 밥을 먹지 않았으며, 또 스스로 목을 매달아 거의 죽을 뻔하였다"고 기록했다. 1637년 1월 30일 인조가 남한산성에서 나가 항복했을 때 김상헌은 성 안에 있었다. 이튿날에는 큰형님 김상용이 강화도에서 순절했다는 소식을 접했다. 2월 7일 김상헌은 성문을 나와 고향 안동으로 내려갔다.

김상헌이 낙향하여 야인으로 살아가던 3년째 되던 1639년, 청나라는 명을 침입하면서 조선에 군대를 요청했다. 소식을 들은 김상헌은 나라의 기강이 무너지는 것을 보고만 있을 수 없다며 파병 반대 상소를 올렸다. 청나라는 상소한 자를 잡아오라고 조선을 압박하고, 김상헌은 심양瀋陽으로 끌려가 옥에 갇혔다. 1641년 1월, 김상헌의 나이 72세 때의 일이다.

최명길의 길

최명길은 1604년, 20세 때 증광문과 병과에 급제했다. 최명길은 김상헌보다 16살이나 어렸으나 과거 급제는 4년이나 빨랐다. 그러나 선조~광해군 조정에서는 벼슬길이 순탄하지 않았다. 광해군 시절, 조정을 장악하고 있던 북인들의 미움을 받아 관직을 삭탈당했는가 하면 잇따라 어버이의 상을 당하면서 수년간 벼슬에 나가지 않았다. 1623년 인조반정에 가담해 일등공신이 되면서 정권의 핵심 인물이 되었다. 병자호란 직전까지 인조 조정에서 그가 맡은 관직은 이조참판 · 우참찬 · 부제학 · 예조판서 · 호조판서 · 이조판서 등 요직이었다.

인조반정의 가장 큰 명분 중 하나는 친명배금親明排金이었다. 후금이 이에 불만을 품고 정묘호란을 일으켰다. 당시 최명길은 후금의 힘을 무시할 수 없었다. 그는 강화의 불가피성을 역설했다. 최명길에게 조선의 안위가 걸려 있는 상황에서 명나라와의 의리는 급선무가 아니었다. 그의 현실 인식은 『지천집』의 곳곳에 보인다.

> 명나라 만력황제의 재조지은再造之恩(임진왜란 때 조선을 도와준 은혜)은 우리나라 군신 가운데 누가 감격하여 추대하지 않겠습니까? 다만 우리나라가 생사의 위기에 즈음하여 어찌 옛날의 중흥시켜준 것만을 생각하고 스스로 망하는 길로 나가야 합니까? 이야말로 조선을 위하는 신하로서는 반드시 명나라를 위하여 내 나라를 망하게 해서는 안 된다는 것이 의리로서 당당하여 실로 성현의 교훈에도 부합되는 것입니다.
>
> – 최명길, 「장유에게 보낸 편지」

최명길은 "조선의 신하는 조선의 사직과 백성을 우선 생각해야 한다"는 의식을 갖고 있었다. 이러한 주체적이고 민족주의적인 생각은 병자호란 때에도 계속 이어졌다. 그는 화친이 결코 대의大義와 모순된다고 생각하지 않았다. 그는 자신의 조치를 권도權道라고 여겼다.

유가에서는 '경經'이라고 하는 변할 수 없는 근본 원칙을 강조한다. 이 경은 어떤 상황에서도 적용되어야 하는 보편 윤리이다. 그러나 변화하는 현실에서 '경'만으로는 안 되고 상황에 따라 적절히 적용되어야 할 '권權'의 윤리가 필요하다. 최명길은 정묘호란이나 병자호란의 위급상황에서는 '권'을 써야 한다고 보았다.

최명길은 병자호란 이후 우의정 · 좌의정 · 영의정까지 오르며 국정을 이끌었다. 1642년 조선이 청의 출병 요청을 받고 명나라와 내통했다며 그 책임을 물어 영의정인 최명길을 심양으로 소환했다. 한 해 앞서 청나라로 압송된 김상헌은 이미 심양의 옥에 구금된 상태였다.

이국에서의 상봉, 그리고 화해

1642년 심양의 북관 감옥에 명망 높은 조선의 두 신하가 함께 갇혀 있었다. 김상헌과 최명길. 몇 해 전까지만 해도 화친과 강화를 두고 불꽃 논쟁을 벌였던 사이였다. 쇠창살을 사이에 두고 영어의 몸이 된 둘은 달리 할 일이 없었다. 그들은 자신들의 감회를 읊은 시를 주고받기 시작했다. 김상헌이 먼지 시를 지어 건넸다. 권도權道의 지나친 사용은 일을 그르칠 수 있다는 충고를 담은 내용이었다.

성공과 실패는 천운에 달려있으니	成敗關天運
모름지기 의로 돌아가야 한다	須看義與歸
아침과 저녁을 바꿀 수 있을망정	雖然反夙暮
웃옷과 아래옷을 거꾸로야 입을쏘냐	未可倒裳衣
권權은 혹 어진이도 그르칠 수 있으나	權或賢猶誤
경經만은 마땅히 여러 사람이 어길 수 없다	經應衆莫違

여기에 최명길이 화답했다. 상황에 맞게 권도를 사용했지만, 마음 깊은 곳에 원칙은 간직하고 있다는 내용이다.

고요한 곳에서 뭇 움직임을 볼 수 있어야	靜處觀群動

진실로 원만한 귀결을 지을 수 있다	眞成爛熳歸
끓는 물도 얼음장도 다 같은 물이요	湯氷俱是水
털옷도 삼베옷도 옷 아닌 것 없느니	裘葛莫非衣
일이 어쩌다가 때를 따라 다를망정	事或隨時別
속맘이야 어찌 정도와 어긋나겠는가	心寧與道違

두 사람은 같은 감옥에서 2년을 함께 지냈다. 수없이 시를 지어 주고받으면서 서로를 점차 이해하게 되었다. 두 사람이 조정에서 대립할 때, 최명길은 김상헌이 명예를 구하는 마음이 있다고 의심하여 정승에 추천된 김상헌을 낙마시켰다. 김상헌도 화친을 주장하는 최명길을 나라를 팔아먹은 남송南宋의 진회秦檜와 다름이 없다고 비난했다.

그런데 타국의 감옥에서 시를 주고받으면서 최명길은 김상헌의 절의에 탄복하고, 김상헌은 최명길의 화친이 죽음을 건 용기 있는 주장이었음을 알게 됐다. 김상헌은 시에서 "양 대의 집안의 우호를 찾고 100년의 의심을 완전히 풀어내었네[從尋兩世好 頓釋百年疑]"라고 털어놓자, 최명길도 "그대의 마음은 바위 같아 끝내 바뀌지 않을지언정, 나의 도는 고리와 같아 수시로 변한다네[君心如石終難轉 吾道如環信所隨]"라고 화답했다. 두 사람이 감옥에서 수창한 시는 100편이 넘는다. 이들 시는 『청음집』과 『지천집』에 나란히 실려 있다.

오랫동안 대립하던 두 사람의 화해는 특별한 곳에서 우연히 이루어졌다. 이후 두 집안은 더 이상 반목하지 않았다. 지천과 청음 이후 두 집안에는 문인과 학자가 대를 이으며 조선의 명문가가 되었다.

격변의 시기를 살아간 어떤 문장가

김윤식의 『운양집』

『운양집(雲養集)』

16권 8책의 석판본이다. 1913년 초간본이, 1917년 중간본이 나왔다. 시 1,568수가 실렸으며, 산문은 시국을 논한 내용이 많다. 임술민란에 대한 「삼정책」, 청나라 상인의 서울 상행위를 허용한 문제를 논한 「한성개잔사의(漢城開棧私議)」, 강화의 포량미를 충주로 옮기는 것에 반대한 「걸지포량이획소(乞止砲粮移劃疏)」가 보인다. 한말의 중요한 사건과 인물들에 대한 기록이 풍부하다. 중간본에 여규형의 서문, 정만조·김택영의 발문이 있다. 1980년 아세아문화사에서 영인본을 간행했다.

김윤식(金允植, 1835~1922)

문신·학자. 자는 순경(洵卿), 호는 운양(雲養)으로 본관은 청풍(淸風)이며 문과에 급제했다. 영선사(領選使)로 청나라에 파견된 뒤 자강에 바탕을 둔 개화를 주장했다. 1910년 한일병합 조인에 가담하여 일본 자작 작위를 받았다. 그러나 말년에 민족운동에 참여해 3·1운동 때에는 한국 독립 청원서를 일본의 정부에 제출하여 작위를 삭탈당하고 2개월간 투옥되었다. 문집 『운양집』 이외에 『천진담초(天津談草)』·『음청사(陰晴史)』 등의 저서가 있다.

죽음에 대한 상반된 시각

1922년 1월 22일자 『동아일보』는 운양 김윤식의 부음을 알렸다. 그러나 그것은 단순한 부고 기사가 아니었다. 추모 특집에 가까웠다.

> 문장으로 이름이 일세에 높은 운양노인 김윤식 씨는 팔십여 세의 노령으로 봉익동 자택에서 한가로이 일월을 보내더니 달포 이래 쇠증으로 병석에 누워 어제 이십일일 정오에 고요히 이 세상을 떠났는데 향년이 팔십칠 세이라. 슬하에는 두 사람의 자제와 삼형제의 영손과 사남매의 증손이 있으나 선생은 청년의 진취를 위하여 자제와 영손을 모두 해외로 유학 보내고 임종할 시에는 모두 참례치 못하였다. (…)

'오호 김윤식선생嗚呼 金允植先生'이라는 제목으로 제3면 사회면 톱을 장식했고 그 옆으로는 '파란波瀾 많은 운양선생雲養先生의 일생一生'이라는 제목으로 연보를 실었다. 그뿐 아니다. 예복 차림에 하얀 수염을 늘어뜨린 만년의 사진과 함께 운양의 서예작품을 게재했다. 조선총독부 기관지 『매일신보』의 보도는 『동아일보』를 압도했다. 두 개면에 걸쳐 운양의 사망 사실을 전하면서 그의 생애에 대한 상세한 해설 기사를 실었다.

서울 종묘 서쪽에 위치한 봉익동 자택에 마련된 운양의 빈소에는 조문객들이 몰려들었다. 사망 이튿날에만 200여 명이 찾았다고 한다. 그중에는 일본 작위를 받은 이완용·박영호·민영휘와 같은 친일파들과 함께 아카이케 아츠시 경무국장 등 총독부의 고위관리들이 포함돼 있었다. 사망 사흘째 되던 24일에는 '김윤식사회장위원회(위원장 박영효)'라는 단체가 꾸려졌다. 그러나 김윤식 장례를 사회장으로 치르겠다는 계획은 사회단체들의 반발을 샀다. 사회장이 전례 없던 장례 형식인데다 운양 김윤식이 사회적으로 추모받을 만한 인물인가 하는 점에서 찬반이 엇갈렸기 때문이다.

운양을 사회장으로 치르자는 세력은『동아일보』를 중심으로 한 민족주의 우파 계열이었다. 강하게 반발한 측은 사회주의 · 민족주의 좌파 진영이었다. '고김윤식사회장반대회'가 결성되고 반대운동이 격화하면서 한국 최초의 사회장 추진은 무산됐다. 장례는 2월 4일 가족장으로 치러졌다. '운양의 사회장 문제'는 일제강점기 사회주의 세력과 민족주의 세력이 정면 충돌한 최초의 사건으로 기록되고 있다.

한일합병 내각회의에서 있었던 일

한일합병이 있기 열흘 전인 1910년 8월 19일 경복궁에서는 내각대신들이 모인 가운데 어전회의가 열렸다. 순종이 합병에 대해 물었을 때, 김윤식은 '불가불가不可不可'라는 의견을 냈다고 한다. 이 말은 읽기에 따라 전혀 다른 뜻이 된다. '불가不可, 불가不可'로 두 글자씩 떼어 읽으면 '결코 해서는 안 된다'는 뜻이지만, 세 번째 글자에서 끊어 읽으면 '어쩔 수 없이不可不 찬성해야 한다可'로 해석될 수 있다.

물론 운양이나 후손들은 합병에 찬성하지 않았다고 밝히고 있다. 운양의 저서『속음청사』의 8월 22일 일기에는 "합병에 관한 일을 하문하셨을 때 (…) 총리대신 이완용이 형세가 어찌할 수 없다고 대답했고 나는 합병해서는 안 된다고 말했다. 다른 대신들은 모두 말없이 있다가 퇴궐하였다"라고 기록되어 있다. 남양주 와부읍 평구에 있는 운양 묘소의 비석에도 "(한일합병 당시) 공은 홀로 불가 불가로 극구 반대하셨다"고 쓰여 있다. 이 비석은 2009년 7월 11일 세워졌는데, 비문은 운양의 직계손자가 작성했다.

역사학자들은 당시의 상황이나 김윤식의 친일적 언행 등을 고려해 볼 때 "불가불 가하다"라고 해석하는 견해가 많다. 한일강제병합 두 달 뒤 운양이 자작 작위를 받은 것도 합방에 찬성했기 때문이라는 주장에 힘을 실어준다. 『매일신보』는 1922년 1월 29일자 '사회장 반대파가 맹연히 일어나서 극력 반대'라는 기사에서 운양이 순종의 하문에 '불가불가'라고 답했다면서 그의 애매모호함이 사회장을 반대하는 근거로 제시되어 있다.

반민족문제연구소(민족문제연구소의 전신)가 1993년 분야별 주요 친일인물을 뽑아 엮은 『친일파 99인』에 김윤식은 정치 분야의 주요 인물로 포함돼 있다. 이 책에 김윤식은 "'불가불가'라는 교언巧言으로 민족을 팔아먹은 노회한 정객"으로 기술돼 있다. 그런데 2009년 민족문제연구소가 펴낸 『친일인명사전』에 수록된 4,776명의 친일인명록에는 들어 있지 않다. 민족문제연구소 측은 그 이유로 운양의 이른바 '만절晩節'을 들었다. 김윤식은 1919년 3·1운동이 일어나자 조선의 독립을 요구한 「대일본장서對日本長書」를 작성했다. 이 일로 84세의 운양은 두 달간 옥고를 치르고 작위를 박탈당했다. 그는 3년을 더 살다가 세상을 떴다. 친일인명사전편찬위원회는 친일을 했더라도 나중에 일제에 저항하거나 독립운동에 투신한 경우에는 친일인물로 분류하지 않았다. 운양의 만년 행위는 적극적인 독립운동으로 볼 수는 없지만 일제에 저항하는 모습을 보여줘 일단 친일인물에서 제외했다는 것이다. 그러나 민족문제연구소는 김윤식의 친일에 대한 평가가 끝난 게 아니라 '보류'된 것일 뿐이라고 말한다. 새로운 사실이 드러나면 평가는 달라질 수 있다는 얘기다.

격변기의 위험한 마당발 정치인

김윤식은 조선말 고종 · 순종 대의 정치 · 외교 · 군사 · 문학 · 예술을 거론할 때 빠뜨려서는 안 되는 사람이다. 운양은 조선 말기의 고위 관료로, 청국 주재 영선사, 공조 · 병조판서, 외무대신, 규장각 대제학, 중추원 의장 등 요직을 두루 역임했다. 임오군란, 갑신정변, 거문도사건, 갑오개혁, 명성황후 시해사건, 아관파천, 한일합병 등 주요 정치사건에 관여하여 일을 주선하고 수습했다. 반면 정치가로서의 굴곡이 심해 충청도 면천, 제주도, 전라도 지도에서 17년간 유배 생활을 했다. 외교가로서 그는 친청이나 친일의 행보를 오갔는가 하면, 말년에는 일제에 저항하는 모습을 보이기도 했다. 사상적으로 운양은 흔히 온건개화파로 분류된다. 그러나 전통유학자, 동도서기론자, 계몽운동가로 끊임없이 변신해간 그의 사상적 스펙트럼은 너무 광범위하다.

그뿐만 아니라 운양은 문학 · 예술 방면에서도 뛰어난 재능을 보였다. 당대에 평자들은 그를 '당대 최고의 문장가'라고 불렀다. 1915년 『운양집』이 나왔을 때 그에게는 '동방의 한유韓愈요 구양수歐陽脩'라느니 '조선의 셰익스피어'라는 찬사가 쏟아졌다. 『운양집』은 일본의 제국학사원(우리의 학술원에 해당)이 수여하는 제1회 학술상을 받았다.

운양 김윤식은 문제적 인물이다. 조선 말기, 대한제국, 일제강점기 연구자라면 운양을 피해 갈 수 없다. 정치학자든, 역사학자든, 문학연구자든, 예술전공자든 19세기 말, 20세기 초에 조금이라도 깊게 들어가면 운양을 만날 수밖에 없다. 그러나 다방면에 인적 네트워크를 갖고 있었던 운양의 전모를 파악하기란 쉽지 않다. '마당발'이었던 그가 남긴 족적이 너무 많고 크기 때문이다. 운양에 대한 연구는 이제 시작으로 아직 정론이 없는 상태다. 그러나 격변기를 가로지른 그의 현란한 행보는 위태롭고 위험하기까지 했다.

친일 문장으로 가득한 『운양집』

2014년 7월 연세대학교 국학연구원은 김윤식의 문집 『운양집』을 완역 출간했다. 한국고전번역원 문집번역총서 사업의 일환으로 번역된 『운양집』(도서출판 혜안)은 운양 생전에 간행된 한문본 『운양집』과 사후에 보유한 『운양속집』을 빠짐없이 우리말로 옮긴 것으로 모두 8권에 달한다.

『운양집』에 실린 「시무설時務說」·「십육사의十六私議」는 운양의 개화사상과 관련해 학자들이 주목해온 글이다. 운양은 「시무설」에서 "오늘날의 논자들은 서양의 정치제도를 모방하는 것을 '시무'라고 하면서 자기의 역량을 헤아리지 않고 오직 남만 쳐다본다"면서 자국의 상황에 맞는 대처를 주문하고 있다. 그러면서 운양은 "청렴을 숭상하고 탐오를 내치며 힘써 백성을 구휼하는 것, 그리고 조약을 지킴으로써 우방과 틈이 생기지 않게 하는 것, 이것이 우리나라의 시무다"라고 밝히고 있다. 「십육사의」는 시무의 구체적인 방법으로 인재 양성, 화폐 확대 시행, 군대 양성 등 16가지 정책을 제시하고 있다. 동도서기론자이자 온건개화파인 운양의 면모를 잘 보여주는 글들이다.

국역본 『운양집』 1권을 펼치면 앞쪽에 문집의 서문과 제사(축하시)가 11편이나 실려 있다. 이 가운데에 일본인이 쓴 게 5편이나 된다. 모두 문집 편찬을 축하하는 내용이지만, "이씨 왕조의 원로들이 차례로 쇠락하였으나 선생이 홀로 우뚝하게 살아남아"(도쿠토미 소호)와 같은 표현도 들어 있다. 지나쳐 보이는 찬양이지만, 운양이 일본인들에게 써준 글에 비하면 약과이다.

운양은 많은 일본인들과 시와 글을 주고받았다. 개인적인 친분이나 외교적 필요로 쓰여졌지만, 친일을 넘어 부일附日·숭일崇日하는 내용이 적지 않다. 1909년 안중근 의사에게 사살당한 이토 히로부미에게 바치는 제문이 대표적인 사례다. 운양은 이토를 '기이한 인재, 하늘이 낸 현자'로 치켜세웠다. "이웃나라(조선)에 우호적이었다"고도 평가했다. 을사늑약을 두고 "보호하며 길러줘 날마다 광명이 비추었다"고 표현한 데에 이르러서는 낯이 화끈 달아오른다. 비록 어명을 받들어 쓴 외교적인 문장이지만 평소 이토에 대한 믿음과 존경이 없이는 나올 수 없는 글이다. 운양은 또 명성황후 시해를 지휘한 오카모토 류노스케가 1912년 상해에서 사망하자 추도문을 써 "오카모토 류노스케는 의義와 함께하고, 남 일을 내 일처럼 걱정했다"고 기렸다.

『운양집』에는 행장·묘지명·묘갈·묘표·신도비·제문·추도문·조사 등 죽은 이에 대한 수십 편의 글이 실려 있다. 이토 히로부미나 오카모토 류노스케와 같은 조선 침략의 원흉을 위한 추도문은 있지만, 안중근 의사나 매천 황현과 같은 순국지사를 위한 조사·제문 등을 찾아보기 어렵다. 물론 『운양집』에는 종교가 다르다고 해서 배척해서는 안 된다는 「돈화론敦化論」이나 개가를 허용해야 한다는 「개가는 왕정에서 금한 것이 아니다[改嫁非王政之所禁]」와 같은 음미할 만한 글도 없지 않다. 「연암집 서문」이나 「환재선생 문집 서문」·「구당시초 서문」·「육당 서문」 등 박지원·박규수·유길준·최남선 등의 문집에 쓴 글은 문장가 김윤식의 모습을 엿보게 한다.

운양의 부음을 알린 1922년 1월 22일자 『동아일보』에는 운양의 친필 글씨가 함께 실렸다.

旴衡天下之大勢 商確古今之時宜.

"천하의 대세를 꼼꼼히 살피고 고금의 시의가 적절한지를 따져보고 결정하라"는 뜻이다. 『동아일보』 창간 때 써준 축하 휘호이지만, 운양의 좌우명처럼 읽힌다. 그는 시류의 흐름을 살피며 살았다. 청나라의 힘이 강하면 그쪽 사람들과 교제하고 국제 정세가 일본으로 기울면 그들의 힘을 빌렸다. 100년 전 격변기의 동아시아를 살아야 했던 운양은 대세를 살피고 시의를 따지며 좌고우면하면서 살아야 했을지도 모른다. 그는 정치인이나 관리로 출세했는지는 몰라도 그 자리에 걸맞은 원칙 · 신념 · 철학을 갖지 못했다. 80세 생일날 아침에 쓴 「갑인년(1914) 80세 생일에 읊다」라는 시는 그의 일평생을 요약해 보여준다.

곤궁한 몸 어찌 팔순에 이를 줄 기대했으랴
고요히 생각하며 웃다가 또 찡그리네
덧없는 영화 허깨비 같은 세월 다 지나고
예전처럼 다시 본래대로 돌아갈 몸이라네.

죽음으로써 뜻을 알린 순절한 독립운동가

황현의 『매천집』

『매천집(梅泉集)』

9권 4책의 연활자본이다. 『매천집』은 1911년, 속집은 1913년 나왔다. 모두 창강 김택영이 중국 남통에서 간행했다. 권1~5는 시 800여 수가 저작 순서대로 실렸으며, 맨 마지막 시가 「절명시」 4수이다. 권6~7은 편지 · 서문 · 기문 · 제문 등이다. 매천의 문학관을 정리한 「답이석정서」와 국정개혁을 논술한 「언사소(言事疏)」에는 매천의 학문과 문학론이 담겨 있다. 속집의 서간문 20수는 이건창 · 김택영 등 친한 친구들에게 보낸 편지들이다. 서거 100주년 되던 2010년 한국고전번역원에서 완역본을 냈다.

황현(黃玹, 1855~1910)

학자 · 우국지사. 자는 운경(雲卿), 호는 매천(梅泉)으로 전라도 광양 출신이다. 어려서부터 신동으로 소문났으나 34세에 성균관 생원이 되었다. 한때 서울에서 이건창 · 김택영 등과 교유했으나 망국의 사회상을 목도하고 고향으로 돌아갔다. 구례로 거처를 옮기면서 독서와 시작(詩作)에 몰두했다. 그러나 시골에 은거하면서 정세를 주시하며 당시 시국을 『매천야록』에 담아냈다. 1910년 일제에 국권을 빼앗기자 통분하며 「절명시」 4편을 남기고 음독 · 순국했다.

『매천집』을 집어든 것은 『운양집』에서 「구안실기苟安室記」를 읽고 난 뒤였다. 「구안실기」는 운양 김윤식이 매천 황현의 서실書室에 부쳐 써준 글이다. 여기에는 이 글을 쓰게 된 내력이 나온다.

1902년 가을, 구례에 살던 매천은 전라도 지도智島로 유배 온 운양 김윤식을 찾아간다. 당대의 문장가인 운양의 명성을 익히 들어왔으나 한양까지는 올라갈 엄두를 내지 못하다 운양이 전라도로 유배왔다는 소식을 듣고 제자 서너 명과 함께 그의 적거지를 방문한 것이다.

당대 최고 문장가였던 두 사람의 회동은 만나자마자 불꽃이 튀었다. 역사를 논하고 성현의 언행을 이야기했다. 고금 인물들의 시와 그림을 품평하기도 했다. 첫 만남이었지만 두 사람은 오랜 지기를 대하듯 손뼉을 치며 즐거워했다. 매천은 운양의 유배지에서 이틀 밤을 묵으면서 토론했다. 저녁마다 이야기가 길어지면서 촛불의 심지가 여러 차례 타버릴 정도였다. 작별할 즈음에 매천은 서실에 대한 기문記文을 청한다.

> 제가 돌아가서 제 집에 누울 텐데 벽 위의 글을 보는 것으로 촛불 심지를 잘라가며 대화하던 일을 대신할까 합니다.

매천의 말에 운양은 기다렸다는 듯이 "그대의 말이 아니더라도 나는 슬며시 청이 있기를 바랐습니다"라며 즉석에서 허락했다. 당시 매천은 광양에서 구례로 이사와 백운산 아래 만수동(지금의 전남 구례군 간전면 수평리)에 살고 있었다. 1886년에 만수동에 터를 잡았으니 벌써 16년째다. 스스로 지은 세 칸짜리 초가를 '구안실'이라 이름짓고 손수 기문을 지었다.

매천은 '구안실'의 당호를 "군자는 일상생활에서 편안함을 추구하지 않는다[君子居無求安]"(학이편)와 "이만하면 충분히 갖추었고 이만하면 충분히 훌륭하다[苟完苟美]"(자로편)라는 『논어』 구절에서 한 자씩 따서 지었다.

구안실의 기문을 요청받은 운양 김윤식은 육신을 편안히 하고 마음을 게을리하는 것은 천한 장부나 하는 일이라며 매천에게 초야에 머무르지 말고 과거에 응시해 세상을 구제하라고 충고한다. '구차하게 편안한[苟安]' 삶은 소인이나 하는 일이니 '구안실'에서 뛰쳐나와 중앙 무대인 한양으로 진출하라는 것이다.

이에 대해 매천은 "불의하면서도 부귀한 것은 내게 뜬구름과 같다"는 공자의 말을 인용하며 "구차하게 얻어도 걱정이 없는 것은 초가집을 짓고 시골 사람들과 사는 것일 뿐"이라며 반박한다. 정의롭지 못한 세상에서는 큰 편안함을 추구하지 않고 시골에 은둔해 사는 게 자그마한 편안함이라도 누릴 수 있다는 얘기다. 매천의 응수에 운양은 "내 일찍이 그대의 말을 듣지 못한 게 안타깝구나. 어떻게 그대를 따라갈 수 있을까"라며 「구안실기」를 지어 건넨다.

매천은 이보다 12년 빠른 1890년 「구안실기」를 지었다. 『매천집』에 실려 있는 「구안실기」는 운양이 쓴 것과 크게 대비된다. 매천이 "군자는 일상 생활에서 편안함을 추구하지 않는다"는 공자의 가르침에 따라 편안함을 해석했다면 운양은 그것을 세속적인 부귀와 행복으로 이해했다. 『논어』의 구분을 따른다면 매천은 군자이고 운양은 소인이다. 그것은 두 사람이 헤어진 뒤 취한 행보에서도 그대로 나타난다.

종신유배형을 받았던 운양은 1907년 사면되어 풀려난다. 송병준을 비롯한 일진회의 간청과 조정의 70세 이상 고령자에 대한 해배 조치 때문이었다. 이후 운양이 걷는 길은 앞서 『운양집』 편에 소개된 그대로이다. 유배에서 풀려난 이듬해 중추원 의장에 임명됐고, 한일합병 두 달 뒤에는 일제의 자작 작위를 받았다. 반면 매천은 운양을 만난 그해 겨울 화엄사 입구의 월곡마을로 이사한 뒤 더욱 맹렬한 '시대의 증언자'가 되었다.

"차지호리 류이천리差之毫厘 謬以千里"라는 옛 말이 있다. 처음에는 대단치 않은 것 같으나 나중에는 큰 차이가 생긴다는 뜻이다. 매천과 운양의 경우가 이에 해당할 수 있겠다. 두 사람은 처음 만날 때만 해도 밤 새워 역사와 사회 현안을 함께 이야기할 정도로 큰 이견은 없었다. 그런데 문장으로 이름을 날렸던 두 사람은 이후 친일과 순국이라는 정반대의 길을 걸었다. 나는 그 단초를 두 개의 「구안실기」에 보이는 '편안함[安]'에 대한 해석 차이에서 보았다. 한 글자를 어떻게 인식하느냐에 따라 인생이 달라질 수 있다.

죽음을 응시하다

매천 황현이 살았던 19세기 후반~20세기 초반은 우리 역사의 취약함을 극명하게 보여준 시기였다. 밖으로는 제국주의의 외세들이 다투어 강토를 유린했다. 안으로는 세도정치의 탐학에 항거한 농민들이 왕조를 뿌리부터 뜯어고칠 것을 요구하며 일어났다. 조선의 남쪽 끄트머리에서 태어난 매천은 과거 1차 시험에는 합격했으나 요지경 속의 사회를 목도하고는 서울 생활에 미련을 접었다. 대신 그는 남도 땅에 머물며 역사의 기록자로 남고자 했다. 서울에서 천 리나 떨어진 궁벽한 곳이었지만 그는 서울의 지식인보다도 더 치밀하고 광범위하게 세상을 관찰했다.

매천이 태어난 곳은 전남 광양이었지만 주로 활동한 곳은 인접한 구례였다. 지리산과 백운산 사이가 그의 활동 무대였다. 시골에 살았으면서도 한양뿐 아니라 동아시아 국제정세를 소상하게 파악할 수 있었던 것은 중앙에서 활동했던 글벗들 덕분이다. 매천은 당시 김택영 · 이건창 · 강위와 같은 내로라하는 문인들과 교유했다. 이 네 사람을 한말 문장 4대가로 부른다. 편지를 주고받았을 뿐 아니라 서로를 방문하고 함께 금강산이나 영남 등을 유람하기도 했다.

「구안실기」에 보이듯 처음 매천은 시골에서 책 읽고 작은 농사를 지으며 촌로들과 더불어 살아가는 안빈낙도의 길을 원했다. 20~30대에 지은 시 가운데 시골 생활과 지리산 일대의 산천, 사찰 등을 읊은 자연시가 많은 것은 이를 입증한다. 물론 거북선을 노래한 「이 충무공 귀선가」처럼 역사의식을 드러내는 시도 없지는 않다. 매천은 동학농민전쟁이 일어나던 1894년을 전후해 사회 현실에 본격 눈을 돌리게 된다.

시에서도 시대를 걱정하는 '우국시'가 많이 등장한다. 처음에 매천은 『동비기략』을 쓰면서 동학을 동비東匪로 규정하는 등 봉건 의식을 완전히 떨치지는 못했다. 의병에 대해서도 전폭적인 지지를 보낸 것만은 아니었다. 그러나 『매천야록』을 집필하면서부터 시국을 깊고 정확하게 바라보게 된다. 1895년 4월부터는 『오하기문』 저술에도 나선다.

4권으로 된 국역 『매천집』은 시 3권, 산문 1권으로 시의 비중이 압도적으로 많다. 이는 산문의 주제가 『매천야록』 같은 야사류에 대부분 들어갔기 때문으로 보인다. 『매천집』에는 1877년부터 1910년 자결 직전에 쓴 절명시에 이르기까지 838수가 연대순으로 실렸다. 「구안실기」가 실린 4권에는 묘지명 · 제문 · 상소문 · 전기 등이 묶였는데, 강겸 · 학이태 등 중국인들이 쓴 서문과 발문이 몇 편 포함돼 있다. 『매천집』이 중국 상해의 북쪽 남통南通이라는 이역에서 간행된 특별한 사연 때문이다.

널리 알려져 있듯이 『매천집』의 하이라이트는 절명시 4수이다. 이 가운데 "가을 등불 아래서 책 덮고 회고해보니 / 인간 세상 식자 노릇 참으로 어렵구나[秋燈掩卷懷千古 難作人間識字人]"라는 구절은 오늘날 지식인의 사회적 책무와 관련해 많이 인용되는 대목이다. 절명시는 매천 자신의 죽음을 읊은 것이지만, 『매천집』에는 당대 인물들의 죽음을 기록한 글이 유난히 많다. 이 점을 눈여겨본 김택영은 황현의 '본전本傳'에서 "고금인古今人의 순절한 일을 읊은 시가 매우 많은데, 이것들은 모두 충정을 남김없이 토로하여 비통함을 극도로 표출하고야 말았으니, 천성이 절의를 더없이 좋아한 이가 아니고서야 어찌 그렇게 할 수 있겠는가?"라고 기록했다.

절의를 좋아한 천성 때문에 의로운 죽음을 심상하게 보아 넘기지 않았다는 것이다. 매천은 타인의 죽음을 기록하며 자신을 성찰했다. 『매천집』에는 죽음을 애도하는 만시挽詩가 53편이나 실려 있다. 특히 존경하는 인물이나 남다른 인연이 있는 사람에 대해서는 여러 수首의 추도시를 남겼다. 문우였던 추금 강위에게는 「곡哭추금선생」이라는 제목으로 4수를, 면암 최익현에게는 「곡면암선생」 6수를 바쳤다. 또 을사늑약 때 순절한 민영환 · 홍만식 · 조병세 · 최익현 · 이건창을 기리는 장편의 「오애시五哀詩」를 남기기도 했다.

죽음을 성찰하려는 태도는 인물의 전기에서도 읽을 수 있다. 「천우현의 일을 기록함[書千禹鉉事]」이라는 글은 매천이 죽음을 어떻게 이해하는가를 잘 보여준다. 구례현감 천우현이 화약심지를 안고 분사할 각오로 혼자서 관내의 한 성을 지켜냈다는 이야기인데, 매천은 이를 통해 죽음이야말로 최악의 상황을 돌파하는 최상의 수단임을 강조하고 있다. 다행히 천우현은 죽음을 면했지만, 매천은 그를 순절자 이상으로 평가했다.

> 만약 한 몸을 헛되이 버리는 것을 수치로 여겨, 경중과 이해를 따지고 이것저것 생각하면서 헛되이 죽지 않으려 한다면, 꼭 죽어야 할 상황이 되어도 죽지 못할 것이다.

이 글을 읽다 보면 매천이 '꼭 죽어야 할 상황'을 준비하지 않았나 하는 생각을 지울 수 없다. 매천의 순국은 우연이 아니고 준비된 필연의 사건이었다.

또 하나의 「구안실기」

『매천집』을 간행한 김택영의 문집 『소호당집』에는 「역구안실기亦苟安室記」라는 글이 있다. 말 그대로 '또 하나의 구안실기'이다. 김택영이 매천 황현의 제자 오병희의 부탁을 받고 써준 기문이다. 오병희는 스승이 떠난 뒤 폐허로 변한 만수동의 구안실 터에 다시 집을 짓고 '역구안실'이라는 이름을 내걸었다. 이 소식을 들은 김택영은 오병희 역시 매천 못지않은 '열사의 마음'을 지녔다며 그를 위해 붓을 들었다.

『매천집』을 읽고서 황현이 살았던 구례를 찾았다. 매천이 마지막으로 살았던 광의면 수월리 월곡의 옛집은 오래전에 복원됐다. 마당을 가운데 두고 매천이 자결했다는 대월헌對月軒을 비롯해 성인문成仁門, 매천유물관 등이 들어섰고, 집 뒤로는 1955년에 건립된 사당 매천사가 있다. 옛집과 사당이 한자리에 있어 매천의 정신을 배우는 공간으로는 부족함이 없다. 그러나 4칸짜리 대월헌은 복원 과정에서 3칸으로 축소됐고, 유물관은 진품 한 점 없는 빈껍데기 전시장에 불과했다. 매천 생전을 증언할 존재는 마당 한켠에 우람하게 솟은 오동나무뿐이었다. 매천사를 관리하고 있는 이영열 옹은 그 나무를 가리키며 "『오하기문』의 책 이름에 나오는 오동나무가 바로 이것"이라고 말했다.

구안실이 있었다는 간전면 수평리 만수동은 매천사에서 5킬로미터가량 떨어진 깊은 산골 마을이다. 매천이 16년이나 거처한 곳이지만, 그 자취는 찾을 길이 없다. 구안실의 집터는 홍수로 쓸려가버렸다. 그 앞에 '구안실' 표지판만이 세워져 있을 뿐이다. 구안실은 세 사람의 '기문' 속에서만 있다. 그래서 옛사람들은 후대에까지 오래 기억되는 방법으로 '입언立言(글을 지어 남김)'을 꼽았나 보다. 세 편의 「구안실기」는 사라진 구안실을 증언하고 있는 자료들이다. 구례군은 구안실을 복원할 계획이라고 한다. 모쪼록 충실한 고증으로 월곡의 매천 옛집처럼 어설픈 복원이 안 되었으면 하는 바람을 가져본다.

민족혼을 일깨운 중국 한류의 개척자

김택영의 『소호당집』

『소호당집(韶濩堂集)』

김택영 생전에 『창강고(滄江稿)』(1911), 『소호당집』(1916), 『정간소호당집』(1920), 『합간소호당집』(1922), 『중편소호당집』(1924) 등 모두 5차례 간행됐다. 모두 망명지 중국 남통에서였다. 시는 우국시가 많다. 망명지에서 을사늑약 소식을 듣고 쓴 「박감본국시월지사(迫感本國十月之事)」, 안중근 의거의 감격을 노래한 「문안중근보국수사(聞安重根報國讐事)」, 망국의 한을 읊은 「오호부」가 있다. 산문에서는 인물전의 비중이 크다. 박지원·강위·황현·이준·안중근 등 문장가나 우국지사를 기록하고 정몽주와 길재와 절의지사도 있다. 「숭양기구전」은 개성 출신 인물에 대한 기록이다.

김택영(金澤榮, 1850~1927)

문인·학자. 자는 우림(于霖), 호는 창강(滄江)·소호당(韶濩堂)이다. 경기도 개성 출생이며, 본관은 화개(花開)다. 이건창·황현과 함께 한말 3대 문장가로 불린다. 1891년에 42세로 진사가 되고, 1894년 편찬국 주사로 기용되어 주로 역사 편찬에 참여했다. 1905년 중국 남통으로 망명하여 중국의 진보적인 지식인 장건의 도움으로 출판사에서 일하며 우리 역사와 문학을 정리해 편찬했다. 저서로 『여한구가문초』·『한국소사』·『교정삼국사기』·『창강고』 등이 있다.

개성 사람

상경上京, 즉 서울에 올라간다는 말은 한국인의 서울 중심적인 사고를 잘 드러낸다. 조선 시대 전라도나 경상도는 물론이거니와 위도상으로 서울 위쪽에 있는 평안도나 함경도 사람도 한양에 갈 때는 '상경한다'고 했다. 지금도 '상경'이라는 말이 관습적으로 쓰이는 것을 보면, 예나 지금이나 서울은 높은 곳이었다. 그러나 개성 사람들만은 서울에 갈 때 "상경한다"거나 "서울에 올라간다"라는 말 대신 "서울에 내려간다"라고 한다. 개성이 옛 고려의 수도였다는 자부심 때문이다.

태조 이성계가 조선을 개국할 때, 개성의 신하들은 두문동에 들어가 은거하며 고려에 대한 충절을 지켰다. 두문불출杜門不出이라는 고사성어는 여기에서 유래했다. 또 개성 사람들은 중앙정부의 혜택을 기대하지 않고, 스스로 장사를 하면서 경제 문제를 해결했다. 개성 상인, 개성 부기라는 말은 개성인들의 독자적인 경제 활동에서 만들어졌고, 개성은 고려 이후 최대의 상업도시로 꼽혔다.

창강 김택영은 개성 사람이다. 그것도 상인 집안 출신이다. 그의 조상은 고려에 절의를 다했다. 당연히 조선 건국 이후에는 가세가 몰락했다. 창강의 본관은 경상도 화개이다. 고려 때 선조 김인황이 몽고군을 치는 데 공을 세워 화개위로 봉해지면서 그곳을 본관으로 삼았다. 자신의 저서에 '조선 화개 김택영'이라고 썼다. 화개를 내세우는 데에는 고려 유민이라는 의식이 깔려 있다.

창강은 1891년 42세가 되어서야 진사 시험에 합격했다. 이후 편사국 주사, 중추원 서기관, 학부 편집위원 등 주로 역사 편찬, 출판 문학 분야의 관직을 맡았다. 과거 공부나 관리 생활 중에도 '고려의 후예'라는 유민의식을 간직하며 『숭양기구전』·『여계충신일사전』과 같은 개성 사람들의 전기를 편찬했다. 숭양기구전은 고려~조선 시대 개성인 60여 명에 대한 전기를 실었고, 『여계충신일사전』은 고려 말 충신들의 일화를 모은 것이다.

한말 3대 시인

창강은 개성의 자남산 아래에서 태어났다. 어려서부터 서당에서 글을 배웠지만, 시를 본격적으로 쓰기 시작한 것은 20대에 들어서부터다. 특히 23세 때 평양과 금강산을 유람한 뒤 많은 시를 썼는데, 학자들은 이때 그의 시 창작이 본격화되었다고 보고 있다. 그의 시재詩才가 알려지면서 시단이 이뤄지기도 했다. 당시 서울에서는 영재 이건창, 추금 강위, 매천 황현 등이 시로 이름을 떨쳤는데, 영재·매천·창강은 한말의 3대 시인으로 불렸다.

창강 김택영은 이건창·황현과 시를 주고받으며 교유했다. 나란히 고문古文에 정통했던 세 사람은 시국을 바라보는 시각도 비슷해 형제와 같은 우애를 나누었다. 영재 이건창은 양반 사대부 출신으로 병인양요 때 조부 이시원의 자결을 목도하면서 현실과 역사에 눈을 떴다. 15세의 나이로 최연소 문과에 급제해 벼슬길에 나아갔으나 암행어사로 전라관찰사 조병식을 탄핵했다가 도리어 유배당하고 벼슬 생활을 접었다. 시문이 뛰어나 고려~조선의 9대 문장가에 꼽히기도 했으나 불행히 중풍에 걸려 이른 나이에 세상을 떴다. 양반의 자제인데다 생활도 여유가 있어 지방 출신 매천과 창강이 서울에 올라오면 숙소를 내어주는 등 지원을 아끼지 않았다.

매천 황현은 전라도 광양 출신으로 1888년 과거에 급제했으나 정부의 부패상을 목격하고 벼슬자리에 나아가지 않았다. 고향에서 학문에 전념하며 시문과 역사를 연구하는 한편 지역의 학교 설립을 주도하는 등 계몽 활동을 펼쳤다. 을사늑약이 체결되자 김택영의 권유로 중국 망명을 시도했으나 실패했다. 1910년 국권이 상실되자 「절명시」를 쓰고 아편을 먹어 자결했다.

중국에 망명한 창강 김택영은 먼저 간 두 친구의 시와 산문을 모아 문집을 편찬했다. 일제강점기인 한국 땅에서는 불가능한 일을 손수 자처한 것이다. 이로써 매천이 자결한 지 두 해가 지난 1912년 『매천집』이 간행된 데 이어 1918년에는 이건창의 문집 『명미당집』이 세상에 나왔다. 창강은 일생 동안 시 1,000여 수, 산문 500여 편을 남겼다. 그의 시문은 자찬한 『소호당집』에 묶였다. 자칫 묻힐 뻔한 한말 3대 문장가의 시와 산문이 창강의 노력으로 세상에 전해졌다.

중국으로의 망명

한말 의병장 유인석(1842~1915)은 국난 대처 방법으로 '처변삼사處變三事'를 제시했다. 첫째는 의병을 일으켜 적과 싸우는 거의소청擧義掃淸, 둘째는 해외로 망명하여 옛 정신을 지키는 거지수구去之守舊, 셋째는 스스로 목숨을 끊어 뜻을 이루는 자정수지自靖遂志이다.

처변삼사를 이야기한 유인석은 거의소청, 의병을 일으켜 적과 싸우는 방법을 택했다. 그는 노구를 끌고 의병투쟁에 나서 싸웠고, 국내 의병 활동이 여의치 않자 서간도로 건너가 투쟁을 벌이다 순국했다. 한말 3대 시인 가운데 한 사람이었던 매천 황현은 자정수지, 스스로 목숨을 끊으면서 국난에 대처했다. 매천은 자결에 앞서 「절명시」를 남겼다.

창강 김택영은 해외 망명을 택했다. 창강은 을사조약이 체결되기 직전인 1905년 9월에 중국 남통으로 이주하여 22년을 살다 그곳에서 죽었다. 그는 왜 조국을 떠났을까? 그는 1909년 봄 매천 황현에게 보낸 편지에서 "세상 돌아가는 것을 가히 알 수 있군요. 늙은 몸으로 섬놈들의 종노릇하기보다 차라리 중국 강소나 절강 지역의 교민이 되어 여생을 마치고자 합니다. 그대는 나와 함께 떠날 수 있겠습니까"라고 동반 망명을 권유했다. 편지에서 창강은 일본의 종으로 살 수 없어, 즉 일본의 침략에서 벗어나기 위해 망명한다고 밝혔다.

창강의 망명과 관련해 빼놓을 수 없는 이는 중국 사람 장건張謇(1853~1926)이다. 장건은 임오군란 때 군사를 이끌고 온 청나라 장수 오장경의 종사관으로 서울에 와 김택영을 만났다. 장건은 김택영의 시를 읽고 '조선의 명작'이라고 평가하며 시를 주고받은 뒤 중국으로 돌아갔다. 이후 두 사람의 교유는 끊어졌다.

창강이 상해가 아닌 남통을 망명지로 생각한 것은 조선의 주류사회에 편입되지 못한 아웃사이더 개성인의 고민도 있었을 것이다. 그는 한 지인에게 보낸 편지에서 "본국의 사람들이 상해에 간 것은 구속이 두려워 망명한 것이 아니면 상인"이라며 "기개와 취향을 가지고 논한다면 열에 하나 가까이할 사람이 없고 의뢰할 사람도 없다"고 적었다. 그러나 창강이 상해가 아닌 남통을 선택한 것은 장건과의 인연이 더 크게 작용했다고 할 수 있다. 망명을 계획하며 창강은 장건을 떠올렸을 것이다.

아내와 딸 둘을 이끌고 남통으로 건너갈 때의 창강의 행색은 보따리가 몇 되지 않을 정도로 초라했다. 그러나 장건을 만나면서 안정된 생활을 누릴 수 있었다. 창강은 장건의 소개로 한묵림서국에서 근무했다. 이곳에서 서적 편찬을 맡아 일하는 한편 많은 시와 산문을 썼다.

장건은 중국 생활을 시작한 창강을 물질과 정신 양면에서 적극 후원했다. 창강이 남통에 건너갔을 때 장건은 이미 그곳의 유력 인사였다. 장건은 젊은 날, 오장경의 막하에 들어가 활약하고 과거에 급제해 정치에 뜻을 두기도 했다. 그러나 청나라 조정에 희망이 없다고 판단한 뒤 고향으로 내려가 실업과 교육에 투신했다. 그는 남통에 생사공장, 밀가루공장, 제철공장, 은행 등을 설립하며 대자본가로 성장했다. 또 교육문화 사업에도 힘을 쏟아 남통에 학교·도서관·병원 등을 세웠다. 장건은 남통을 계몽한 지식인이자 실업가였다.

망명 시기
창강 김택영의 활동

1905년 10월 4일 창강 김택영은 강소성 남통시에 도착했다. 장건의 형 장찰이 마중을 나왔다. 그의 눈길을 사로잡은 것은 남통의 방직공장이었다. 항구 도시 남통은 근대 문명을 막 받아들이고 있는 중이었다. 그는 남통에 도착하자마자 장건의 주선으로 한묵림서국에서 일했다. 한묵림은 자가 인쇄시설을 갖춘 제법 규모가 큰 출판사였다. 이 출판사는 1902년 장건이 민립 사범학교를 건립하면서 교과서나 참고서를 편찬할 목적으로 설립되었다. 창강이 들어갈 당시 출판사의 직원은 7명이었으나 많을 때에는 20명이 넘을 때도 있었다.

창강은 한묵림서국에서 편집 교정을 담당하는 교서원으로 일했다. 당연히 중국 책이 중심이 되었겠지만, 시간이 지나면서 적극적으로 한국의 책을 간행하기도 했다. 부산대 김승룡 교수의 분석에 따르면 창강이 한묵림서국에 근무한 22년 동안 펴낸 한국 관련 서적은 30종에 달한다. 이 가운데에는 『교정삼국사기』·『한사경』·『한국역대소사』·『신고려사』 등의 역사서적, 『연암집』·『신자하시집』·『매천집』·『명미당집』·『소호당집』·『여한십가문초』 등의 문집류, 『고본대학장구』 등 경서류 등이 들어 있다.

창강이 남통에서 우리나라의 역사서나 문집 편찬에 주력한 것은 출판을 민족혼을 일깨우는 사업으로 인식했기 때문이다. 그는 『연암집』·『삼국사기』·『여한십가문초』 등 우리 출판 문화 유산을 정리하며 실의에 빠진 망국민들에게 자긍심을 불어넣었다. 또 『매천집』처럼 검열이 심한 국내에서는 발간되기 어려운 서적을 간행하면서 독립운동을 간접적으로 지원했다. 창강은 먼저 세상을 뜬 문우文友 이건창의 문집 『명미당집』에 쓴 서문에 이렇게 적었다.

> 예부터 나라가 망하지 않은 적은 없다. 그러나 망한 가운데에서도 다 망하지 않은 것이 있으니, 그것은 문헌이다.
>
> 自古人國 未嘗不亡而于亡之中 有不盡亡者 其文獻也.

또 매천 황현에게 쓴 편지에서는 "이 몸이 시운을 어찌하지 못해 부끄럽지만, 다만 문장으로 나라 은혜 갚고자 하노라[愧無身手關時運 只有文章報國恩]"라며 글로 나라에 보답하는 방법을 찾아보겠다고 말했다. 창강의 망명 활동은 위기에 빠진 조국을 문장으로 구하려는 문장보국文章報國, 바로 그것이었다.

남통으로 망명한 창강은 당대 중국 지식인들과 폭넓게 사귀었다. 그가 교유했던 인물은 중국의 근대 실업가로 자신을 후원했던 장건을 비롯해 청말의 학자 유월, 사상가 엄복, 역사학자 도기, 계몽사상가 양계초, 만주국의 국무총리를 역임한 정소감 등 정치·경제·사상 등 여러 분야에 걸쳐 있다. 창강은 중국 지식인들과 시문을 주고받았으며, 이들의 요청으로 상해 · 남경 · 무석 · 진강 등을 여행했다. 창강은 중국어를 할 줄 몰랐다. 그러나 한자로 필담이 가능했기 때문에 중국인들과의 교유에는 전혀 문제가 없었다. 창강의 문집 『소호당집』에는 이들과 주고받은 편지와 함께 여행 시들이 들어 있다.

중국인들은 창강의 출판 문화 활동을 적극 후원했다. 사학자 도기는 『창강고』 간행 경비 모금에 적극 앞장섰으며, 장건과 양계초는 『여한십가문초』 서문을 써주었다. 일부 지식인들은 창강이 중국 책을 한국으로 들여보내는 데 도움을 주기도 했다. 창강은 중국 지식인들과 교유를 통해 중국 문화에 대한 깊은 이해와 함께 우리 문학과 역사에 대한 비평적 안목을 높일 수 있었다. 창강의 중국 지식인과의 교유는 중국에서 큰 반향을 일으켰을 뿐 아니라 한국의 많은 지식인들을 자극하고 고무했다.

창강이 남통에서 생활하던 시기는 상해 대한민국 임시정부의 활동 기간과 겹친다. 당연히 독립운동가들과 접촉이 있었을 것이나 중국 지식인들과의 교류에 비해서는 활발하지 않았던 듯하다. 상해와 남통이라는 지역의 차이에서도 비롯했겠지만, 독립운동에 투신한 임정 요원들과 망명을 택한 창강 사이에 지향점이 달랐기 때문이라고 할 수 있다. 창강은 망명 지식인이었지만, 혁명 일선에서 투쟁하는 독립운동가는 아니었다.

창강의 글에는 한국의 민족운동가들을 만났다는 기록이 보인다. 1910년에는 독립지사 안창호가 윤현태 · 이종호와 함께 남통을 찾았다. 창강은 함께 하룻밤을 보내면서 그들의 독립투쟁을 높이 평가했다. 뒷날 상해 대한민국임시정부 요원이 된 안창호는 남통의 창강에게 쇠고기를 보내기도 했다. 1913년에는 홍명희 · 정인보 · 김국순이 남통을 방문해 창강을 만났다. 창강은 남경으로 떠나는 세 사람을 위해 시를 지었다. 1921년에는 창강이 상해로 가 이시영 · 박은식 · 박찬익 · 조완구 · 신익희 등 독립운동가들을 만나고 돌아왔다. 그러나 창강이 독립운동에 직접 관여한 정황은 확인되지 않는다. 그것은 1912년 중국에 귀화한 창강 스스로 독립투쟁과는 거리를 두었기 때문으로 보인다. 대신 창강은 출판 저술 활동을 통해 한민족의 독립의식을 고취했다. 창강은 이완용을 살해하려다 교수형을 당한 이재명의 이야기를 비롯해 안중근 · 안명근 · 이준 · 황현 · 장지연 등 독립운동가의 인물전을 기록으로 남겼다. 창강 김택영은 출판을 통한 애국계몽운동의 공적을 인정받아 2018년 11월 국가보훈처로부터 건국훈장 애국장을 서훈받았다.

중국 한류의 개척자

창강은 1927년 2월 매천이 그랬던 것처럼 아편을 먹고 자살했다. 한 해 전에 경제적 후원자인 장건이 타계한데다 한묵림서국의 재정이 어려워지면서 정신적 · 경제적으로도 견디기 힘들었던 게 자살의 원인으로 보인다. 지인들은 창강을 남통의 낭산에 장사지내고 '한국 시인 김창강 선생의 묘[韓詩人金滄江先生之墓]'라고 비석을 세웠다. 남통시 낭산狼山에 위치한 창강의 묘소 입구에 세워진 표지판에는 이렇게 쓰여 있다.

> 김택영의 이름은 택영. 호는 창강으로 1850년 조선 개성부에서 태어났습니다. 42세에 진사가 되었고 조선 사관, 중추원 및 내각 참서관 등을 두루 맡았습니다. 1905년 왜놈이 조선을 침략하자 망국노가 되지 않기 위해 김창강은 의연히 사표를 낸 후 아내와 함께 중국으로 건너와서 장건의 초빙을 받고 남통 한묵림서국 편집교정직에 임명되었습니다. 김창강은 비록 몸은 이국 타향에 있었지만 고향을 잊은 적이 없었습니다. 1927년 4월 조국으로 돌아갈 염원을 이루지 못하게

되자 분에 넘쳐 우울함 속에서 독약을 먹고 자살했습니다. 향년 77세. 남통의 각계 인사들은 그를 기념하기 위해 성대한 공장公葬의식을 거행한 후 5월 7일 낭산에 그를 안치했습니다. 김창강은 조선의 위대한 애국 시인이며 '조선의 굴원'으로 존경을 받았습니다.

창강의 망명은 22년간 이어졌다. 중국에서 생활하는 동안, 그는 출판문화 활동으로 한국의 문화를 중국에 알렸다. 그가 남통에서 편찬한 역사서와 시문집들은 모두 국내라면 총독부의 검열로 엄두도 내지 못했을 것이다. 또 그는 국내 지식인들과의 연락망을 통해 중국의 책을 한국으로 반입하도록 했다. 그의 중재와 알선으로 들어온 책들은 지금도 인수문고 등 개인 도서관과 여러 대학 도서관에 소장되어 연구 자료로 활용되고 있다.

창강은 정통 고문 한문학자로 문장보국에 힘썼다. 또 서적 출판, 문집 편찬으로 한국과 중국의 지식 교류에 앞장섰다. 오늘날 중국 한류의 중심에는 K팝 · 드라마 등 대중문화가 자리잡고 있다. 그러나 100년 전 이미 창강 김택영은 출판 · 학술 분야에서 한류의 물꼬를 텄다. 그는 K 클래식 분야에서 중국 한류를 개척한 선구적 지식인이었다.

문집탐독

우리 문장가들의 고전문집을 읽다

초판 1쇄 발행 2018년 11월 22일
초판 2쇄 발행 2018년 3월 13일

지 은 이 조운찬
펴 낸 이 주혜숙

펴 낸 곳 역사공간
등 록 2003년 7월 22일 제6-510호
주 소 03996 서울특별시 마포구 월드컵로100 4층
전 화 02-725-8806
팩 스 02-725-8801
전자우편 jhs8807@hanmail.net

ISBN 979-11-5707-170-8 03810

- 책값은 뒤표지에 있습니다. 잘못된 책은 바꾸어 드립니다.
- 이 도서의 국립중앙도서관 출판예정도서목록(CIP)은 서지정보유통지원시스템 홈페이지(http://seoji.nl.go.kr)와 국가자료공동목록시스템(http://www.nl.go.kr/kolisnet)에서 이용하실 수 있습니다.(CIP제어번호: CIP2018037230)
- 이 책은 한국언론진흥재단의 저술지원으로 출판되었습니다.